KB262765

해리수 표도의
도망자
임진광 퓨전 판타지 소설
FUSION FANTASTIC STORY

도망자 5

임진광 퓨전 판타지 소설

초판 1쇄 찍은 날 § 2007년 4월 26일
초판 1쇄 펴낸 날 § 2007년 5월 6일

지은이 § 임진광
펴낸이 § 서경석

편집장 § 문혜영
편집책임 § 최하나
편집 § 문정흠

펴낸곳 § 도서출판 청어람
등록번호 § 제1081-1-89호
등록일자 § 1999. 5. 31
어람번호 § 제1-0828호

주소 § 경기도 부천시 원미구 심곡1동 350-1 남성B/D 3F (우) 420-011
전화 § 032-656-4452 팩스 § 032-656-4453
http://www.chungeoram.com
E-mail § eoram99@chollian.net

ISBN 978-89-251-0677-9 04810
ISBN 978-89-251-0537-6 (세트)

[완결]
5
The Fugitive
사람인지 오크인지 구분이 안 되는 한 여자와
지상 최강의 힘을 가진 한 남자가 날 쫓는다…
오늘도 난 달린다!!
해리수 표도의
마도왕자
임진광 퓨전 판타자 소설
FUSION FANTASTIC STORY
[인생 무상]
도서출판 청어람

해리수 표도의
도망자 The Fugitive

CONTENTS

Chapter 1
중원회 찬탈

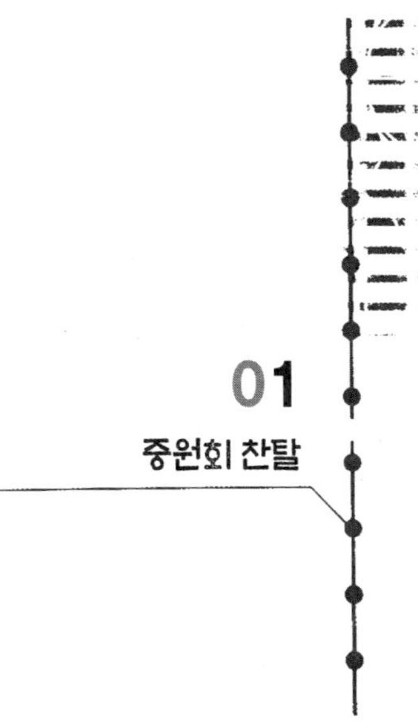

호루스 일행은 자인의 공간 이동으로 하이랜드의 수도에 도착했다. 호루스는 자신의 신분을 이용해 국왕과 면담을 신청, 전후 사정을 설명하고 협력을 요청했다.

"그러니까 봉인이 어디에 있는지 가르쳐 주시기 바랍니다. 라고슈보다 먼저 봉인을 확보하지 않으면 안 됩니다."

그 말에 국왕은 곤란한 표정을 지어 보였다.

"무슨 뜻인지 알겠소. 하지만 유감스럽게도 나는 봉인이 어디 있는지 모르오."

"뭐라고요?!"

호루스는 놀라 소리쳤다. 자인도 이해할 수 없다는 표정으로 말했다.

"봉인의 관리는 대대로 하이랜드 왕가가 해왔다. 국왕이 모른다는 것은 있을 수 없는 일이다."

국왕은 어쩔 수 없다는 듯 대꾸했다.

"그렇게 말해도 모르는 것은 어쩔 수 없는 일 아닌가."

호루스가 물었다.

"선대로부터 아무 말도 듣지 못하셨습니까?"

"에~ 그게, 그러니까……."

국왕은 팔짱을 낀 채 이리저리 고개를 갸웃거렸다. 그 모습에 호루스는 답답함과 동시에 불안감이 고개를 쳐들었다.

'설마 까먹었다고 하고 끝인 것은 아니겠지?'

그런데 그때, 기다리다 지쳤는지 자인이 갑자기 손을 뻗어 국왕의 머리를 붙잡았다. 주변의 호위 기사들이 놀라 그의 행동을 막으려 했지만 호루스가 그들을 저지했다.

"별일은 없을 겁니다."

잠시 후, 자인이 살짝 인상을 썼다.

"기억 조작을 당한 흔적이 있다."

호루스는 놀라 물었다.

"기억 조작이라고요?"

"그렇다. 아마도 라고슈는 국왕에게 봉인의 소재를 알아낸 후 기억을 지워 버렸겠지."

국왕이 멍청한 표정으로 물었다.

"누가 내 기억을 지웠다고?"

그러나 호루스는 국왕의 말을 무시해 버리고 자인과 앞으로의 일을 의논했다.

"아니, 그렇다면 여기 있어봐야 소용없는 일이잖습니까. 어쩌면 이미 라고슈가 봉인을 가져갔을지도!"

"그건 아니다. 봉인에는 안전장치가 걸려 있어서 옮기지 못하도록 되어 있다. 라고슈라도 봉인을 옮겨간다는 것은 불가능, 때문에 봉인이 있는 곳에서 봉인 해제를 할 수밖에 없다. 내가 알고 있는 정보에 따르면 봉인은 이 왕성 어딘가에 숨겨져 있다고 한다."

듣고 있던 진인겸이 고개를 끄덕였다.

"우린 그 지하 도시에서 곧장 이곳으로 왔다. 아무리 라고슈라도 우리보다 더 빨리 오는 것은 힘들다. 설사 그것이 가능하다 해도 기껏해야 몇 분의 차이일 것이다. 그런데 현재 왕성에서 아직까지 아무 일도 없다는 것은 아직 봉인은 무사하다는 이야기가 되는군."

"과연!"

호루스는 고개를 끄덕이고는 생각에 잠겼다.

"라고슈는 상당한 타격을 입고 있는 상태였죠. 그런 상태로 자인과 진인겸, 당신들 둘과 마주칠 위험이 있으니 곧장 이곳으로 오지는 못할 것입니다."

그렇다면 대충 어떻게 해야 할지 대책이 나온다. 그녀는 잠시 이런저런 계산을 해본 다음, 일단 자인에게 물었다.

"국왕 폐하의 기억을 되살릴 방법은 없나요?"

"가능성은 있지만 시간이 걸리겠지."

"그렇다면 당신은 국왕의 기억을 되살리는 일을 맡아주세요."

그리고는 시종과 기사들을 향해 말했다.

"여러분들은 다른 왕족들을 불러모아 주세요. 그들 중에 봉인에 대해 아는 분이 있을지도 모릅니다. 기사 분들과 우리들은 왕성을 지키도록 합시다. 솔루토 신전의 사제들도 모두 부르겠습니다. 봉인의 정확한 위치를 모르는 이상 왕성 전체를 수비하지 않으면 안 됩니다."

그녀는 말을 계속 이었다.

"라고슈는 아마도 지금쯤 이 근처에서 몰래 봉인이 있는 곳으로 잠입할 기회를 호시탐탐 노리고 있을 것입니다. 잠시의 틈도 있어서는 안 됩니다."

아서가 의견을 내었다.

"라고슈가 근처에 있다면 넓은 왕성 전체를 지키는 것보다 그를 찾는 편이 더 쉽지 않을까요? 최소한 몇 명이라도 따로 뽑아 찾아보는 것이……."

호루스는 고개를 저었다.

"그것도 방법이지만, 라고슈를 상대로 싸울 힘을 가진 것은 우리 중에 자인과 진인겸뿐입니다. 자인은 국왕의 기억을 조사해야 하고, 진인겸은 완전히 회복되지 않은 이상, 다른 누군가가 그를 발견해도 목숨을 잃을 뿐입니다. 자칫 사람을 죽인 뒤 변장하고 들어오려 할지도 모르고요."

듣고 보니 맞는 말이다. 사람들은 그녀의 말에 동감을 표했다. 그녀는 모두를 둘러보며 말을 이었다.

"라고슈나 표도가 변장하고 들어올 가능성을 없애기 위해 모두에게 제가 표식을 남기겠습니다. 그 표식으로만 상대를 확인하고, 그게 없으면 적이라 생각하십시오. 자, 모두들 서두릅시다. 어서 빨리 확실한 방어 체계를 갖춰야 합니다."

호루스는 사람들에게 지시를 내리며 생각했다.

'일단 중요한 것은 정확한 봉인의 위치를 알아내는 것이다. 자인과 진인겸이 그곳을 지키고 있으면 라고슈는 절대 봉인에 손을 대지 못한다.'

그런데 그녀가 생각에서 깨어나 주변을 둘러보니 다들 움직일 생각을 안 하고 멀뚱멀뚱 쳐다만 보고 있다.

"뭐 하고……."

빨리 행동하라 말하려 하는데 옆에서 말소리가 들려왔다.

"저기……."

돌아보니 국왕이었다. 왕성의 주인은 자신인데, 호루스가 다 명령을 하고 있으니 그는 상당히 뻘쭘한 상태였다.

'아차!'

봉인을 지키는 일에 정신이 팔린 나머지 일의 순서를 잊고 그만 자기 멋대로 다 명령해 버린 것이다. 호루스는 즉시 표정을 바꾸어 상냥한 미소를 지으며 국왕에게 다가가 얼굴을 쓰다듬으며 말했다.

"국왕 폐하, 이 일은 저에게 맡겨주시지 않겠습니까? 국왕 폐하의 기억을 되찾고 이 나라의 중대한 봉인을 반드시 지키겠습니다.”

국왕의 얼굴이 헤벌쭉해졌다. 그는 원래 정사도 신하들에게 맡겨 하는 일 없는 왕인 데다가 솔루토 교의 신자이자 개인적으로 호루스의 팬이었다.

“성녀님의 뜻대로 하시오.”

“감사합니다.”

호루스는 싱긋 미소를 날리고는 주변 사람들에게 고개를 돌렸다. 그녀의 얼굴에 미소는 어느새 사라지고 없었다.

“뭐 하고 있습니까. 당장 움직이세요.”

왕성은 분주해지기 시작했다.

한편, 왕성에서 방어 체계를 서둘러 구축하는 동안 라고슈와 표도는 한 건물 옥상에서 왕성을 바라보고 있었다. 혹시나 발각될까 상당히 떨어진 위치에 자리 잡고 있었지만 호루스 일행이 왕성에 들어간 후 왕성의 분위기가 변했다는 사실은 충분히 느낄 수 있었다.

“아무래도 몰래 숨어드는 것은 무리겠군.”

라고슈는 곰곰이 생각하다가 자신의 얼굴을 만졌다. 어느새 그의 얼굴은 아서의 것으로 변해 있었다.

“이 정도면…….”

“그만두는 것이 좋을 겁니다.”

표도가 말하자 라고슈는 인상을 쓰며 물었다.

“어째서냐?”

 해리수 표도의
도망자

"변장하는 것은 제가 지하 도시에서 이미 한 번 써먹었습니다. 그 여자가 한 번 당한 수법에 또 당할 것이라 생각되지는 않는군요."

라고슈는 혀를 차며 다시 얼굴을 원래대로 돌렸다.

"그럼 어떡하라는 거냐? 국왕이 기억을 지워놨지만 원래대로 돌아오지 않는다고 장담할 수 없다. 녀석들이 봉인의 위치를 알게 되면 우린 손쓸 길이 없다."

표도는 속으로 욕했다.

'그건 네 녀석이 약해빠진 탓이지!'

그는 라고슈가 진인겸에게 완패한 사실에 상당히 실망하고 있었다. 달리 쓸 만한 이용물이거나, 라고슈의 목적이 쓸 만하다고 생각되지 않았다면 진즉에 그를 떠났을 것이다.

'하는 수 없지. 그나마 이 녀석이 안 되면 나 혼자서 하는 수밖에 없으니……'

그는 속마음으로 감추고는 생각해 둔 것을 말했다.

"확실히 녀석들의 전력은 우리를 훨씬 상회합니다. 하지만 넓은 왕성 전부를 지키자면 전력을 분산할 수밖에 없습니다. 그래서 제가 살던 세계에는 이런 말이 있습니다. 백 명이 지켜도 한 명의 도둑을 못 막는다고요."

그럴듯하게 들리긴 했지만 라고슈는 곧 고개를 저었다.

"그건 마법이 없는 너희 세계에나 해당되는 말이다. 왕성의 주위에는 마법 장벽이 쳐져 있다. 물리적인 방어력은 전무하지만 문이 아닌 벽을 타넘으면 신호가 가서 즉시 알 수 있게 되

어 있단 말이다. 그리고 지키는 자들의 수는 백 명 정도가 아
니라 수백에서 천이 넘는다.”

“그렇다면 이건 어떨까요?”

표도는 웃으며 물었다.

“한 명의 도둑이 안 된다면 열 명, 아니, 오십 명이라면 말이
죠.”

“오십 명?”

라고슈는 흠칫 놀랐다.

‘확실히 한꺼번에 다수가 침입하면 혼란이 일어나 전력을
분산할 수밖에 없다.’

표도가 설명했다.

“사실 우리가 걱정하는 것은 왕성의 수비병이 아닌 진인겸
과 자인 두 명뿐이 아닙니까. 우리 두 명이 침입하면 그 둘은
침입자인 우리를 향해 달려오겠지만, 오십이라면 어디로 가야
할지 혼란스러울 겁니다. 그들이 우리에게 나타날 확률은 1할
이하가 되지요.”

“과연!”

고개를 끄덕인 라고슈는 문득 의문을 느끼고 물었다.

“그런데 그런 수를 어떻게 조달하지? 내가 가진 군 권력은
이제는 사라졌을 테니 동원할 인원이 없는데?”

“걱정 마십시오. 그것도 생각이 있으니까요. 적당한 수에
실력도 우수한 집단을 알고 있습니다. 당신은 필요한 것만 대
주시면 됩니다.”

 해리수 표도의
도망자

표도의 말에 라고슈는 말했다.

"좋다. 그런데 필요한 것이란 뭐지?"

"바로 이겁니다."

표도는 손가락으로 동그라미를 그려 보였다.

"돈이죠."

돈이야 얼마든지 줄 수 있다고 여긴 라고슈는 별 생각 없이 고개를 끄덕였다. 그런데 표도가 요구하는 액수는 상상을 초월했다.

라고슈는 절로 입이 벌어졌다.

"그렇게나 많이 필요하단 말이냐?"

"예."

표도의 대답에는 망설임이 없었다. 라고슈는 얼굴을 찌푸리고 있다가 표도의 계획을 듣자 어쩔 수 없다는 표정으로 승낙했다.

"알았다."

사실 표도는 그렇게까지 많은 돈이 필요하지 않았다. 그럼에도 엄청나게 요구한 이유는 간단했다.

'니들 드래곤은 집에다 보물을 산처럼 쌓아놓는다며?

이 기회에 라고슈의 보물을 모조리 드러내게 하여 계획을 핑계로 한몫 단단히 횡령하려는 속셈이었다.

2

라고슈는 마법으로 자신의 레어에서 금과 보석들을 가져와 표도에게 넘겼다. 은신처에 쌓인 산더미 같은 금은보석을 보며 그는 떨떠름한 표정이 되었다. 천 년이나 모은 보물을 모조리 다 털어놓게 생겼으니 그럴 만도 했다.

"이 정도면 됐겠지?"

"예, 충분합니다."

표도는 기분 좋게 대답하고는 곧바로 고가의 저택을 사들이고 스스로를 루크 자작이라 칭했다. 또 한편으로는 모험자 길드를 찾아가 중원회의 현재 상태를 조사해 줄 것을 의뢰했다.

얼마 후, 모험자 길드에서 보고가 왔다. 중원회는 회주인 유성찬이 갑작스럽게 진인겸에게 살해당하자 현재 회주의 자리를 놓고 내분이 일어난 상태라고 했다.

'내분이라……'

표도는 좀 더 자세한 상황을 조사했다. 회주의 자리를 노리는 자는 표도와 여러 가지 악연이 있는 여강도와 유성찬의 참모 노릇을 하던 백석탁, 그리고 얼마 전 중원에서 온 매서향이란 여인이었다.

무공에 있어서는 매서향이 가장 뛰어났지만 이곳에 온 지 얼마 되지 않아 지지층이 적었고, 백석탁은 따르는 자는 많지만 힘이 없었다. 여강도는 지지층도 있고 무공도 뛰어났지만 불같은 성격으로 문제를 많이 일으켜 반대하는 사람도 많았다.

세 사람 모두 확실하게 다른 두 명을 압도하지 못하여 수개월 동안 크고 작은 싸움만 반복하고 있다고 한다. 가뜩이나 라고슈가 기사단을 동원하여 중원회를 토벌하려 한 일 때문에 암흑가에서 중원회의 영향력이 약해진 상태에서 지지부진한 싸움만 반복하니, 갈수록 세력이 약해져 회를 떠나는 사람들도 상당수라고 한다.

'이 정도면 중원회를 내 손에 넣는 것도 어려운 일은 아니겠군.'

표도는 생각을 정하고 행동에 들어갔다. 그는 회주 직을 노리는 3인에게 루크 자작이란 이름으로 초대장을 보냈다.

회주 직을 노리는 삼 인 중에 루크란 이름이 중원회 말단인 방칠이 사용하던 가명이라는 것을 기억하는 사람은 없는 데다 현재 표도가 쓰는 이름이라는 것 역시 알 리가 없었다. 그들은 어째서 귀족이 자신을 찾는지 의문을 가지면서도, 루크 자작이 엄청난 부자라는 말에 돈 많은 인간과 안면을 터두면 나쁘지 않을 것이라는 생각에 초대에 응했다.

가장 먼저 표도의 저택에 도착한 것은 여강도였다. 수하 두 명과 함께 온 그는 하인의 안내를 받아 응접실에서 자리를 잡고 앉았다. 그는 자리에 앉자마자 하인에게 물었다.

"주인께서는 언제 오시나?"

"조금만 기다려 주십시오. 초대한 다른 손님이 모두 오시면 나오실 것입니다."

여강도는 초대해 놓고 주인이 안 나오는 것이 불만이면서도 소란을 일으키면 자신만 손해라는 생각에 꾹 참았다. 그러나 얼마 후 자신의 앞에 매서향이 나타나자 소리를 지르지 않을 수 없었다.

"네가!"

매서향 역시 여강도를 보고 놀랐다. 두 사람 모두 같은 회주직을 노리는 자와 함께 초대되었다는 사실을 몰랐기 때문이다.

"여강도!"

두 사람의 수하들은 일제히 무기를 뽑아 들었다. 지난 몇 개월 동안 몇 번이나 생사결투를 벌인 사이였다. 싸움을 시작하는 데 말 따위는 필요없었지만, 다행히 양쪽 다 최소한의 분별력은 가지고 있었다.

매서향이 한쪽에 서 있는 하인을 흘금 보고는 여강도를 향해 입을 열었다.

"남의 집이다. 결판을 내는 것은 나중에 나가서 하는 것이 어떠냐?"

여강도는 고개를 끄덕였다.

"좋다."

둘은 자리에 앉았다. 하지만 끊임없이 서로를 경계하며 노려보기를 멈추지 않았다. 그때 마지막으로 백석탁이 도착했다.

'어이쿠!'

여강도와 매서향을 본 백석탁은 속으로 비명을 지르며 몸을 돌리려 했다. 그러나 그전에 두 사람이 그를 향해 시선을 돌렸다. 둘을 불렀으면 하나 더 부른 것도 놀라운 일은 아니었으므로 매서향이 태연히 말했다.

"왔으면 앉으시오."

꽁무니를 빼기도 뭐한 상황이라 백석탁은 빈자리에 앉았다. 삼 인은 수하들과 함께 입구 방향을 제외한 세 방향에 각각 자리했다.

여강도, 매서향, 백석탁, 이렇게 셋은 혹시나 상대가 공격할까 한순간도 주의를 게을리 할 수 없었다. 거기다 하나가 양쪽의 둘을 살펴야 하니 심력이 배 이상 소모되었다. 이런 상황은 대놓고 싸우는 것 못지않게 힘든 법이라 시간이 흐를수록 다들 정신적, 육체적으로 지쳐 갔다.

"도대체 루크 자작이란 자는 언제 오는 거야!"

참지 못하고 여강도가 버럭 소리를 질렀다. 다른 두 명도 마찬가지 심정이라 고개를 끄덕였다.

"잠시만 기다리십시오."

하인은 대답했다. 하지만 여전히 표도는 나타나지 않았다. 매서향이 짜증을 내며 하인에게 말했다.

"더 이상 못 기다리겠소. 우린 그만 가야겠소."

그러자 하인은 별다른 표정 변화 없이 말했다.

"오고 가는 것은 여러분의 자유입니다. 하지만……."

매서향의 눈썹이 꿈틀했다.

"하지만?"

"후회하는 것도 자유이지요."

한마디로, 가면 후회할 것이라는 소리였다. 여강도가 울컥하여 따져 물었다.

"지금 우리를 협박하는 것이냐?!"

"그렇지 않습니다. 제 말은 말 그대로 그냥 가시면 손해를 봐서 나중에 후회할 것이란 겁니다."

그 말을 듣자 회주 직을 노리는 3인은 열심히 머리를 굴렸다.

'루크 자작이라는 자가 우리 셋을 한꺼번에 모이게 한 것에는 뭔가 꿍꿍이가 있을 것이다. 만약 나 혼자만 이대로 돌아가 버린다면 루크 자작이 무슨 일을 꾸미는지 나만 모르게 되는 것 아닌가.'

남들은 다 아는데 자신만 모른다면 사람은 불안감을 느낄 수밖에 없다. 3인은 자신만 뒤쳐질지 모른다는 생각에 그 누구도 떠날 수 없었다.

그로부터 1시간이나 지나서야 표도는 모습을 드러냈다.

"루크 자작님께서 오셨습니다."

하인의 말에 일제히 자리에서 일어난 3인은 문제의 루크 자작의 얼굴을 확인하자마자 눈이 휘둥그레졌다.

"표도!"

표도는 빙그레 웃으며 3인을 둘러보았다.

"모두 오랜만이군. 그러고 보니 매 여협은 처음이던가?"

여강도가 믿을 수 없다는 표정으로 물었다.

"네가 루크 자작?"

표도는 화접선을 펼쳐 부치며 답했다.

"그렇소. 본인이 루크 자작이오."

독문 무기까지 보이니 믿지 않으려야 믿지 않을 수 없었다. 백석탁이 떨리는 목소리로 중얼거렸다.

"네가 어떻게……."

3인은 모두 표도가 불과 몇 달 전에 진인겸에게서 꽁무니가 빠져라 도망쳐 사라진 것을 알고 있었다. 그런 그가 엄청난 부자가 되어 작위까지 가지고 나타났으니 이건 완전히 인생 역전이 아닌가.

매서향이 단도직입적으로 물었다.

"당신은 진인겸에게 쫓겨 사라졌다고 들었는데, 어떻게 해서 작위까지 가지고 나타난 거지?"

표도는 허허 웃으며 대답했다.

"드래곤의 보물을 찾았소."

"드래곤의 보물?"

"그렇소."

표도는 자신이 어떻게 드래곤의 보물을 찾았는지 설명했다. 진실 제로에 구라 백 퍼센트인 한 편의 대서사시였다.

"드래곤은 나를 보자 말했지. '이계에서 온 위대한 용자여, 그대가 진실로 나의 유산을 받을 자격이 있는지 시험해 보겠다'. 이에 나는 답했지. '나 표도, 지금껏 그 어떤 시련도 두려워해 본 적이 없으니'……."

"……."

3인은 표도의 이야기가 의심스러웠지만, 그가 레어에서 가져왔다는 보물들을 보여주니 안 믿을 수도 없게 되었다.

어찌 되었든 이야기가 모두 끝나자 반신반의할 수밖에 없었다. 그때 백석탁이 물었다.

"좋아. 그건 그렇다 치고, 우릴 부른 이유가 무엇인가?"

표도는 웃으며 답했다.

"그리하여 나는 엄청난 부를 얻었소. 그런데 막상 원하는 것을 얻고 나니 고향 생각이 나더군. 왜 다들 성공하면 금의환향을 생각하는지 알 것 같았소. 하지만 안타깝게도 세계 자체가 다르다 보니 고향으로 돌아갈 수가 없더군. 그때 떠오른 것이 바로 중원회였소."

그는 한껏 목소리에 감정을 살렸다.

"어찌 되었든 당신들은 나와 같이 건너온 같은 세계 사람들이 아니겠소. 거기다 나의 아버지께서 세운 조직이니 더욱 각별하다 할 수 있지. 그래서 나는 이곳으로 돌아왔소. 그런데 듣자하니 회가 몰락해 간다고 하더군. 나는 너무나 안타까웠소. 아버님이 십여 년간 온갖 고생을 하며 쌓아온 것이 무너진다는 것이!"

그는 절절한 목소리로 외쳤다.

"나는 결심했소. 아버님의 노력의 결실이 이대로 무너져 가는 것을 두고 볼 수는 없다, 아버님의 뜻을 자식인 내가 이어받는 것이 당연한 것이 아니겠냐. 그래서……."

듣고 있던 여강도가 참지 못하고 말을 내뱉었다.

"그러니까 네가 중원회주를 해먹겠다, 이거로구나?!"

표도는 말을 멈추고 그를 돌아보았다. 그리고는 싱긋 웃고는 대답했다.

"뭐, 결론만 말하자면 그렇지."

3

여기 3인은 회주가 되기 위해 지난 몇 달간 피터지게 싸웠다. 다행히 죽은 사람은 없지만 다친 사람은 부지기수라 서로 간에 철천지원수가 되어버렸다.

그런데 난데없이 어디서 뭘 했는지 확실하지도 않은 인간이 튀어나오더니 회주 직을 날름 먹어버리겠다고 한다. 그들로서는 절대로 용납할 수 없는 일이었다.

셋은 처음으로 한마음이 되었다. 먼저 여강도가 버럭 소리질렀다.

"네가 무슨 자격으로 회주가 되겠다는 거냐?!"

표도는 태연히 대꾸했다.

"난 중원회를 만드신 회주의 친자식이오. 아버지가 이룩한 것을 자식이 유산으로 물려받는 것은 당연한 것이 아닌가."

매서향이 이의를 제기했다.

"당신은 유 씨도 아니지 않나. 표 씨를 쓰면서 유 씨의 것을 물려받겠다니, 너무 뻔뻔스러운 것이 아닌가?"

표도는 웃었다.

"하하하, 아버님인 유성찬께서도 본명을 쓰지 않으시고 무산선인을 칭하지 않았소? 가명을 쓰는 것은 우리 집안의 전통이올시다. 성이야 어찌 되었든 그분과 내가 부자지간이라는 것은 불변의 사실이오."

백석탁이 분을 숨기지 않고 말했다.

"전 회주께서는 너를 구하고자 하다가 진인겸에게 살해당하셨다. 그런데 정작 넌 자기 목숨만 건지려고 도망치기 바빴지. 그래놓고 이제 와서 나타나 한다는 소리가 아버님의 유지를 이어 받겠다? 참으로 뻔뻔스럽구나!"

원래 표도는 뻔뻔스러운 인간이었다. 새삼 분노할 것도 없기에 태연히 반문했다.

"그러는 당신들은 뭘 하고 있었지? 진인겸에게 아버님이 살해당할 때 바로 앞에 있었으면서 구경만 하고 있지 않았나. 그리고 감히 복수할 생각도 못했지."

"그, 그건……."

"확실히 나는 그때 도망쳤다!"

표도는 소매를 떨치며 목소리를 높였다.

"하지만 너희들처럼 감히 복수할 엄두도 못 내지는 않았다. 이것이 보이느냐?!"

그가 들어 보인 것은 부러진 마법검이었다.

"이 검으로 난 진인겸의 아내 유매향을 죽였다. 또한 안타깝게도 죽이진 못했지만, 진인겸에게 중상을 입혔다. 복수할 생각은커녕 탐욕에 눈이 어두워 회주 자리를 차지하는 데 급급한 너희들과는 분명히 다르다!"

"……!"

3인은 깜짝 놀랐다. 매서향이 믿을 수 없다는 목소리로 물었다.

"정말 유매향을 죽이고 진인겸에게 중상을 입혔단 말이오?"

표도는 자신있게 답했다.

"물론이다. 정 의심스러우면 나중에 얼마든지 확인해 봐도 좋다."

3인은 서로 시선을 주고받았다. 표도가 복수를 하려 했다는 것이야 그들로서는 아무래도 좋았다. 중요한 것은 진인겸에게 중상을 입혔다는 그의 주장이었다.

진인겸은 중원에서 수십 년간 그 누구도 부상은커녕, 긁힌 상처 하나 내지 못한 절대무적의 고수였다. 그런 그에게 중상을 입혔다는 것이 사실이라면 표도의 실력이 실로 대단하다는 반증이다.

물론 표도의 평소 하던 짓으로 보아 정정당당히 대결해서 중상을 입힌 것은 아니겠지만, 어찌 되었든 그 누구도 해내지 못한 것을 해냈다는 것은 실로 대단한 일이 아닐 수 없다.

'그러고 보니 진인겸에게 쫓기는 인간이 지금껏 살아 있는 데다가, 도망가기 바쁜 것이 아니라 떼돈을 벌어 호화판으로 놀고 있다니… 이런 일도 처음이군.'

3인은 생각하며 표도를 훑어보았다. 확실히 온몸에서 절세고수의 풍모가 풍겨 나오는 듯했다. 상대가 보통이 아니란 생각이 들자 대놓고 따지고 반대하는 것도 자연 자제하게 되었다.

표도는 3인의 태도에서 그들의 속마음을 읽고는 속으로 비웃으며 생각했다.

'네놈들이 그러면 그렇지.'

강자에게는 약하고 약자에게는 강한 것이 강호의 생리이다. 그렇지 않은 뼈대있고 긍지를 가진 협객도 강호에는 많이 있지만, 적어도 여기에는 존재하지 않는다. 왜냐하면 그런 진정한 협객이라면 죽으면 죽었지 이 세계까지 도망쳐 오지는 않았을 것이기 때문이다.

그때 여강도가 입을 열어 소리쳤다.

"네놈의 말은 믿을 수 없다! 드래곤의 보물이란 것은 분명 어딘가에서 훔쳐온 것일 테고, 진인겸에게 중상을 입혔다는 것도 새빨간 거짓말일 것이다! 내가 네놈의 시꺼먼 마음을 모를 줄 아느냐?!"

표도는 피식 웃었다.

"정 못 믿겠으면 확인해 보시지."

"뭐?"

"덤벼봐라. 너같이 못 믿는 녀석에게는 직접 경험시켜 주는 수밖에 없지."

여강도는 움찔했다. 표도가 진인겸에게 중상을 입힌 것이 사실이냐를 떠나 기본적으로 여강도는 표도의 적수가 되지 못했다. 데려온 두 명의 수하가 있기는 하지만 자신보다 훨씬 무공이 떨어지니 별 도움이 되지 않을 것이다.

그는 다른 두 명을 쳐다보았다. 혼자서는 이길 자신이 없지만 셋이서 덤비면 해볼 만하다는 생각 때문이었다.

하지만 매서향과 백석탁은 그의 시선을 피했다. 두 사람에게는 여강도를 도와줄 의리 따위는 전혀 존재하지 않았다.

표도는 속으로 피식 웃었다. 그는 세 명이 도착한 후에도 일부러 옆방에 숨어 한참 동안 시간을 보내다 왔다. 그 이유는 세 사람이 서로를 향한 경계심을 키우고 심력을 소모하도록 하기 위해서였다.

방금 전까지 극도로 경계하던 사이가 아무리 눈앞에 강적이 나타났다고 해도 전력으로 힘을 합한다는 것은 지극히 어려운 일이다. 세 사람이 힘을 합하는 일은 있을 수 없고, 설사 그것이 가능하다 해도 서로를 경계하느라 전력으로 자신을 공격하지 못할 것이다.

표도는 당황하는 여강도에게 물었다.

"왜? 덤비기 겁나나?"

여강도는 분개했지만 분에 못 이겨 무작정 덤비는 우를 범하지는 않았다. 표도는 피식, 웃고는 왼손을 내밀어 보이며 말했다.

"정 자신이 없다면 특별히 양손을 쓰지 않고 상대해 주지. 그럼 해볼 만하겠나?"

여강도는 자신이 얕보인다는 사실에 화가 나면서도 한편으로는 솔깃했다. 표도의 최대 무기는 해리수라는 별호를 얻게 한 수공에 있는데, 양손을 쓰지 않는다는 것은 매가 날개를 꺾고, 말이 다리를 쓰지 않겠다는 것이나 다름이 없다.

"정말 양손을 쓰지 않고 나와 싸우겠다는 것이냐?"

표도는 웃으며 고개를 끄덕였다.

"내가 양손을 쓴다면 깨끗이 물러나 중원회 일에 더 이상 참견하지 않겠다."

그리고는 보란 듯이 양손을 뒤로 돌리고는 하인에게 끈으로 묶게까지 했다.

"이제 됐느냐?"

"좋다."

여강도는 고개를 끄덕이고는 도를 뽑아 들었다. 그는 이 기회에 손을 쓸 틈도 주지 않고 표도를 죽여 버릴 작정이었다.

"합!"

특별한 예고도 없이 그는 곧장 도를 휘두르며 표도를 향해 공격해 갔다. 표도는 몸을 뒤로 날리며 피했다. 다른 사람들은 눈먼 무기에 맞을까 봐 분분히 방구석으로 피했다.

이곳 응접실은 대단히 넓은 방이었지만, 방 안에 사람도 많고 집기들까지 있어 싸우기에는 상당히 좁다고 할 수 있었다. 이에 여강도는 파상 공격으로 도망칠 틈을 주지 않고 표도를 방구석으로 몰았다. 양손을 쓰지 못하는 표도는 남은 다리로 신법을 펼치기에 바빠 반격은 못하고 피하는 것이 전부였다.

'넌 이제 끝장이다!'

표도를 구석에 몰아넣은 여강도는 기합성과 함께 자신의 최대 살초를 표도를 향해 쏟아냈다.

"마성참 삽십육식!"

해리수 표도의
도망자

폭풍 같은 공격이 몰아쳤다. 뒤쪽은 벽이라 도망칠 곳이 없고 양쪽 역시 도광으로 막혔다. 표도가 도를 피하는 방법은 뛰어오르는 것밖에 없었다. 유일한 방법대로 표도는 바닥을 박차고 뛰어올라 공격을 피했다.

'걸렸다!'

여강도는 속으로 회심의 미소를 지었다. 공중에서는 자유롭게 움직이는 것이 불가능하다. 양손을 못 쓰니 막기도 힘들다. 모두가 자신이 계산했던 대로였다.

"죽어라!"

그는 준비하고 있던 필살의 일격을 찔러 넣었다. 그런데 그때, 표도가 허공에서 몸을 회전시키더니 허리를 틀며 공격을 피해냈다.

"……!"

여강도는 조금 놀랐지만 만약의 경우까지 대비하고 있었다. 즉시 도의 방향을 꺾으며 표도를 추격해 갔다.

'이건 절대 못 피한다!'

그런데 놀라운 일이 일어났다. 표도가 허공을 밟는 듯한 동작을 취하더니 다시 한 번 뛰어오르는 것이 아닌가!

"이럴 수가!"

구경하고 있던 사람들은 놀라 일제히 입이 벌어졌다.

'저건 제운종?!'

표도가 펼친 동작은 영락없는 중원 최고 문파인 무당의 최고 신법인 제운종의 최고 상승 절기였다.

싸우는 여강도마저도 놀랐다. 하지만 그 역시 일류고수라 여전히 공격을 쉬지 않았다. 아무리 제운종의 최고 설기라도 허공중에서 두 번이나 방향을 바꾸는 것은 불가능하기에 이번에는 성공할 것이라 믿고 공격을 펼쳤다.

그런데 이것이 웬일인가? 표도는 또다시 허공을 밟으며 방향을 바꾸어 공격을 피하는 것이 아닌가!

'말도 안 돼!'

여강도가 경악하여 입을 벌리는 사이 표도는 몸을 날리며 그의 가슴을 발로 내리찍었다.

"컥!"

갈비뼈가 금이 가는 중상을 입으며 여강도는 그대로 뒤로 발랑 넘어져 버렸다. 표도는 그 반동으로 허공에서 재주를 넘어 경쾌하게 바닥에 착지했다.

"내가 이겼군."

"……."

보고 있던 사람들은 놀라 할 말을 잃었다. 표도의 무공이 절정이라는 것은 알았지만 방금 보여준 신법은 상식을 초월했다. 사람들은 표도가 진인겸에게 중상을 입혔다는 것이 단순히 속임수만이 아닐지도 모른다는 생각을 했다.

사실 표도는 제운종이라는 신법을 전혀 할 줄 몰랐다. 그가 허공에서 자유자재로 방향을 바꿀 수 있었던 것은 순전히 그가 입고 있는 마법 망토의 힘이었다. 이번에 레어의 보물들을 가져올 때 라고슈에게서 받은 것이었다.

하지만 그 사실을 숨기고 일부러 양손을 안 쓰고 신법이 대단한 것처럼 연출하여 자신의 무공을 과장되게 포장했다.

마법 무기란 것은 이 세계에서도 좀처럼 볼 수 없는 귀한 물건이다. 또한 이곳의 사람들은 모두 중원의 무인들이라 마법보다는 우선적으로 무공에 연결지어 생각했다. 여기에 표도의 속임수까지 곁들어지니 아무도 진실을 알지 못했다.

"쿨럭!"

일어난 여강도가 괴로운 듯 기침을 토해냈다. 표도는 자기가 그렇게 만들어놓고는 대범한 듯 손을 내밀었다.

"손을 잡게."

"……."

여강도는 싫었지만 여기서 손을 뿌리치면 자기만 속 좁은 놈 취급받을 터였기에 별수 없이 손을 잡았다.

"괜찮은가?"

표도는 여강도를 일으킨 후 어깨를 두드려 주고는 다른 사람들에게 말했다.

"다른 분들도 나를 시험하고자 한다면 얼마든지 도전해도 좋소."

매서향은 자신의 무공이 여강도보다는 위라고 생각했지만 표도의 기괴한 신법을 파할 방법을 즉시 생각해 낼 수 없었다. 무공이 떨어지는 백석탁은 말할 것도 없다.

표도는 대답하는 사람이 없자 웃으며 말했다.

"이의를 표하는 사람이 없다면……."

"잠깐!"

백석탁이 이의를 제기했다. 표도는 여전히 미소를 머금으며 물었다.

"무슨 할 말이 있소?"

"네 무공이 우리보다 위라는 것은 인정하마. 하지만 그렇다고 회주가 될 자격이 되는 것은 아니다. 무릇 우두머리란 무공보단 인망이 필요한 법이다."

다른 사람들도 맞는 말이라는 듯 일제히 고개를 끄덕였다. 말이 맞느냐 틀리냐를 떠나 그들은 이런 식으로 회주의 자리를 넘길 수는 없었다.

이에 표도는 잠시 생각하더니 말했다.

"정 그렇다면 모두의 뜻을 따르기로 하는 것이 어떻소?"

"모두의 뜻이라니?"

"중원회에 속한 모두를 모아놓고 공정하게 다수결로 결정하자는 것이오. 회주가 되고자 하는 우리 넷이 회를 위해 무엇을 할 것인지 말하고, 지지를 가장 많이 얻는 쪽이 회주가 되는 것이지."

세 사람은 생각해 보았다. 표도의 말대로 한다는 것이 좀 걸리긴 했지만, 아무리 생각해 봐도 표도가 지지를 얻는 것은 불가능해 보였다. 표도는 무공은 높지만 그 외에는 전혀 볼 것이 없는 데다가 평판까지 나쁘다.

무엇보다 전 회주가 죽은 원인이 바로 표도 때문이고, 그 때문에 중원회가 쇠락했는데 그를 지지하는 사람이 하나라도 존재할까 의문이다.

"좋다. 그렇게 하자."

백석탁을 시작으로 모두들 고개를 끄덕였다. 그리고 결과에 두말하지 않겠다는 맹세와 함께 각서까지 썼다.

표도 역시 각서에 서명하고는 말했다.

"그럼 내일 중원회에서 만나 결판을 지읍시다."

다음날, 사방에 연락을 취해 중원회의 고수들이 모두 한자리에 모였다. 회주 직을 노린 오랜 싸움에 지쳐 있던 그들은 이번에 확실히 결정짓는다는 말에 모두들 찬성하고 있었다.

얼마 후 제안자인 표도가 마차를 타고 나타났다. 그는 마차에서 내려 주변을 둘러보고는 사람들에게 웃으며 손을 들어 보였다.

"여러분, 안녕하신가?"

"……."

중원회의 고수들이 모두 좋지 않은 시선으로 그를 바라보았다. 백석탁 등이 이미 여론 몰이를 하여 그를 비난한 덕분이었다. 혹시나 표도가 무슨 수를 쓰지 않았을까 걱정했던 백석탁은 속으로 안도했다.

모두가 모인 것의 확인이 끝나자 마침내 회주 선거가 시작되었다.

"자, 그럼 선거를 시작하겠소."

백석탁이 모두가 보는 앞에서 말을 꺼냈다.

"방식은 간단하오. 회주가 되고자 하는 사람은 모두 앞에서 자신의 포부와 회주가 되면 하려는 일을 말할 것이오. 모두의 말이 끝나고 가장 많은 지지를 받는 사람이 회주가 될 것이오."

백석탁, 여강도, 매서향, 표도는 먼저 모두가 보는 앞에서 선거 결과에 무조건적으로 승복하고, 낙선한 사람은 회주의 부하가 되어 충실히 명을 따를 것을 맹세했다.

"그럼 한 분씩 나서서 연설해 주시오."

먼저 표도를 제외한 후보 3인이 중원회의 모두가 보는 가운데 연설을 했다. 말은 달랐지만 회를 위해 열심히 노력하고 부흥시키겠다는, 대동소이한 내용이었다. 그리고 마지막으로 표도의 차례가 되었다.

표도가 앞에 서자 중원회 고수들은 떨떠름한 시선으로 그를 바라보았다. 다른 후보가 섰을 때는 지지자들이 기세 좋게 함성을 내질렀지만, 그의 경우는 그런 것이 전혀 없었다. 지지자가 단 한 명도 없었던 것이다.

다른 세 후보는 중원회 고수들의 냉담한 반응을 보고 속으로 생각했다.

'일단 표도 녀석은 확실히 떨어졌군.'

그러나 표도는 조금도 위축되지 않았다. 오히려 당당한 기세로 목소리를 높여 외쳤다.

"난 길게 말하지 않겠소."

입을 땐 그는 돌연 팔을 흔들며 외쳤다.

"가져와라!"

말이 끝나기가 무섭게 말이 끄는 수레들이 들어오기 시작했다. 모두 세 량의 수레에는 뭔가가 가득 실려 있었다. 중원회 고수들은 이게 뭔가 싶어 궁금한 표정으로 주목했다.

"자, 보시오!"

표도는 외치며 수레를 덮은 천을 거둬냈다. 그러자 이게 웬일인가! 수레에 하나 가득 금화가 실려 있는 것이 아닌가? 모두 세 대의 마차에 가득 실려 있으니 그 액수는 도저히 상상할 수도 없을 정도였다.

이것들은 모두 라고슈 레어의 보물들이었다. 엄청난 드래곤의 보물에 놀라 입이 쩍 벌어진 중원회 사람들을 향해 표도는 빙그레 웃으며 말했다.

"내가 회주가 되면 이건 전부 여러분의 것이오."

"……!"

왜 선거에서 금품을 뿌리는 것을 부정이라고 하는가? 왜 좀처럼 그 부정이 사라지지 않는가? 그것은 그만큼 효과가 크기 때문이다.

표도만은 회주가 될 자격이 없다는 굳건했던 모두의 마음이 무너지는 소리가 들리는 듯했다. 그것으로 승부는 사실상 끝난 것이나 다름이 없었다.

표도가 빙그레 웃고는 소리쳤다.

"자, 내가 회주가 되는 것을 반대하는 사람은 손을 들어보시오!"

세 명이 손을 들었다. 백석탁, 여강도, 매서향, 이들 셋이었다. 그들 외에는 손을 든 사람은 단 한 명도 없었다.

"……."

그들은 뒤를 돌아보고는 어처구니가 없다는 표정이 되었다. 어떻게 된 것이 바로 좀 전까지 자신들을 따르던 지지자들조차 다른 사람들과 마찬가지로 금화를 보고 침 삼키기에 여념이 없지 않는가?

"너마저!"

여강도가 비통한 표정으로 자신의 심복이었던 자를 보자 그는 겸연쩍은 표정으로 시선을 피하며 변명을 늘어놓았다.

"대세를 거스를 수는 없는 법입니다."

이들 중원회의 고수들은 하나도 빠짐없이 중원에서 큰 문제를 저지르고 도망쳐 이곳에 온 사람들이다. 공명정대한 인물이라면 도망칠 이유가 없을 것이고, 설사 있다고 해도 차원 이동을 시켜주는 무당에게 낼 돈을 마련하지 못했을 것이다.

즉, 여기 있는 인간들은 모두 근본이 자기 잇속만 챙기던 악당들이란 것이다.

그런 인간들에게 의리가 어디 있고, 충성이 어디 있겠는가? 전 회주인 유성찬을 따르던 이유도 그가 처음 오는 세계에 갈 곳 없는 그들을 받아들여 주었기 때문이지, 진정한 충성은 존재하지 않았다. 모두가 이익을 위해 움직이는 자들뿐이었다.

그렇기에 표도의 금품 공세는 말 그대로 직방이었다. 다른

세 후보가 부정 선거이니 무효라고 주장해 보았지만, 온통 보
물에만 관심이 돌아간 중원회 고수들은 그들의 말을 콧등으로
도 듣지 않았다.

결국 대세―라고 쓰고 돈이라고 읽는다―를 따라 표도를 회주
로 인정할 수밖에 없었다.

4

과거 표도의 아버지이자 중원회주였던 유성찬은 이 나라 하
이랜드의 권력을 잡아 병력을 동원, 드래곤을 사로잡아 중원
으로 금의환향한다는 꿈을 꾸었다. 이를 위해 그는 빌헬름 공
작과 권력 다툼을 벌이는 마틴 왕자에게 막대한 자금을 제공
했다.

하지만 유성찬이 죽고 나자 마틴 왕자와의 관계가 끊어졌
다. 다른 중원회의 고수들은 권력에 관심이 없었고, 무엇보다
자신들의 재정 상태가 안 좋아져 제공할 자금이 없었다.

표도는 예전 유성찬의 대행자로 마틴 왕자와 접촉했던 백석
탁을 시켜 왕자 측에 다시 자금을 제공할 뜻을 밝혔다. 유성찬
처럼 권력이 목적이 아니라 왕성 안의 정보를 제공할 사람이
필요했기 때문이다.

돈 문제로 곤란했던 마틴 왕자는 곧바로 그가 내민 미끼를
물었다. 봉인 따위보다 자신이 왕이 되는 것에만 관심이 있던
마틴 왕자는 완전히 돈에 넘어가 표도가 시키는 대로 왕성 내

의 정보를 가져왔다.

호루스가 아무리 국왕의 권력을 등에 업고 왕성을 통제하고 있었다지만, 왕자가 드나드는 것까지는 막을 수 없었다. 왕자를 통해 왕성의 경비 상태나 봉인의 위치 조사가 진행되는 상황을 속속들이 파악할 수 있었다.

'이제 왕성 안으로 어떻게 들어갈지 대충 계획은 세워졌다. 문제는 실행뿐이다.'

그런데 이것이 또 문제였다. 표도는 금품 선거를 통해 간단히 중원회의 회주가 되었다. 하지만 그것만으로 중원회 고수들에게 왕성으로 쳐들어가라고 할 수는 없는 노릇이었다. 아무리 돈을 위해서라면 무엇이든지 하는 인간들이라고 해도 생각이 있는 이상, 그런 위험한 짓을 하라고 해서 할 리 가 없다.

그로서도 이 일은 회주가 되는 것보다 더욱 난이도가 높았다. 고민 끝에 그는 한 편의 사기극을 고안해 냈다.

"제군들!"

회주의 취임식이 시작되는 자리에서 표도는 중원회의 고수들을 둘러보며 입을 열었다.

"나는 이 나라를 손에 넣을 것이다."

"……."

모여 있는 중원회 고수들 모두가 멀뚱한 눈으로 그를 쳐다보고만 있었다. 난데없이 튀어나온 말치고는 너무 생뚱맞았기 때문이다.

표도는 피식 웃고는 물었다.

 해리수 표도의
도망자

“왜? 말도 안 되는 소리라고 생각하는가?”

몇몇이 솔직히 고개를 끄덕였다. 표도 역시 고개를 끄덕였다.

“확실히 여러분들이 듣기에는 말도 안 되는 소리이겠지. 너무나 갑작스럽고 커다란 사건이니까. 하지만…….”

그는 주먹을 불끈 쥐며 외쳤다.

“나는 그동안 충분한 준비를 해왔고, 이제 실행만이 남은 상태다. 일주일 후면 이 나라의 왕이 바뀌어 있을 것이라고 나는 단언할 수 있다.”

모두들 의심스런 눈으로 쳐다보는 가운데, 여강도가 코웃음을 쳤다.

“회주가 된 지 며칠이나 되었다고 이제는 왕이 되겠다? 잘하면 한 달 후에는 신이 되어 있을 것이라고 하겠군.”

표도는 빙그레 웃었다.

“물론 내가 왕이 되려는 것은 아니다. 왕이 되는 것은 빌헬름 공작이다.”

“……!”

그제야 모두에게 뭔가 반응이 왔다. 이 나라 최고 권력자가 언급됨으로써 비현실적인 것이 현실적인 내용으로 바뀌어가고 있었다.

“빌헬름 공작, 라고슈 장군, 그리고 나. 이렇게 셋은 왕성을 기습하여 왕의 신병을 확보하고 정권을 찬탈할 것이다. 모든 준비는 완벽하고, 일주일 후면 왕의 이름이 바뀌어 있겠지.”

수군거림이 커졌다. 단순히 밥 먹고 할 짓 없어 하는 헛소리가 아니라는 것은 알았다. 하지만 어떻게 받아들여야 할지 아직 판단이 서지 않는다. 그때 백석탁이 손을 들어 물었다.

"왜 그런 사실을 우리에게 말하는 것입니까?"

"그야 영광을 함께하기 위해서지."

표도는 설명했다.

"우리 계획은 완벽하다. 단, 왕성에 침입하여 왕의 신병을 재빨리 확보할 정예 부대가 필요하다. 자칫 왕이 도망이라도 치면 장기전이 될 우려가 있기 때문이지. 고민하던 나는 바로 너희들, 중원회를 떠올린 것이다. 물론 찾아보면 다른 부대도 있긴 하지만, 기왕이면 같은 중원 출신들과 영광을 누리고 싶었기 때문이지."

그는 말을 이었다.

"사실 내가 어제 회주가 되면서 내놓은 금품들은 드래곤의 보물이 아니다. 다른 곳에서 가져온 것이다. 어디서 가져왔는지 궁금하지 않은가?"

매서향이 물었다.

"어디서 가져온 것이오?"

"그것은 바로 빌헬름 공작이 내놓은 것이다. 즉 너희들, 왕성 돌입 부대에게 미리 내놓는 보수인 것이다. 그분이 왕이 되면 그 이상의 재물을 얻을 것이고, 원하면 귀족이 될 수도 있다."

중원회 고수들은 어제 표도의 내놓은 엄청난 보물에 좋아하면서도 이것이 어디서 났을까 하는 의문을 가지고 있었다. 드래곤 레어를 털었다는 말은 어느 정도 사실임에도 불구하고, 보통 사람들의 상식으로는 영 현실성이 떨어져 보였기 때문이다.

그런데 빌헬름 공작이 내놓은 것이라고 하니 충분히 납득이 갔다. 동시에 표도의 말에 대한 신빙성도 높아졌다.

"갑작스런 말에 모두들 놀라고 있을 것이다. 하지만 이것은 분명 진실이다. 여러분의 신뢰를 위해 한 분을 초청해 두었다."

표도는 한 사람을 소개했다.

"자, 들어오십시오."

계획했던 대로 라고슈가 모습을 드러냈다.

"군부의 장군이시자 우리와 뜻을 함께하는 라고슈 백작이시다."

중원회 고수들은 모두들 놀란 표정을 지었다. 그들과 라고슈는 구면이라고 할 수 있었다. 라고슈는 과거 신물 쟁탈전 때 적이 되어 싸운 적이 있었다. 분명 그때 그는 자신들과 적대 관계였고, 무서운 마수들을 소환하는 마법을 사용하기도 했다.

여강도가 목소리를 높여 물었다.

"라고슈 백작은 우리와 적이 아니었나?"

표도는 웃으며 간단히 답했다.

"그때는 적이었지만 지금은 한편이다. 자, 라고슈 백작님, 자세한 작전 내용을 설명해 주십시오."

"알겠네."

라고슈는 마틴 왕자를 통해 손에 넣은 왕성의 지도를 펼치고 작전 내용을 설명했다. 간단히 말하자면 라고슈가 이끄는 병력이 수도를 장악하고, 그사이 특수 부대와 중원회 고수들이 왕성에 침입하여 왕을 사로잡는다는 것이었다.

설명이 끝나자 표도는 만약 왕을 사로잡는 것이 실패하더라도 70퍼센트 이상의 군 통제권이 이미 장악된 이상, 정권은 이쪽에 있는 것이라 다름없다고 덧붙였다.

사실 라고슈에게는 70퍼센트는커녕 1퍼센트의 군 통제권도 없었다. 그가 신물을 얻기 위해 떠나 있는 동안, 그가 가진 대부분의 권력이 사라져 버린 것이다. 정권 교체니, 수도 장악이니 하는 말들은 모두 중원회 고수들의 왕성 침입을 위한 거짓말, 즉 모조리 뻥이었다.

그러나 중원회의 고수들은 이 사실을 알지 못했다. 언론 같은 것이 제대로 발달되지 않은 이 사회에서 라고슈가 권력을 잃은 일은 일반인들에게 제대로 전달될 리 없었다. 그들은 라고슈가 이름뿐인 장군이라는 사실도 모르고, 하이랜드 남부 사령관인 그가 이렇게까지 말하는 것을 보니 정말 반란이 일어나는 모양이라고 생각할 뿐이었다.

표도는 중원회 고수들을 둘러보며 말했다.

"나는 빌헬름 공작에게 약속받았다. 그가 왕이 되면 하이랜드 왕국의 남부 영토를 우리에게 내어주고 자치권을 보장하겠다고. 그것이 무슨 뜻인지 아는가?"

그의 힘찬 목소리가 울려 퍼졌다.

"바로 이 세계에 우리 중원인의 나라가 건설되는 것이다!"

"……!"

중원의 국가를 세우겠다니! 너무나 엄청난 스케일이 아닌가! 중원회의 고수들은 가슴이 떨리는 충격을 느꼈다.

표도는 목소리를 높여 모두를 선동했다.

"우리 중원 출신들은 살기 위해 이 세계에 왔다! 하지만 이 세계에서도 양지에 서지 못하고 음지에 숨을 수밖에 없었다! 중원 출신이라는 것을 숨기고, 이를 위해 이 세계의 말과 글을 쓰며 이름까지 바꿔야 했다! 우리가 언제까지 그렇게 살아야 하는가!"

그는 부르짖었다.

"우리 한인은 우리가 살던 세계에서 세계의 중심이자 지배자였다! 그 어떤 민족보다 우수하고 뛰어난 자들이다! 그런 우리가 어째서 그것을 자랑스럽게 밝히지 못하고, 오히려 들킬까 봐 전전긍긍해야 하는가?! 부당하다고 생각하지 않는가?!"

이름을 바꾸고 이 세계의 언어를 배우는 것은 이 세계에 처음 온 중원회 고수들 모두가 힘들어하던 일이었다. 곧바로 반응이 곳곳에서 터졌다.

"옳소!"

표도가 웃으며 외쳤다.

"역으로 이 세계 인간들이 우리 한자를 배워 쓰게 해야 하지 않겠는가!"

몇몇이 웃음을 터뜨렸다. 호응이 더욱 커졌다.

"옳소!"

"한인의 나라를 건설하면 그것이 가능하다! 우리는 정복자가 되는 것이다! 신세계를 개척한 선구자! 여러분, 대체 언제까지 도망만 다닐 것인가?! 자신의 이름을 알리고 떵떵거리며 살고 싶지 않은가?! 이 세계의 우민들을 밑에 두고 중원의 나라를 건설하고 싶지 않은가?! 이 세계의 인간들이 우리가 한인임을 부러워하게 하고 싶지 않은가?!"

그는 모두를 돌아보며 외쳤다.

"자, 함께 영광을 누리지 않겠는가!"

다른 나라에 가면 누구나 애국자가 된다는 말이 있다. 자기 나라에서는 눈만 돌리면 볼 수 있는 같은 나라 사람을 외국에서 만나면 엄청나게 반가워하고 친절하게 대한다. 자기 나라보다 못사는 후진국에 가면 콧대를 세우고, 잘 사는 선진국에 가면 기가 죽는다. 이는 애국심이 있느냐 없느냐의 문제가 아닌 소속감이 원인이라고 볼 수 있다.

원래 중원회 고수들에게 애국심이나 민족 정신 따위는 눈 씻고 찾아봐도 없었다. 그런데 다른 세계에 있다는 사실과 표도의 선동에 존재하지 않던 애국심과 민족 정신이 엄청나게 샘솟기 시작했다.

중원에 있을 땐 전쟁이 나면 징병을 피해 도망갈 인간들이 이 세계에서는 애국자가 되는 순간이었다. 이 세계의 사람들을 지배하고 깔아뭉개고 싶다는 삐뚤어진 심성이 반영된 결과

이긴 하지만 말이다.

"자, 여러분, 나와 영광을 함께할 사람은 이곳에 남으시오. 그것이 싫다면 지금 당장 이 자리를 떠나시오!"

떠나는 자는 없었다. 이곳에 있는 사람들은 모두 홀홀단신으로 중원을 떠나온 자들이었다. 이곳을 떠나 달리 갈 곳이 없는데, 아무렇지 않게 모든 것을 버리고 박차고 나갈 수 있는 사람은 아무도 없었다.

이점까지 이미 계산하고 있던 표도는 속으로 회심의 미소를 짓고는 말했다.

"잘 생각하셨소. 이제 우리의 앞에 남은 것은 영광뿐이오."

일반적으로 사기에서 자주 사용되는 말은, 첫째 큰 이익을 얻을 수 있다, 둘째 높은 분들과 손을 잡고 있다, 셋째 다른 사람도 아닌 당신에게만 알려주는 것이다, 등이었다. 그런 점에서 볼 때 이번 표도의 연극은 전형적인 사기극이었다.

첫째 엄청난 부와 권력을 얻을 수 있다. 둘째 빌헬름 공작과 라고슈 장군이 함께하는 일이다. 셋째 같은 중원 출신이니까 끼워주는 것이다…… 즉, 전형적인 사기 수법과 완벽하게 일치했다.

그리고 수많은 사람들이 어떻게 저런 사기에 넘어갈 수 있냐고 생각하면서도, 지금도 수많은 사기 피해자가 발생하는 것처럼 중원회의 고수들도 표도의 사기극에 걸려들고 말았다.

"자, 오늘부터 새로운 중원의 역사가 시작되는 것이다! 우리는 민족 중흥의 역사적 사명을 띠고 이 땅에 왔다."

사고를 치고 죽기 싫어 도망 왔다는 사실을 지적하는 사람은 아무도 없었다.

"조상의 얼을 되살려 나와 함께 새로운 역사를 창조하자!"

"와아아아아아!"

그는 작전 결행일까지 충분한 휴식을 준다며 돈을 마구 뿌려 마음껏 먹고 마시고 놀게 해주었다. 이성적으로 차분히 생각할 기회를 차단해 버린 것이다.

"하하하, 자, 마셔라, 마셔!"

"일주일 후면 이 몸은 귀족 나리이시다."

중원회 고수들은 술에 취해 신이 나서 놀았다. 라고슈가 그런 모습을 지켜보고 있는데, 표도가 웃으며 말을 걸었다.

"생각대로 일이 잘 풀리고 있군요."

"그렇군."

대답하는 라고슈는 조금 감상적인 기분이 되었다. 작전이 시작되면 이들 중 상당수가 목숨을 잃을 것이다. 자신들이 속아 이용물이 된 사실도 모르고……

"이봐, 표도."

"예."

최종 작전을 검토하던 표도가 고개를 들었다. 라고슈는 그를 흘긋 보고 물었다.

"넌 아무렇지도 않느냐, 같은 세계 출신인 저들을 사지로 몰아넣는 것이?"

"글쎄요. 좀 불쌍하다는 생각이 전혀 들지 않는 것도 아니지만……."

말을 하던 표도는 한숨을 내쉬었다.

"뭐, 어쩔 수 없는 일이잖습니까. 그렇다고 우리 작전을 포기할 수도 없고, 달리 좋은 작전이 있는 것도 아니고. 우리도 다 살자고 하는 짓이고, 세상이란 원래 속고 속이는 법이니……."

곧 그는 돌연 버럭 화를 냈다.

"에잇, 망할 놈의 세상! 이게 다 부조리한 세상 때문이야!"

"……."

표도, 그는 곧 죽어도 자기 잘못은 인정 안 하는 인간이었다. 그런 그를 보며 라고슈는 속으로 생각했다.

'이 자식, 내가 할 말이 아니긴 하지만 진짜 나쁜 새끼네.'

Chapter 2
왕성 공략전

01

왕성 공략전

    호루스 일행은 왕성을 지키는 일을 계속하고 있었다. 하이랜드의 기사와 병사들과 솔루토 신전에서 파견된 사제들이 중심이 되어 왕성을 출입하는 모든 자들을 철저히 검문했다.

    일부 귀족들과 왕성에서 일하는 일꾼들의 반발이 있었지만, 솔루토 교의 독실한 신자이자 호루스의 열성팬이기도 했던 국왕의 전폭적인 협력 덕분에 큰 문제없이 일을 진행시켜 나갈 수 있었다.

    그러나 숨겨진 봉인을 찾는 일은 전혀 진전이 없었다. 여전히 국왕의 기억은 돌아오지 않았고, 다른 왕족이나 자료 등에서도 봉인에 대한 단서는 보이지 않았다. 아무래도 라고슈가 미리 손을 써놓은 듯했다.

호루스는 조금 초조해졌지만 시간이 갈수록 이쪽이 유리하다고 마음을 다잡으며 기다렸다. 그런데 보름이 지나도록 라고슈 측에서 아무 행동도 취하지 않자 그녀도 차츰 초조해지기 시작했다.

'무슨 속셈이지?

국왕이 기억을 되찾는 날이면 수비 위치를 한정시킬 수 있게 된다. 그렇게 되면 전력에서 밀리는 라고슈는 봉인을 손에 넣을 가능성이 희박해진다. 그 사실을 상대방도 충분히 알고 있을 텐데 행동을 취하지 않는다는 사실에 호루스는 불안감을 느꼈다.

'신전에서 다시 신탁이라도 받아볼까?

그녀가 차원을 열어 무당에게 차원 이동술을 전하고, 진인 겸과 표도 등을 끌어들일 수 있었던 것은 태양신 솔루토의 신탁을 받은 덕분이었다. 그렇지 않다면 제아무리 통찰력이 뛰어난 사람이라도 만나지도 못했던 사람이 생각지도 못한 사고로 이 세계로 올 것임을 알 수 있을 리가 없었을 것이다.

하지만 제아무리 태양의 성녀라는 호루스라도 마음대로 신탁을 받을 수 있는 것은 아니다. 신의 예언을 받아 미래를 들여다보려면 장시간 침식을 멀리하고 의식과 기도를 드리지 않으면 안 된다. 그렇게 하더라도 그녀가 엿볼 수 있는 것은 단편적인 것에 불과하다. 신이 보여주는 미래는 그녀가 원하는 것이 아닌, 신이 원해서 가르쳐 주는 것일 뿐이니까.

그녀가 미래를 본다고 알려져 있지만, 대부분의 경우는 스

 해리수 표도의
도망자

스로 생각하여 예측한 것에 불과했다. 그럼에도 높은 적중률을 보이며 대륙 전체에 이름을 떨칠 수 있었다. 교단의 힘을 빌린 정보 수집과 그녀 자신의 통찰력 덕분이었다.

그러나 최근 그녀는 몇 번이나 실패를 경험했다. 그 대부분의 원인이 바로 표도였다. 상대는 그녀가 생각지 못한 방법으로 그녀의 뒤통수를 치고는 했다. 때문에 지금 그녀는 자신감이 많이 떨어진 상태였다.

현재의 불안감 역시 그러했다. 상대가 라고슈뿐이라면 이토록 불안하지는 않을 것이다. 표도가 있기에 또다시 그녀가 예측 못한 방법을 사용해 올까 걱정이 되고, 신에게 의지하려는 마음이 생기는 것이다.

'아니, 그것이야말로 상대가 원하는 것일 것이다.'

호루스는 스스로 불안해지려는 마음을 다잡았다. 신탁을 받으려면 신전에 일주일 이상 머물러야 하고, 원하는 정보를 얻을 것이라는 보장도 없다. 그사이 상대방이 행동을 보이면 반대로 꼼짝없이 당할 가능성이 있다.

탐색을 도시 전체로 확대해 어딘가에서 침입할 준비를 하고 있을 라고슈와 표도를 탐지해 낼까 하는 생각도 지웠다. 탐색 범위를 넓히면 그만큼 경계의 정밀도가 떨어져 틈을 만들어줄 우려가 높았다.

'이번에는 넘어가지 않겠다. 반드시 잡아내고 말겠다!'

호루스는 손톱을 깨물며 몇 번이나 다짐했다. 그렇게 경비를 시작한 지 보름째 되는 날 밤, 마침내 기다리고 있던 적의 침입이 시작되었다.

"동편에서 침입자 발생!"

경비 마법 시스템을 관리하는 왕실 마법사의 보고에 호루스는 입술을 깨물었다.

"드디어 시작이군!"

지켜보고 있던 진인겸이 자리에서 일어났다.

"내가 가겠다."

"잠깐, 함정일지도 모릅니다. 라고슈인지 확인되기 전까지 기다려 보세요."

그때 왕실 마법사가 당황해하며 보고해 왔다.

"사방에서 엄청난 수의 적들이 침입해 오고 있습니다!"

호루스는 급히 창밖을 내다보았다. 그들이 있는 곳은 왕성의 높은 탑 중에 하나로, 주변을 한눈에 살펴볼 수 있었다.

"저것은!"

침입자들은 인간이 아니었다. 흙으로 만든 고렘들이 사방에서 담을 넘어 들어오며 병사들을 공격하고 있었다. 호루스는 혀를 차며 중얼거렸다.

"라고슈가 만든 것이로군!"

진인겸도 밖을 내다보았다. 병사들이 싸우고 있었지만 상대는 검이 통하지 않았기에 일방적으로 수세에 몰려 있었다.

"저것들을 일반 병사들이 상대하기는 힘들다. 내가 나가는 것이 좋겠다."

그런데 호루스는 미소를 지으며 고개를 저었다. 이 정도쯤은 그녀가 예상한 범위 안에 있었다.

"아니, 괜찮습니다. 이쪽을 혼란시키기 위한 수법에 넘어가 당신이 나선다면, 그건 놈이 원하는 대로 하는 것이나 다름없습니다."

그녀는 대기한 사제들에게 명령했다.

"파마 결계를 친다. 모두 준비하도록!"

그리고는 탑에서 대기하고 있는 진인겸과 아서 일행들에게 말했다.

"라고슈의 마법을 막기 위해 저는 당분간 움직일 수 없습니다. 때문에 뒷일은 당신들에게 맡길 수밖에 없습니다. 무엇보다 우선순위는 봉인을 지키는 것이라는 것을 명심하고, 확실히 해주실 수 있겠습니까?"

그러나 진인겸은 고개를 저었다.

"전에도 말했듯이 내 목적은 라고슈와 표도를 죽이는 것이다. 나는 내가 할 일을 할 뿐이다."

호루스는 한숨을 내쉬었다. 어지간히도 융통성이 없는 사람이다.

"좋습니다. 그럼 봉인을 지키는 것은 자인에게 맡기도록 하지요. 자인은 수비, 진인겸 당신은 공격입니다. 이러면 괜찮겠지요?"

그제야 진인겸은 고개를 끄덕였다.

"좋다."

호루스는 아서에게 시선을 돌렸다. 그녀가 진인겸을 올바르게 유도해 주길 바라는 것을 눈치 챈 아서는 고개를 끄덕였다.

"최선을 다하겠습니다."

"그럼 부탁드립니다."

그녀는 서둘러 탑을 내려가 왕성의 중앙홀로 갔다. 그곳에는 솔루토 교의 사제들이 등을 돌리고 앉아 커다란 원을 만들고 있었다. 그녀는 원의 중심에 서서 사제들을 둘러보며 지시했다.

"그럼 시작하겠습니다."

사제들은 양손을 모으고 기도에 들어갔다. 호루스 역시 양손을 모았다.

"신이여, 그 위대한 빛으로 어둠을 몰아내 그대의 종을 지켜 주소서."

호루스의 양손에 빛이 생겨났다. 점점 커져간 빛은 사제들의 기도에 공명하여 증폭되어 왕성 전체로 퍼져 나가 왕성은 마치 대낮처럼 밝아져 갔다.

고렘들은 한창 병사들을 습격하고 있었다. 그러던 중 빛이 비추자 행동을 멈추고 비틀거리기 시작했다. 그리고 그것도 잠시, 마법의 효과가 완전히 사라지자 그대로 무너져 평범한 흙더미로 돌아가 버렸다.

"역시나 이렇게 되는군."

거리를 두고 숨어서 상황을 보던 라고슈는 중얼거렸다. 호루스와 마찬가지로 이쪽 역시 이렇게 될 것은 이미 예상했던 바였다. 그렇지 않다면 굳이 중원회의 인간들을 끌어들일 필요가 없었을 것이다.

표도가 싱긋 웃으며 말을 받았다.

"뭐, 이 정도면 충분히 필요한 역할을 해주었습니다."

굳건했던 병사들의 수비는 고렘들의 공격으로 곳곳에 결함이 생겨났다. 거기다 호루스와 솔루토의 사제들도 상당한 힘을 소모했을 것이다. 라고슈 역시 다수의 고렘을 만들고 조종하느라 마력 소모가 심했지만, 둘은 라고슈가 진인겸이나 자인과 정면으로 싸우게 되면 실패라는 전제를 두고 계획을 세운 상태였다.

"자, 그럼 이제 본격적으로 시작해 봅시다."

표도는 말하며 준비한 불꽃놀이 폭죽에 불을 붙였다. 긴 꼬리를 끌며 하늘로 날아오른 불꽃은 하늘에 빛의 무늬를 그려 냈다.

중원회의 고수들은 공격 개시 명령을 이제나 저제나 기다리고 있었다. 왕성 근처에 숨어 있던 그들은 라고슈의 고렘들이 병사들과 싸우는 소리를 들을 수 있었다. 고함과 비명 소리, 싸우는 소리가 뒤섞여 들려오자 그들은 계획대로 라고슈의 특수부대가 선제 공격을 시작했다고 생각했다.

'이거 될 것 같은데?

그들은 표도가 의도한 계획대로 반란이 일어나고 있다고 판단했다. 예전에 라고슈가 마수를 소환하는 것을 본 적이 있는

그들이었지만, 설마 그것만으로 왕성을 공격했으리라고는 상
상하지 못했다.

펑!

때마침 하늘에서 공격 개시를 명령하는 불꽃이 터졌다.

"공격 개시!"

중원회의 고수들은 하나같이 지극히 계산적인 인간들뿐이
었다. 위험하다 싶으면 바로 꼬리를 말다가도, 되겠다 싶으면
이익을 위해 누구보다도 용감하게 달려든다. 표도가 장담한
국왕을 잡는 사람에게는 엄청난 재물과 백작의 작위, 거기다
커다란 영지까지 주겠다는 말을 떠올리며 그들은 탐욕에 눈이
어두워 마구잡이로 왕성으로 뛰어들었다.

"와아아아!"

이쪽이 승세를 타고 있다고 생각한 중원회의 고수들은 굳이
몸을 숨길 생각도 하지 않았다. 무기를 뽑아 들고 단숨에 담을
넘어 왕성 안으로 뛰어들어 가 왕성을 수비하는 병사들과 싸
움을 벌였다.

욕심에 눈이 어두워 동료들과의 협력이나 진형 같은 것을
제대로 신경 쓰는 사람은 아무도 없었다. 아니, 이들 중원회의
고수들은 본래 기본적으로 협력과는 동떨어진 인간들이다. 그
저 앞을 막는 병사들을 닥치는 대로 쓰러뜨리며 오직 국왕이
있는 왕성을 향해 돌진해 들어갔다.

병사들의 방위 체계가 제대로 갖추어져 있었다면 어느 정도
막을 수 있었겠지만, 고렘의 공격으로 이미 대열이 무너진 상

태였다. 혼전이 되면 개개인의 실력과 숫자가 더욱 중요해지
는데, 밤이라 주변을 확인하기 어렵고, 왕성이란 행동에 제한
이 있는 곳에서 수의 우위는 그다지 도움이 되지 않았다.

덕분에 싸움의 양상은 개개인의 실력에서 우위인 중원회 고
수들에게 압도적으로 유리하게 돌아가기 시작했다.

"비켜라!"

여강도가 외치며 앞을 막는 병사들을 닥치는 대로 도로 내
려쳤다. 그가 도를 휘두를 때마다 병사가 한 명씩 쓰러지자 겁
을 먹은 주변의 병사들은 알아서 흩어져 물러났다.

"하하하하!"

그는 신이 났다. 따지고 보면 중원에서 그는 누구에게도 구
속되지 않고 마음껏 하고 싶은 대로 하며 살았다. 그러나 이곳
에 와서는 뭐 하나 자유롭지 못하고 명령에 따라야 하는 신세
였다. 그러다 오랜만에 마음껏 날뛸 기회가 오자 그는 지금껏
쌓인 것을 모조리 표출하는 중이었다.

표도의 말대로 하는 것은 마음에 들지 않았지만, 신나게 날
뛰고 부와 권력까지 얻을 수 있다면 그리 나쁘지 않다.

다른 대부분의 중원회 고수들도 그와 마찬가지 생각으로 마
구잡이로 날뛰며 왕성으로 들어가려 했다. 병사들은 어떻게든
그들을 막아내려 했지만, 한 번 밀린 전세는 쉽게 역전되지 않
았다.

2

"저런!"

호루스는 창문으로 머리를 내밀고 밖의 상황을 보며 혀를 찼다. 아무리 봐도 도저히 수습이 불가능한 상태였다. 그녀는 이를 갈며 소리쳤다.

"다수의 침입으로 혼란을 일으켜 이쪽의 전력을 분산시킬 속셈이군!"

그녀는 당황할 수밖에 없었다. 라고슈가 군 병력을 사용하지 못하도록 하기 위해 그의 휘하에 있던 군대를 모두 지방으로 보내 감시하도록 했는데, 도대체 어디서 저런 정예 병력을 데려왔단 말인가?

"저놈들, 대체 어떤 녀석들이야?!"

화가 나 자신도 모르게 절제를 잃고 버럭 소리치는데, 뒤에서 대답 소리가 들렸다. 언제 나타났는지 진인겸과 아서 일행이 탑에서 내려온 것이다.

"저들은 중원회로군."

"중원회?"

호루스는 잠시 머릿속을 뒤져 중원회라는 이름을 찾았다.

"중원회라면 당신과 같이 중원에서 온 사람들의 조직?"

"맞다."

그녀가 곧바로 중원회를 떠올리지 못한 것은 중원회주가 죽은 이후로 전혀 신경 쓸 필요가 없다고 판단하고 있었기 때문이다. 그녀는 이 상황에서 왜 난데없이 중원회가 튀어나왔는지 이해할 수가 없었다.

"왜 중원회가 공격해 오는 거죠? 그들에게는 상관없는 일일 텐데."

"그렇지 않다. 표도의 아버지가 나에게 죽은 중원회주라고 하더군. 분명 표도 녀석이 뭔가 수를 써서 선동했겠지. 어쩌면 나에게 복수하려는지도 모르고."

"큭!"

호루스는 이를 갈았다. 또 표도였다. 그녀가 계산하지 못한 일의 배후에는 언제나 표도가 있었다.

그녀는 손톱을 깨물며 생각해 보았다. 대충 표도의 계획이 짐작이 갔다. 다수의 침입 속에 껴서 들어오겠다는 작전. 문제는 이 사실을 알고 있다고 하더라도 그에 대응할 뾰족한 대책이 생각나지 않는다는 것이다.

'봉인의 위치만 안다면 그곳에 수비를 집중시키면 되는데!'

그때 진인겸은 허리에 찬 검의 손잡이를 만지며 말했다.

"내가 가겠다."

"당신이?!"

호루스는 그를 말리려 했다.

"당신이 나서면 그건 표도가 생각하는 대로 되는 거예요!"

"하지만 어쩔 수 없는 일이다. 이대로 저들이 왕성 안으로 침입하게 둘 수도 없는 노릇이 아닌가. 저들을 막을 적임자는 나뿐이다."

말을 마친 진인겸은 말하고는 그대로 아래로 내려갔다. 아서 일행도 흘긋 호루스를 보고는 진인겸의 뒤를 따랐다.

호루스는 한숨을 내쉬고는 정문은 진인겸에게 맡기기로 했다. 그녀는 대기하고 있는 성기사들에게 적들이 궁 안에 들어오지 못하게 다른 출입구를 모두 막도록 지시했다.

'이렇게 된 이상 적들을 단 한 명도 궁 안으로 들어오지 못하도록 할 수밖에!'

그러나 이미 중원회의 고수들이 병사들을 뚫고 하나둘씩 궁 안으로 들어오기 시작하였다.

"꺼져라!"

버럭 소리치며 정문 앞을 지키는 병사를 벤 여강도는 굳게 닫힌 문을 발로 차 부수고 가장 먼저 왕성의 궁 안으로 뛰어들었다. 주변을 둘러보니 넓은 홀 안에는 몇몇 시종들이 보였지만, 피를 뒤집어쓴 그의 모습을 보고 비명을 지르며 도망가기 바빴다.

"국왕이라면 위에 있겠지?"

여강도는 중얼거리며 눈앞의 중앙 계단을 뛰어 올라갔다. 그런데 그때 반대로 계단에서 내려오는 사람과 그만 마주쳐 버렸다.

"……!"

갑작스럽게 진인겸과 마주쳐 버린 여강도는 놀라 입이 쩍 벌어졌다. 표도가 해준 계획의 내용에는 진인겸이 지키고 있다는 부분은 어디에도 없었고, 그 역시 설마 진인겸이 권력의

하수인이 되어 왕을 경호하고 있을 것이란 생각을 전혀 하지 못했다.

"지, 진인겸, 당신이 어떻게 여기에?"

진인겸은 굳어버린 여강도를 보며 물었다.

"표도는 어디 있지?"

여강도는 급히 머리를 굴렸다. 표도를 팔아 자신이 살 수 있다면 감사할 따름이다. 하지만 문제는 그는 표도가 어디 있는지 모른다는 것이다.

"그, 그게 그러니까……."

"모르면 됐다."

진인겸의 말이 끝나는 것과 동시에 여강도의 목은 계단 아래로 굴러 떨어졌다.

"오늘은 피를 많이 보겠군."

검에 묻은 피를 털며 진인겸은 중얼거렸다. 그는 계속해서 계단을 내려가 정문을 앞에 두고 중앙 홀에 섰다.

예전 그가 표도를 잡기 위해 중원회에 쳐들어갈 때는 앞을 막는 중원회 고수들을 단지 점혈만 했을 뿐이다. 유성찬의 경우는 그의 무공이나 결의가 만만치 않아 죽이고 말았지만, 표도 외에 관계없는 중원회는 건드릴 생각이 없었다.

하지만 이번에는 달랐다. 회주를 죽임으로써 그와 중원회 사이는 돌아올 수 없는 강을 건넌 상태다. 또한 이번에 중원회는 다른 세계에서 온 이방인들이면서, 원 주인인 이 세계 사람들의 질서를 무너뜨리려 하고 있다.

그가 생각하는 가치관에 따르면 중원회의 행동은 대역죄, 거기다 중원회 고수들은 이 나라의 병사들을 죽이고 있다. 죽어 마땅한 죄를 지은 데다가, 사람을 죽였으니 반대로 죽임을 당해도 할 말이 없다.

일단 이렇게 결론을 내린 이상, 검을 휘둘러 상대를 베는 데 거리낌이 없다. 그는 사부에게 사람을 죽일 때는 신중히 생각하되, 결정을 내려 실행할 때는 한 점의 망설임도 없어야 한다고 배웠다. 그리고 지금까지 살면서 그 가르침을 충실히 따라왔다.

여강도에 이어 다른 중원회 고수 셋이 정문을 통과해 나타났다. 그들 중에 한 명이 진인겸을 알아보고 소리쳤다.

"진인겸!"

중원회 고수들의 안색이 변했다. 진인겸은 그들에게 다가가며 물었다.

"표도는 어디 있지?"

그리고 대답 못하자 검이 휘둘러졌다.

"모르면 됐다."

한 사람이 그대로 베여 죽었다. 남은 두 사람은 감히 대항해 볼 생각도 못하고 몸을 떨었다.

진인겸은 다음 사람에게 물었다.

"표도는 어디 있지?"

대답을 못하면 다음 순간 어떻게 되는지를 방금 눈으로 확인한 중원회 고수는 다급히 말했다.

“지, 진 대협, 우리는 같은 중원 출신입니다. 멀리 딴 세계까지 와서 같은 고향 사람끼리 피를 흘려서야 되겠습니까.”

진인겸은 다시 물었다.

“표도는 어디 있지?”

“진 대협께서 지키고 계시니 저희는 군소리없이 물러나겠습니다. 그러니 대협께서는 넓은 아량으로 용서를…….”

“모르면 됐다.”

열심히 말을 주워섬기던 중원회 고수의 목이 떨어졌다. 마지막 남은 중원회 고수는 공포에 질려 즉시 몸을 돌려 도망쳤다.

“으아아아아아!”

그러다 그때 막 들어오던 다른 중원회 고수와 부딪쳤다.

“왜 그래?”

하지만 그는 자신의 질문에 대답을 듣기도 전에 자신들 쪽으로 달려오는 진인겸을 보고 밖으로 뛰쳐 나가며 소리쳤다.

“진인겸이 나타났다!”

중원회 고수들은 국왕의 신병을 노리고 다들 정문 쪽으로 몰리는 상황이었다. 진인겸이라는 이름을 들은 중원회 고수들은 화들짝 놀랐다. 모두들 싸우던 손을 멈추고 정문 쪽으로 시선을 돌렸다.

중원회 고수들에게 진인겸이라는 이름은 절대적인 효과가 있었다. 하지만 전부에게 두려움만을 주는 것은 아니었다.

“진인겸 따위가 뭐냐! 우리가 전부 덤비면 고작 한 녀석을 못 이기겠나!"

싸우던 매서향이 소리 질렀다. 마구 병사들을 죽여 살기가 충천하여 흥분한 탓에 간이 커진 그녀는 눈에 뵈는 것이 없었다.

"이 기회에 진인겸을 죽여 버리자!"

그녀는 외치며 막 정문 밖으로 나오는 진인겸을 향해 암기를 던졌다. 검으로 간단히 암기를 막아낸 진인겸은 그녀를 보며 물었다.

"표도는 어디 있지?"

매서향은 비웃으며 대꾸했다.

"무릎 꿇고 빌면 한 번 생각해 보지."

"모르면 그냥 모른다고 해라. 사람 헷갈리게 하지 말고."

진인겸은 말하며 손가락을 튕겼다. 그 즉시 매서향은 머리에 구멍을 남긴 채 쓰러졌다.

"……!"

중원회 내에서 첫째를 다투는 고수인 매서향이 일 초도 버티지 못했다. 모두들 경악하여 할 말을 잃었다. 잠시의 침묵, 하지만 곧 사방에서 비명 소리가 울려 퍼졌다.

"역시 괴물이다!"

"도망치자!"

중원회 고수들은 흩어져 도망쳤다. 그들에게 진인겸은 사신보다 무서운 존재였다. 재물이고 권력이고 일단 살아 있어야 가치가 있는 것이 아니겠는가!

그들에게는 그나마 다행스러운 일이 진인겸은 일일이 한 명씩에게 표도의 행방을 물어보고 죽인다는 것이다. 덕분에 대부분은 무사히 도망칠 수 있었다.

무사히 탈출에 성공한 중원회 고수들은 얼마 지나지 않아 반란이고 뭐고 전혀 사실 무근이라는 사실을 알게 되었다. 표도가 자신들을 속여 사지에 몰았다는 것을 알게 된 그들은 머리끝까지 분노하여 표도를 찢어 죽이려 했다.

그러나 원흉인 그를 어디에서도 찾을 수 없었다. 사기꾼답게 채무자가 몰려오기 전에 튄 것이다. 중원회 고수들은 표도를 찾기보다 반란죄로 도망치기 바쁜 신세가 되었다. 욕심에 눈이 어두워 중원에서도 도망치는 신세가 되었던 그들은 결국 같은 이유로 또다시 있을 곳을 잃은 것이다.

3

창밖으로 도망치는 중원회 고수들을 보며 호루스는 안도의 한숨을 내쉬었다.

"다행이군."

확실히 진인겸의 말대로 그는 중원회 고수들을 상대하는 데 적임자였다. 그가 나타났다는 말만 들어도 놀란 새무리마냥 도망치니, 설사 그보다 몇 배나 강한 자라도 그가 아니면 불가능한 일이었다.

"그건 그렇고……."

그녀는 의문을 느꼈다.

“라고슈와 표도는 어디 있지?”

분명 혼란 중에 중원회 고수들 속에 섞여 들어올 것이라고 생각했는데 현재 중원회 고수들은 진인겸의 등장에 놀라 모조리 도망치고 있다. 반대로 왕성 안으로 들어오려고 하는 자가 있다면 확실히 눈에 띨 텐데, 그런 자는 어디에도 보이지 않았다.

그녀는 궁 안을 돌며 그들이 다른 루트로 침입하지 않았는지 조사했지만 모든 침입로를 지키고 있던 성기사들은 모두 이상 없다는 보고만 할 뿐이었다. 몇몇 중원회 고수들이 공격해 오기는 했지만, 진인겸이 나타났다는 말을 듣자 포기하고 물러났다는 것이다.

중원회야 진인겸에게 겁을 먹고 물러날 테지만, 라고슈와 표도는 그가 있는 것을 이미 알고 있는 이상 그 정도로 물러날 리가 없다.

‘뭔가 이상해……’

호루스는 불안감을 느꼈다. 상황이 여의치 않자 포기했다고 생각할 수도 있겠지만, 그쪽으로는 전혀 생각할 수 없었다. 그녀가 그럴 수밖에 없는 이유는 상대에 라고슈가 아닌 표도가 있기 때문이었다.

‘공간 이동으로 들어온 것일까? 아니, 그렇게 했다면 자인이 감지했겠지.’

굳이 자인이 아니라도 왕성은 이중, 삼중으로 마법에 대한

 해리수 표도의
도망자

방비를 갖추고 있다. 나쁜 마법사가 국왕에게 저주를 걸거나 마법으로 변신하여 가짜 국왕 행세를 하는 등의 일이 벌어지는 것을 방지하기 위해서다.

라고슈 정도 되면 방어 마법을 무시할 수도 있다. 이번에 고렘을 사용해 공격한 것을 보면 알 수 있는 일이다. 하지만 아무리 그라도 전혀 탐지되지 않고 마법을 사용한다는 것은 불가능하다.

그때 호루스의 머릿속에 한 가지 생각이 떠올랐다.

'잠깐! 혹시나……'

중원회 고수들 속에 섞여서 들어왔다고 생각하게 한 다음, 반대로 수비하는 기사나 병사로 변장했다면? 혹시나 그럴 경우를 대비해서 모두에게 표식을 남겼지만, 혼란으로 배치가 뒤섞이고 싸우는 데 바빠 정신이 없는 상황에서 일일이 확인할 수 있을 리가 없다. 어쩌면 표식까지 이미 파악하고 베꼈을지도 모르는 일이다.

'하지만 이 생각이 맞다 쳐도 무슨 수로 왕성 안으로 들어오려는 거지?'

그때 기사가 와서 보고를 올렸다.

"적들은 모두 철수했습니다. 사상자를 궁 안으로 옮기려 하는데……."

그 말을 듣는 순간 머릿속에서 번쩍하고 떠오르는 것이 있었다. 호루스는 즉시 표정을 바꾸어 외쳤다.

"안 돼요!"

"예?"

그녀는 기사의 말을 듣고 떠올렸다. 부상당한 병사들을 궁 안으로 옮기면 절로 안으로 들어오게 되는 것이 아닌가. 그것도 자기 발을 쓰지 않고 이쪽의 힘을 빌어서…….

호루스는 단호하게 명령했다.

"그 누구도 성안으로 들어오지 못하도록 하세요. 사망자 처리와 부상자 치료는 밖에서 합니다."

기사는 당황했다. 왕성 안이라도 궁 밖이라면 정원이나 마당뿐인, 말 그대로 땅바닥이다. 그런 곳에다 병사들을 눕히자는 말인가?

"안으로 옮기는 편이 낫지 않겠습니까? 바람도 차고, 저대로는 제대로 치료할 수 없습니다. 무엇보다 병사들의 불만이 대단할 것입니다."

"절대 안 됩니다!"

호루스는 딱 잘라 거절하고 명령을 내렸다.

"즉시 사망자와 부상자의 수를 파악하고, 남은 인원 수도 조사하도록 하세요. 누군가 그들 중에 숨어 있을 가능성이 높습니다."

기사는 어쩔 수 없이 대답하고 물러났다. 그녀는 기사를 보내고 손톱을 깨물었다.

'이번에는 절대 당하지 않겠다, 표도!'

호루스의 명령을 전해 들은 병사들은 당연하게도 불만을 터뜨렸다. 자신들은 목숨을 걸고 싸우다 다쳤는데, 궁 안으로 들어가지 못하고 그냥 땅바닥에 누워 치료를 받으라니 해도 너무하지 않는가!

거기다 솔루토의 사제들은 정작 치료보다는 라고슈와 표도를 찾는 데 바빠 표식과 얼굴을 꼼꼼히 확인하면서 치료 쪽에는 관심이 없었다.

"해도 너무하는 것 아니냐!"

"성녀라더니, 어떻게 마녀보다 더 독하냐!"

"아파 죽겠다고!"

왕성 주변은 곧 부상당한 병사들의 신음과 원성으로 시끄러워졌다. 몇 번이나 기사들이 병사들을 안으로 들여보내길 청했으나 호루스는 확인이 끝나기 전까지는 절대 안 된다는 명령만을 확고히 할 뿐이었다.

그런데 호루스나 왕성의 사람들은 모르고 있었다. 신음과 원성 속에서 뭔가 다른 소리가 어디선가 들려오고 있다는 사실을…….

그것은 바로 땅을 파는 소리였다.

그 시각, 표도는 바로 호루스의 발밑에 있었다. 인부들이 쉴 새 없이 흙을 나르는 가운데, 그는 차질없이 돌아가는 상황에 만족스런 미소를 지었다.

'이 정도면 곧 끝이 나겠군.'

라고슈의 고렘이나 중원회 고수들의 습격은 모두 속임수에 불과했다. 사실 표도가 세운 계획은 너무나도 단순하고 간단했다. 라고슈에게 봉인이 왕성 지하에 있다는 말을 듣고는 곧장 그곳을 향해 땅굴을 파기로 한 것이다.

왕성에서 일으킨 소란은 모두 그것을 감추기 위한 연극이었다. 호루스가 지하 쪽으로 생각하지 못하도록 적당히 연극을 해준 것일 뿐이다. 거기다 땅을 파는 소리가 위에 들리지 않게 하기 위한 목적도 있었다.

호루스는 이 사실을 꿈에도 상상하지 못했다. 두뇌 싸움이란 이쪽의 수를 감추고 상대의 수를 읽는 것이 전부라 할 수 있는데, 그녀는 표도의 수를 전혀 알아차리지 못했으니 완벽히 패배한 것이다.

이것은 결코 호루스가 표도보다 머리가 나빠서가 아니었다. 각기 다른 세계에서 태어난 사고방식의 차이 때문이었다.

호루스의 상식으로는 고작 단 한 번 몰래 침입하기 위해서 이런 대공사를 한다는 것은 도저히 이해할 수가 없는 일이었다. 효율을 중시하는 그녀의 사고방식으로는 말도 안 되는 일이었다.

반면 표도는 달랐다. 그는 중원 출신이다. 그가 살던 중원에서는 적을 막기 위해 만 리가 넘는 성을 쌓고, 물자 수송을 위해 거대한 운하를 팠다. 산을 뚫어 길을 내고, 강의 물길을 돌리는 것이 결코 상상이 아닌 현실의 일이었다.

또한 표도는 목적을 위해서는 수단과 방법을 가리지 않는 인간이었다. 자신의 이익을 위해서는 타인의 희생에 대해 전혀 신경 쓰지 않았다. 그런 점에서 수많은 백성들의 목숨을 땅에 뿌리며 대공사를 감행한 역대 중국의 황제들과 비슷하다고 할 수 있었다.

땅굴을 파는 것은 의외로 간단했다. 우선 왕성 바로 근처에 저택을 샀다. 그리고 전문 토목기술자와 인부들을 다수 고용했다. 액수가 문제이지 돈만 있으면 필요한 것을 구하는 것은 간단했다.

그리고 마틴 왕자를 통해 손에 넣은 왕성의 설계도를 참조하여 토목 기술자의 지시에 따라 열심히 파고 또 팠다. 산을 옮기고 강을 막는 것이 인간의 힘이다. 필요한 사람들의 수만 충족된다면 땅굴을 파는 것쯤은 아무것도 아니다. 단지 걸리는 시간과 들키지 않아야 한다는 문제만이 있을 뿐이다.

시간의 문제는 일꾼들을 24시간, 3교대로 끊임없이 돌리는 것으로 해결했다. 돈만 많이 준다면야 일하겠다고 나설 사람이 이 도시에는 셀 수도 없이 많다. 문제는 왕성 바로 근처에서 많은 수의 사람이 드나들면 의심을 살 위험이 있다는 것인데, 호루스는 왕성을 지키는 것에만 정신을 쏟느라 눈치 채지 못했다.

표도가 계획을 실행하기 위해 땅을 파기 시작한 것은 보름 전부터였다. 호루스가 언제쯤 침입이 시작될까 초조해하고 있기 훨씬 전부터 침입은 진행되고 있었던 것이다.

그리고 굴을 파면서 모인 흙으로 라고슈는 고렘을 만들었다. 그리고는 고렘들은 그동안 땅굴 파는 작업을 돕는 데 이용하다가 마지막으로 왕성 침공 때 사용했다. 쌓인 흙을 들키지 않게 처리함과 동시에 재활용까지 한 것이다.

거기다 마지막으로 들킬 위험성이 높은 왕성 바로 밑에 이르렀을 때, 중원회 고수를 이용해 왕성을 침공해 소란을 일으켰다. 이번 왕성 침공은 침입 계획의 시작이 아니라 최종 단계였던 것이다.

자신들을 찾느라 정신이 없는 호루스의 발밑에서 라고슈는 지도를 꺼내 들고 만족스런 미소를 짓고 있었다.

"이제 얼마 안 남았군. 앞으로 한 시간쯤 있으면 봉인이 있는 곳까지 갈 수 있다."

그는 옆에 있는 표도를 칭찬했다.

"모두 네 덕분이다. 왕성 밑으로 굴을 파다니. 나는 상상도 못한 작전이었다."

표도는 웃으며 겸양을 떨었다.

"별것 아닙니다. 과거 내가 살던 세계에서 전쟁 중에 사용했던 작전을 흉내 낸 것뿐입니다."

"과연 이계의 전술이란 말이군. 그러니 호루스라도 속아 넘어갈 수밖에 없겠지."

라고슈는 웃으며 고개를 끄덕이고는 작업 상황을 지켜보았다. 왕성 밑에 이르자 마법을 사용하면 들킬 염려가 있어 고렘도 쓰지 못하고, 오직 사람 손을 사용한 수작업만으로 굴을 팔 수밖에 없었다. 하지만 그럼에도 작업 진행 속도는 빨랐다.

이유는 간단했다. 오늘 작업 완료 시간이 빠를수록 곱절의 보수를 주겠다고 약속했기 때문이다. 인부들은 그 말에 젖 먹던 힘까지 다해 엄청난 속도로 땅을 파고 있었다.

"참으로 대단하군, 인간들의 힘이란."

라고슈는 자신도 모르게 중얼거렸다. 혼자서 자신을 궁지에 몰아넣은 진인겸, 예상치 못한 책략을 생각해 낸 표도, 불과 며칠 만에 터널을 뚫어내는 집단의 힘까지, 이런 것들은 드래곤인 자신조차 능가할 정도였다.

'인간이야말로 이 세계의 어떤 생명체보다 무서운 존재가 아닐 수 없다. 내가 불멸의 힘을 얻으면 가장 먼저 인간들을 없애 버리지 않으면 안 되겠다. 그렇지 않으면 분명 나중에 나를 위협할 것이다.'

그가 이런 결심을 하고 있는데, 작업하는 인부가 뭔가를 발견하고는 소리쳤다.

"나왔다!"

소리를 듣자마자 라고슈가 다가가 보니 무너진 흙 사이로 단단한 돌로 된 벽이 드러나 있었다.

"좋았어!"

그는 회심의 미소를 짓고는 드래곤의 힘을 끌어내 완력으로 벽을 부수었다. 주변의 흙들도 함께 날려 버리자 그의 앞에 넓은 공간이 펼쳐졌다. 마침내 목적지까지 땅을 파 들어가는 데 성공한 것이다.

"됐다!"

라고슈는 외치고는 누구보다 먼저 뛰어들었다. 도착한 곳은 성 지하의 보물창고였다. 뒤따라 들어온 표도와 인부들은 쌓여 있는 값진 보물들에 놀라며 두리번거렸다.

"목적지가 여기 맞습니까?"

표도의 질문에 고개를 끄덕인 라고슈는 인부들에게 말했다.

"수고했다. 여기 있는 보물들은 수고비로 모두 너희들에게 주겠다. 밖으로 날라 모두와 나눠 가져라."

어차피 자기 것도 아니니 인심 쓰는 척한 것이다. 인부들은 단지 시키는 대로 굴을 팠을 뿐, 이곳이 왕성의 보물 창고라는 것을 몰랐다. 그저 엄청난 재물을 준다니 일단 챙기고 보자는 생각으로 신이 나서 흙을 나르던 수레에 담아 보물들을 밖으로 날랐다.

왕성 보물 창고에는 당연히 지키고 있는 병사들이 있었다. 하지만 문밖에 있는 그들은 안에서 벌어지는 일을 전혀 알아차리지 못했다. 상상도 못한 사건인 데다가, 도둑을 막기 위한 두꺼운 철문은 소리를 완전히 차단하여 목적과는 반대로 도둑의 존재를 숨기는 역할을 하고 말았다.

"그럼 우리도 가보도록 하지."

라고슈는 말하며 보물 창고의 벽을 세심히 살피기 시작했다. 얼마 후, 그는 회심의 미소를 지었다.

"이곳이다."

벽 뒤의 공간을 파악한 그는 주변을 둘러보았다. 국왕을 통해 알아낸 대로 바로 옆에 커다란 그림이 벽에 걸려 있었다. 이 나라의 건국신화를 표현한 그림이었는데, 그는 그림의 인물들을 정해진 순서로 눌렀다.

쿠쿠쿠쿠쿠!

옆의 벽이 열리며 비밀 통로가 나타났다. 라고슈는 만족스런 미소를 지으며 표도에게 말했다.

"들어가자."

표도가 돌아보니 인부들은 반대편에서 보물을 나르는 데 정신이 없어 이쪽에서 벌어지는 일을 모르고 있었다.

'이제 볼일이 끝난 인간들이니 잡히든 말든 나하고는 상관없지.'

표도는 라고슈를 따라 비밀 통로 안으로 들어갔다. 둘이 들어가자 잠시 후 벽은 닫혔다. 그러나 여전히 인부들은 아무것도 몰랐다.

라고슈와 표도, 둘은 비밀 통로의 계단을 내려갔다. 도중 몇 번이나 굳게 닫힌 철문을 만났으나 라고슈가 문을 만지며 뭔가를 중얼거리자 바로 열렸다. 그렇게 수십 미터를 내려가자 커다란 방이 하나 나타났다.

표도는 방 안을 둘러보았다. 예전 그를 이 세계로 보낸 무당의 비밀 방이 생각났다. 벽, 바닥, 천정 전체에 온갖 복잡한 기하학적 문양이 새겨져 있었다. 그리고 문양들의 선이 하나로 모이는 방의 한가운데에는 세 개의 커다란 수정 덩어리가 있었다.

"이것이 봉인?!"

표도가 놀라 말했다. 그가 다가가 살펴보니 수정 안에는 사람들이 하나씩 들어 있었다. 전부 남자로, 젊고 아름다운 외모를 가진 이들 3인은 약간의 차이가 있을 뿐, 인간들과 그다지 큰 차이는 없었다.

"이들이 고대의 엘프, 진정한 불사를 획득한 자들이다."

라고슈는 수정을 만지며 말했다.

"성마전쟁에서 이들 다크 엘프들은 패했다. 하지만 이미 그들은 진정한 불사를 손에 넣은 후였다. 그래서 승자인 엘프들도 이들을 죽이지 못하고 어쩔 수 없이 봉인할 수밖에 없었던 것이다."

그는 빙그레 웃었다.

"엘프조차 죽이지 못하고 봉인할 수밖에 없었다는 불멸! 이것이야말로 내가 원하는 진정한 불사인 것이지."

표도가 흥미있는 표정으로 물었다.

"어떻게 봉인을 풀면 됩니까?"

"간단하다. 이 수정을 없애 안의 엘프를 꺼내면 되는 것이다. 안에 있는 자들은 지금도 살아 있다. 단지 잠든 상태로 수정에 갇혀 움직이지 못할 뿐이지. 수정만 없애면 그들은 다시 생명 활동을 시작할 것이다."

표도는 생각했던 것보다 단순한 봉인 해제라는 생각이 들었다.

"그런 식이면 그냥 수정을 깨부숴도 되겠군요."

라고슈는 피식 웃었다.

"어디 할 수 있으면 해봐라."

“괜찮습니까?”

“물론이다. 불사인 자들이니 죽을 걱정도 없다.”

“좋습니다.”

표도는 한 번 시험해 보자는 생각에 검으로 내려쳤다. 그렇게 몇 번을 후려쳐도 수정에는 흠집 하나 생기지 않았다.

“지독히도 단단하군!”

“그렇지. 이 수정은 영원을 상징하는 세 가지 신물로 만들어진 것이다. 영원이란 말 그대로 봉인은 영원하다. 하지만 시작이 있으면 끝이 있는 법, 시작을 만들어낸 세 가지 신물의 힘이라면 수정을 녹일 수 있다.”

라고슈는 표도에게 설명을 해주며 품에서 세 개의 신물을 꺼냈다. 영원히 녹지 않는 빙설, 영원히 꺼지지 않는 불꽃, 영원히 반짝이는 별빛, 이들 세 개가 그의 손바닥 위에 올려졌다.

“이제 부활의 때가 왔다.”

그는 정신을 집중했다. 동시에 세 개의 신물이 그의 앞에 떠오르더니 빛을 발했다. 그리고 하나로 합쳐지더니 더욱 빛이 강해졌다. 빛을 받은 수정은 표면에 물방울 같은 것이 생기며 점차 녹기 시작했다.

4

라고슈가 봉인을 풀고 있을 때 즈음, 왕성의 보물 창고에서는 생각지도 못한 문제가 발생하고 있었다. 인부들 사이에 보물 쟁탈전이 벌어진 것이다.

굴을 파는 인부들은 효율을 위해 3교대로 일을 하고 있었다. 표도는 정보가 새어 나가지 않기 위해 굴의 시작점인 저택에서 인부들이 숙식을 해결하고 일이 끝나기 전까지는 밖으로 나가는 것은 금지했다.

때문에 굴 파는 것이 끝난 시점에서 라고슈, 표도와 있던 인부들 외에 저택에는 다른 2개 팀의 인부들이 있었다. 그들은 잠을 자거나 쉬고 있었는데, 일하던 인부들이 땅굴에서 보물들을 한가득 가지고 나오자 깜짝 놀랐다.

"그거 어디서 난 거야?!"

설명을 들은 저택의 인부들은 부랴부랴 보물을 챙기기 위해 땅굴을 통해 왕성 보물 창고로 달려갔다. 그런데 아무리 왕성의 보물 창고라도 3백 명에 달하는 인부들의 욕심을 모두 만족시켜 줄 수는 없었다.

서로 비싼 것을 가져가겠다고 다투니 보물 창고 안은 고성과 주먹질이 오가며 난장판이 되어버렸다. 안에서 수백 명이 싸우고 있으니 아무리 철문이 두꺼워도 밖으로 소리가 새어 나갈 수밖에 없었다.

"이게 무슨 소리지?"

경비를 서던 병사가 이상함을 느껴 철문에 귀를 갖다 댔다. 그러자 소리가 좀 더 명확하게 들려왔다. 병사는 깜짝 놀라 소리쳤다.

“안에 사람이 있어!”

“뭐야?”

“그것도 엄청 많은 것 같은데?”

병사들은 황당해졌다. 출입구는 자신들이 지키고 있는데 어떻게 안으로 사람이 들어갔단 말인가? 거기다 한두 명이 아니라니!

어떻게 된 일인지 확인해 보려 했지만, 그들은 지키는 역할일 뿐, 철문을 열 수 있는 열쇠는 국왕만이 가지고 있었다.

“아무래도 큰일이 난 것 같다. 빨리 보고하자.”

한편, 호루스는 철저하게 사람들을 조사하며 라고슈와 표도를 찾고 있었다. 그러나 발밑의 땅 속에 있는 그들을 위에서 찾아낼 수 있을 리가 없었다.

‘정말 포기하고 물러난 건가?

이젠 그녀도 자신이 없어졌다. 어떻게 해야 할지 고민하고 있는데, 한 시종이 다가와 보고를 했다.

“자인님께서 국왕 폐하의 기억을 되찾으셨다고 합니다.”

불안하던 호루스의 표정이 활짝 펴졌다. 그녀는 즉시 진인 겸과 아서 일행을 대동하고 국왕의 방으로 달려갔다. 그녀는 급한 마음에 문을 열자마자 물었다.

“기억을 찾았다고요?”

자인이 고개를 돌려 쳐다보고는 대답했다.

“그렇다.”

국왕이 말했다.

"봉인이 있는 곳은 왕실의 보물 창고입니다. 그곳을 통과하여 더 지하로 내려가면 있습니다."

"그럼 당장 그곳으로 가죠."

호루스는 어서 빨리 봉인의 안전을 확인하여 가슴속의 불안을 털어버리고 싶었다. 국왕이 웃으며 자리에서 일어났다.

"알겠습니다. 안내하도록 하지요."

호루스 일행은 국왕의 뒤를 따라 지하의 보물 창고로 향했다. 보물 창고로 가는 길답게 도중 몇 번이나 수비하는 병사들과 마주쳤다. 병사들의 보고는 한결같이 이상이 없다는 것이었다.

보고를 들은 호루스는 안도하며 가슴을 쓸어내렸다. 역시 라고슈와 표도는 침입에 실패한 모양이었다.

'자인과 진인겸, 둘이 봉인을 지키고 있으면 라고슈는 절대 어떻게 할 수 없다. 이젠 봉인은 안전하다.'

안심한 호루스는 평소의 여유를 되찾았다. 그런데 보물 창고를 얼마 안 남긴 시점에서 병사 하나가 위로 뛰어 올라왔다.

"국왕 폐하!"

국왕이 물었다.

"무슨 일이냐?"

"그게……."

설명을 들은 호루스의 안색이 변했다. 불안한 예감이 현실로 다가온 것이다.

"어서 가봅시다!"

일행은 서둘러 보물 창고로 달려갔다. 도착하자마자 국왕인 잠긴 자물쇠를 열자 병사들이 양쪽에서 철문을 밀었다. 그러자 펼쳐진 것은 보물을 두고 싸우는 수백 명에 달하는 인간들이었다.

"……."

문이 열렸지만 안의 사람들은 여전히 싸우는 데 정신이 팔려 있었다. 주먹질과 욕지거리가 오가는 창고 안은 완전 난장판이었다.

"웨, 웬 놈들이냐?!"

간신히 정신을 차린 국왕이 기가 막혀 하며 소리쳤지만, 싸우는 데 바쁜 인부들의 귀에 들릴 리 없었다. 그때 병사들이 일제히 다시 소리쳤다.

"웬 놈들이냐?!"

인부들은 그제야 행동을 멈추고 이쪽을 보았다. 그들은 아직 상황을 파악하지 못하고 있었다. 이상하다는 눈으로 쳐다보더니 그중 하나가 오히려 물었다.

"당신들은 누구요?"

국왕이 반문했다.

"그러는 너희들은 누구냐!?"

"내가 먼저 물었으니 먼저 대답하시지."

인부의 대꾸에 국왕은 어처구니가 없었다. 살다 살다 자신에게 이렇게 건방지게 말대답하는 인긴은 처음이었다.

"건방진! 어서 대답하지 못하겠는가!"

인부는 그제야 좀 분위기가 이상하게 돌아간다는 것을 느꼈는지 대답했다.

"우리? 우리야 평범한 노동자들이지."

국왕은 노해 외쳐 물었다.

"평범한 노동자들이 어째서 왕성의 보물을 도둑질하고 있단 말이냐?!"

깜짝 놀란 인부들이었지만, 그들 역시 할 말이 있었다. 놀란 표정으로 서로의 얼굴을 돌아보더니 곧바로 반박했다.

"무슨 소리요? 우리들은 열심히 일하고 그 대가를 가져가는 것뿐이오!"

"노동자의 권리란 말이오!"

"우리의 보수를 뺏어가려 한다면 노조를 결성해 시위하겠다!"

말로는 안 되겠다고 생각한 국왕은 뒤의 병사들에게 명령했다.

"이놈들이! 여봐라, 이놈들을 당장 체포해라!"

병사들이 달려가 인부들을 닥치는 대로 때리고 결박했다. 무슨 짓이냐고 항의했지만 먹힐 리가 없었다. 인부들은 모두 얼마 안 가 모조리 포박되었다.

인부들이 모두 잡히자 국왕이 그중 하나에게 물었다.

"너희들은 어째서, 또한 무슨 수로 이곳에 침입한 거지?"

 해리수 표도의
도망자

질문을 받은 인부는 이제야 위기감을 느꼈는지 벌벌 떨며 대답했다.

"우리들은 그저 시키는 대로 굴을 팠을 뿐입니다. 그리고 여기 재물들이 봉급이라는 말에 가져가려고 했을 뿐이고요."

"굴?"

"예."

인부가 고개를 돌려 한쪽 방향을 바라보니 창고 한쪽 구석 벽에 사람이 드나들 만한 구멍이 하나 뚫려 있었다. 호루스의 안색이 창백해졌다.

"땅속으로 잠입하다니!"

그녀는 급히 인부에게 물었다.

"당신들에게 일을 시킨 자는 두 명의 남자가 아니었습니까?"

"예, 맞습니다."

"그들은 어디로 갔지요?"

"그, 글쎄요?"

인부들은 보물을 챙기는 데 바빠 둘이 사라지는 것을 보지 못했다. 그녀는 즉시 국왕에게 외쳤다.

"어서 봉인이 있는 곳을 가르쳐 주십시오! 봉인이 위험합니다!"

"아, 알았네."

국왕은 라고슈가 한 것과 동일한 방법으로 비밀 통로를 열었다. 호루스 일행은 다급히 비밀 통로의 계단으로 달려 내려갔다.

"서둘러! 빨리!"

호루스의 재촉에 사람들은 쉴 틈도 없이 뛰어 내려갔다. 정신없이 달리던 일행은 마침내 봉인의 방에 도착했다. 그곳에는 이미 두 명의 사람이 서 있었다.

"페트루슈카!"

자인이 라고슈를 발견하고 소리 질렀다. 그 소리에 라고슈는 고개는 돌려 그를 보았다.

"생각보다 빨리 왔군."

그는 놀라지 않고 여유있게 히죽 웃고는 말했다.

"안됐지만 늦었다."

호루스는 봉인된 수정을 살펴보았다. 수정은 거의 대부분이 녹아 엘프들의 몸은 완전히 밖으로 드러나 있었다. 몸에 달려 붙어 있는 일부의 수정은 사실상 아무 의미가 없으니 봉인은 완전히 풀렸다고 할 수 있었다.

"봉인이!"

그녀가 당황하여 소리를 질렀다. 라고슈는 의기양양한 목소리로 소리쳤다.

"보라! 나의 승리다!"

그 소리를 들은 듯 엘프 중 한 사람의 고개가 들려졌다. 무거운 눈꺼풀이 올라가며 녹색의 빛을 발하는 눈동자가 드러났다.

마침내 다크 엘프가 수천 년의 봉인을 깨고 부활한 것이다.

5

봉인의 방 안엔 침묵이 흘렀다. 그토록 막으려 했지만 실패하고 말았다. 마침내 세계를 혼란에 빠뜨렸던 고대의 종족이자 불사신인 다크 엘프가 부활한 것이다. 지그문트가 허탈한 목소리로 중얼거렸다.

"이제 끝장인가?"

대답하는 사람은 없었다. 모두들 숨을 죽이고 부활한 다크 엘프를 주시하고 있었다.

"……."

그런데 눈을 뜬 다크 엘프의 상태가 뭔가 이상해 보였다. 그는 갑작스런 현재의 상황을 파악하지 못한 듯 연신 주변을 두리번거렸다.

"……."

확인이 끝났는지 다음에는 몸에 붙은 수정 조각을 털어낸 그는 앉았다 섰다를 반복하더니 양팔과 목을 이리저리 돌렸다.

수천 년간 굳어 있던 몸을 푸는 모양이었다. 몸 풀기가 끝나자 그는 사람들을 둘러보며 뭐라고 말했다.

"$#$@&@ ·*%·$#."

도저히 이해할 수 없는 언어였다. 몇 번 반복했으나 대답이 없자 그는 언어를 바꾸었다.

"지금이 몇 년도지?"

발음이나 어휘가 이상하긴 했지만 이번에는 알아들을 수 있었다. 하지만 역시나 대답하는 사람은 없었다. 어떻게 반응해야 할지 몰랐기 때문이다.

그러자 그는 다른 여러 가지 언어를 계속해서 쏟아냈다. 그래도 여전히 대답이 없자 인상을 찌푸리며 처음 말했던 언어로 중얼거렸다.

"·*$(&#&#*·# $%**·#*@&."

그런데 그때 자인이 나서서 같은 언어로 대답했다.

"$·%·%&$@*·#."

"아, 두 번째 썼던 언어를 쓰란 말이지? 다행히 세월이 흘렀어도 인간들의 말은 그다지 많이 변하지 않은 모양이군."

표정이 밝아진 다크 엘프는 이어 말했다.

"그런데 왜 대답하는 사람이 없지? 다들 벙어리들인가? 아니면 달력을 볼 줄 모르는 미개인들뿐인가? 무슨 말이라도 해 보지?"

그걸 보고 표도는 뭔가 하지 않으면 안 된다는 생각이 들었다. 고생해서 부활시켰으니 써먹어봐야 할 것 아닌가.

"안녕하십니까. 전 표도라고 합니다. 저와 여기 이분이 힘을 모아 당신의 봉인을 풀었습니다."

"아, 그런가?"

다크 엘프는 웃으며 악수를 청했다.

"감사하네. 난 히야신스라고 하네."

상당히 예의바른 놈이라고 생각하며 표도는 대충 손을 잡아 흔들었다. 그리고는 진인겸을 가리키며 소리쳤다.

"저자들은 당신들의 부활을 방해하려던 자들입니다. 어서 당신의 힘으로 해치우시오!"

엘프의 시선이 진인겸 등을 향해 옮겨졌다. 시선을 받은 사람들이 움찔했다. 상대는 드래곤조차 만들어냈다는 고대 문명의 존재, 더구나 불사신이었다.

그런데 히야신스라는 사람은 그냥 쳐다만 보고 있다. 싸울 생각은 어디에도 찾아볼 수 없었다. 답답해진 표도가 재촉했다.

"뭘 하고 있는 거요? 어서 빨리 공격하지 않고!"

"해치우다니 너무 야만적이군. 우리, 보다 평화적으로 해결하세나."

히야신스는 웃으며 어깨를 으쓱했다. 그러더니 호루스 일행을 향해 말했다.

"그대들이 나의 부활을 방해하려 했다니 실로 안타까운 일이군. 그러나 다행스럽게도 난 무사히 부활했네. 그대들에게는 유감스러운 일이지. 하지만 이미 부활한 것은 어쩔 수 없지 않은가. 그만 포기하고 물러나 주기를 바라네."

호루스 일행은 멍청한 표정이 되어버렸다. 너무나도 정중한 말이 아닌가! 표도가 기가 막혀 하며 따졌다.

"지금 무슨 소릴 하는 거요? 저들은 적이라고! 이쪽을 죽이지 않으면 내가 죽는 적! 말로 어떻게 할 수 있는 상대가 아니라고!"

히야신스는 웃으며 반박했다.

"무슨 소린가? 확실히 목적이 서로 반대되면 대립할 수밖에 없겠지. 하지만 이미 봉인은 풀려오니 끝난 일이 아닌가. 그렇다면 더 이상 싸움은 그만두고 새로운 세상으로 나아갈 필요가 있는 법이다. '러브&피스'라는 말도 모르나?"

그는 한쪽 눈을 찡긋 하며 말을 이었다.

"그리고 난 절대 죽지 않는 불사신이라네. 그러니까 죽이지 않아도 내가 죽을 걱정은 없지. 이제 알겠나? 하하하!"

"……."

표도가 어이가 없어 말을 잇지 못하고 있는데, 자인이 앞으로 나서며 말했다.

"죽일 수는 없지만 다시 봉인할 수는 있지."

그는 히야신스를 쳐다보며 눈을 빛냈다.

"나의 주인이 내린 명령에 따라 당신을 다시 봉인 처리하겠습니다."

히야신스는 흠칫하며 그제야 당황한 표정을 지었다.

"넌 봉인 관리를 맡고 있던 거신병이로구나. 아직도 활동하고 있었나?"

"그렇습니다."

그는 고민하는 표정을 짓더니 곧 한숨을 내쉬었다.

"그렇다면 어쩔 수 없이 싸울 수밖에 없군."

드디어 원하던 말이 나왔다. 표도는 좋아하며 외쳤다.

"그래, 어서 싸우시오! 놈들을 전부 없애 버리라고!"

그런데 히야신스는 자기 몸을 뒤지는가 싶더니 머리를 긁적였다.

"안 되겠는데. 싸울 수가 없겠는데."

표도는 놀라 물었다.

"어째서?!"

"무기가 있어야 공격을 하던지 하지."

"……."

모두가 어이없어 하는 분위기였다. 보고 있던 라고슈가 시험해 볼 셈으로 자신의 검을 던져 주었다.

"자, 받아라."

그런데 히야신스는 날아오는 검을 받을 생각은 안 하고 깜짝 놀라 피했다. 검은 힘없이 바닥에 떨어졌다.

"위험하잖아!"

표도는 짜증이 났다.

"빨리 싸우기나 해!"

그러나 히야신스는 여전히 전의를 보이지 않았다. 그는 바닥에 떨어진 검을 주워 들었다. 그리고 이리저리 살펴보더니 마땅치 않다는 표정으로 물었다.

"검이라니. 아직도 이런 구식 무기를 쓰나?"

그리고는 라고슈를 향해 물었다.

"총 없나? 레일 건이라던가, 하다못해 나이트 세이버라도……."

“…….”

그제야 표도는 아무래도 뭔가 상당히 잘못되었다는 생각이 들었다. 그런데 그때 다른 두 다크 엘프도 눈을 떴다.

“&$%728?”

“$%&**#%(#(?’

먼저 깨어난 히야신스가 두 다크 엘프에게 자기들끼리만 통하는 언어로 뭐라고 설명했다. 설명을 들은 다크 엘프는 다시 묻고, 대답을 듣고, 뭔가 의견을 나누는 듯했다. 셋이 중구난방으로 뭐라고 쉴 새 없이 계속 대화를 나누는 것이, 주변의 다른 사람들은 안중에도 없는 듯했다.

‘지금 뭘 하고 있는 거야?!’

표도가 답답함을 느끼는데, 그와 같은 심정인지 진인겸이 앞으로 나섰다.

“이제 대화는 충분히 나눈 것 같군. 어디 고대 불사 종족의 힘을 보도록 하지.”

그는 다크 엘프들을 향해 소리쳤다.

“자, 어디 한번 공격해 봐라!”

그런데 다크 엘프들은 전혀 공격할 생각이 없었다. 진인겸을 가리키며 뭐라고 자기들끼리 떠들었다. 가끔 피식거리며 웃기까지 했다.

“……?”

진인겸으로서는 상당히 기분 나쁜 일이었다. 말을 알아들을 수 없어 뭐라고 하는지 모르니 더욱 그러했다. 꼭 자기를 비웃고 욕하는 것 같았다. 특히나 웃는 표정이 더욱 그렇게 느껴지게 했다.

진인겸은 눈썹을 꿈틀하며 말을 내뱉었다.

"너희가 공격하지 않으면 내가 먼저 공격하마."

그래도 다크 엘프들은 여전히 진인겸은 안중에 두지 않은 채 알아듣지 못할 말로 떠들기만 했다. 진인겸은 최후 통첩을 날렸다.

"난 분명히 예고했다."

말을 끝내자마자 그의 손이 번개같이 움직이며 검을 뽑아 발검했다. 겉보기에는 멈춰 있는 동작 같았지만, 이미 뽑혔다 들어간 검에서 검기와 뻗어 나가 유난히 많이 웃은 다크 엘프를 향했다.

"$·@%&%."

그 순간, 뭐라고 웃으며 떠들던 엘프의 허리가 갈라졌다. 둘로 분리된 상체는 그대로 바닥에 떨어졌다.

"……!"

사람들은 깜짝 놀랐다. 진인겸의 실력이 놀랍긴 했지만, 그들이 진짜 놀란 이유는 너무나 쉽게 다크 엘프가 당해 버렸기 때문이다. 전설의 고대 종족치곤 간단해도 너무 간단하지 않은가?

다른 두 다크 엘프가 놀라며 쓰러진 엘프를 부축했다.

"어비스!"

허리가 동강 난 엘프는 죽지 않았다. 일단 불사신인 것은 확실한 모양이다. 그는 진땀을 흘리는 가운데 억지로 웃으며 대답했다.

"괘, 괜찮아."

다른 두 다크 엘프가 급히 잘린 허리를 맞추자 놀라운 재생력으로 순식간에 몸이 붙어 원래대로 돌아왔다.

"다행이다!"

안도한 히야신스가 곧 분노하여 벌떡 일어나 진인겸을 향해 소리쳤다.

"이게 무슨 짓이냐?!"

진인겸은 상대가 너무 약한 것에 놀라고 있다가 질문에 헛웃음을 지으며 대답했다.

"싸우자는 것이다. 몇 번이나 말하지 않았나, 공격하겠다고. 분하면 소리만 지르지 말고 공격을 해봐라."

히야신스는 분연히 라고슈가 준 검을 들었다.

"용서할 수 없어!"

그는 달려가 진인겸을 향해 힘차게 휘둘렀다.

"에잇!"

그러나 검은 진인겸 근처에도 가지 못했다. 진인겸이 피한 것이 아니었다. 그는 그냥 그대로 서 있었다. 히야신스는 거리 조절을 잘못하여 한참 떨어진 허공에다 검을 휘둘렀고, 뿐만 아니라 검을 휘두르는 힘에 자기가 못 이겨 제자리에서 한 바퀴 빙글 돌더니 그대로 나자빠져 버렸다.

쾅당!

"아야!"

"……."

주변이 썰렁해졌다. 모두들 어처구니가 없다는 표정으로 입만 벌리고 있었다. 도저히 히야신스의 행동을 이해할 수 없었다.

'혹시 개그?'

다크 엘프의 약함은 이곳에 있는 모든 사람들의 상상을 훨씬 초월하고 있었다. 그냥 길거리를 지나가는 사람 아무나 붙잡고 데려와 싸우게 해도 이길 것 같았다.

이런 자들이 그토록 두려워 부활하지 않도록 노력한 자들이 맞단 말인가? 호루스는 너무나 황당해 묻지 않을 수 없었다.

"당신들이 고대의 엘프가 맞습니까? 드래곤과 몬스터를 만들고, 성마전쟁을 벌였던……."

히야신스는 아픈 엉덩이를 문지르고 씩씩거리며 대답했다.

"그래, 우리가 그 엘프가 맞다. 드래곤이나 몬스터나 우리가 만든 생체 병기 중 하나지. 그것도 여기 있는 우리 셋이 주도해서 만든 거다."

"그런데 왜 이렇게 약합니까?"

이곳에 모인 모두가 가진 의문이었다. 그런 대단한 존재가 어떻게 검 하나 제대로 휘두르지 못한단 말인가?

그런데 히야신스는 오히려 그들의 의문이 이해가 가지 않았다.

"당연한 것 아니냐! 우리들은 순수한 학자들이란 말이다. 태

어나서 지금까지 책과 펜보다 무거운 것을 들어본 적이 없는
데, 검 따위를 어떻게 사용하겠어!"

"……."

표도가 당황하여 물었다.

"마법도 못 쓴단 말이오?"

"그래. 마법은 마법 전문이 따로 있지 우리와는 관계없다."

"초능력이라든가, 몬스터를 조종한다든가."

"그런 능력을 이식받은 엘프도 있지만, 우리가 전선에 나가
싸울 것도 아닌데 뭐 하러 그런 능력을 달겠나."

"……."

그러니까 이런 이야기였다. 이들 세 엘프는 학자들로, 전투
능력이 전무했다. 이들은 불사를 완성하고 다른 전투 능력이
뛰어난 엘프에게 사용하기 전에 시험적으로 우선 자신들을 불
사로 만들었다.

그런데 하필 그때 전쟁이 패하는 바람에 불사가 된 것은 그
들 학자와 몇몇 소수뿐이었다. 전투 능력이 있는 불사인 자들
은 도망쳤고, 불사면서 싸움을 전혀 못하는 그들만 잡혀 버렸
다. 그리고 그대로 봉인당해 버린 것이다.

"……."

상황을 파악한 호루스는 지끈거리는 이마를 꾹꾹 눌렀다.
봉인이 풀리면 무시무시한 힘을 가진 자들이 부활하여 세계가
위기에 빠질 줄 알았는데, 이건 뭐, 오크 한 마리와 싸우는 것
보다 위기감이 떨어지지 않는가?

“휴우~ 힘 빠지네.”

긴 한숨을 내쉰 그녀는 고개를 옆으로 돌렸다.

“자인.”

그녀가 말을 걸자 자인은 알겠다는 듯 고개를 끄덕였다.

“라고슈를 죽이고 엘프들은 다시 봉인한다.”

라고슈와 표도는 놀라 움찔했다. 이건 둘이 전혀 예상 못한 사태였다. 봉인이 풀리면 다크 엘프 3인의 압도적인 힘으로 순식간에 전세가 역전될 줄 알았는데, 단지 천덕꾸러기 짐 세 개가 늘어났을 뿐이 아닌가!

‘젠장, 어떡하지?’

라고슈와 표도, 이 둘만으로는 자인과 진인겸을 당할 수 없었다. 다크 엘프들도 이제야 위기감을 느꼈는지 당황하여 둘에게 말했다.

“이봐, 어떻게든 해봐!”

그건 라고슈 쪽에서 하고 싶은 말이었다. 진인겸은 다크 엘프들에게 싸울 가치를 못 느끼고 라고슈와 표도에게로 관심을 돌렸다. 그의 우선적인 목표는 이미 한 번 이긴 적이 있는 라고슈가 아닌, 그를 죽일 뻔한 표도였다.

“끝을 내자, 표도!”

표도는 가슴이 철렁했다. 진인겸은 그를 향해 묘한 미소를 지었다.

“날 이렇게까지 애먹인 놈은 네가 처음이다. 경의를 표하며 죽여주지.”

"싫어!"

호루스는 머리를 쓸어 넘기며 웃었다. 표도의 계략에 넘어가 봉인이 풀리긴 했지만 이걸로 상황은 수습될 것으로 보인다.

'엘프들은 다시 봉인하고, 라고슈와 표도는 죽인다. 이것으로 모든 것은 끝난다.'

그런데 그때였다. 도망칠 곳을 찾던 히야신스가 허공중에 아직도 빛을 내는 세 개의 신물을 발견했다.

"저건 봉인구!"

그는 즉시 신물들을 향해 손을 뻗었다. 자인이 그걸 보고 흠칫 놀라더니 달려들었다.

"안 된다!"

표도는 상황 판단이 뛰어났다. 히야신스가 뭔가를 하려는 것임을 눈치 채고 화접선을 펼쳐 자인을 향해 던졌다.

자인에게 화접선의 공격으로 타격은 줄 수 없었다. 하지만 펼쳐져 날아간 화접선은 그의 눈앞을 가로막아 시야를 차단했다.

"……!"

목표를 시야에 놓친 자인은 먼저 손을 뻗었지만 허공만을 움켜잡았다. 이어 신물을 낚아챈 히야신스는 호루스 일행을 향해 던지며 소리쳤다.

"라이 브란카 엘 스트로!"

그는 마법을 쓸 수 없었지만 신물의 힘을 사용하는 데 마력은 필요가 없었다. 발동어에 반응한 신물에서 눈보라 같은 것이 쏟아져 나왔다. 눈보라에 맞은 사람들의 몸에 수정 조각들이 생겨나 달라붙기 시작하는 것이었다.

호루스가 당황해 소리쳤다.

"우릴 봉인하겠다는 건가?!"

히야신스가 라고슈를 재촉했다.

"지금이다. 빨리 도망치자."

"아, 알았소."

라고슈는 곧 표도와 다크 엘프들을 데리고 공간 이동을 했다. 자인이 막으려 했지만 당장 봉인당할 판이라 자기 자신을 추스르기에도 바빴다. 순식간에 수정들은 그의 몸의 절반을 뒤덮었다.

"위험하다. 이대로는 작동 정지……."

"쳇!"

진인겸이 혀를 차며 신물을 향해 검으로 휘둘렀다. 검기를 맞은 신물은 빛을 잃고 바닥에 떨어졌다. 바람은 사라지고 몸에 달라붙던 수정들이 떨어져 내렸다. 그러나 그때는 이미 라고슈 등은 도망친 후였다.

"놓쳐 버렸다!"

자인은 소리치며 눈을 감았다. 라고슈가 공간 이동한 장소를 탐지하려는 것이었다. 그러나 그들이 돌연 감지 범위에서 사라졌다.

"방해인가!"

완전히 놓쳐 버린 일행은 잠시 허탈한 표정으로 서 있었다. 또다시 다 잡아놓고 한순간에 놓쳐 버린 것이다. 호루스는 속으로 욕을 내뱉었다.

'제길! 또 표도 자식이!'

그때 침묵을 깨고 지그문트가 말했다.

"그렇게 걱정할 필요가 없는 것 같은데?"

그는 사람들을 둘러보며 웃었다.

"봤잖아, 그 다크 엘프라는 것들이 얼마나 약한지. 세계의 위기가 되기는커녕 자신의 위기도 감당 못하겠더라. 그런 것들이 해봐야 뭘 얼마나 하겠어? 기껏 부활시킨 자들이 그런 것들이라니, 라고슈도 분통이 터질 거야."

그러나 호루스가 고개를 저었다.

"그들의 두려운 점은 육체적인 힘이 아닙니다."

그녀는 심각한 표정으로 말을 이었다.

"그들이 말하지 않았습니까. 드래곤과 몬스터를 만들어낸 것은 바로 자신들이라고. 그래요, 그들의 무서운 것은 그들의 지식입니다. 그들 자신의 힘은 보잘것없지만, 조건만 갖춰진다면 엄청난 괴물을 얼마든지 만들어낼 수 있단 말입니다."

그녀는 분한 표정으로 입술을 깨물었다.

"라고슈는 실패한 것이 아닙니다. 그가 원한 것은 다크 엘프의 힘이 아닌 지식, 그는 자신이 원한 것을 손에 넣은 것입니다.

Chapter 3

준비

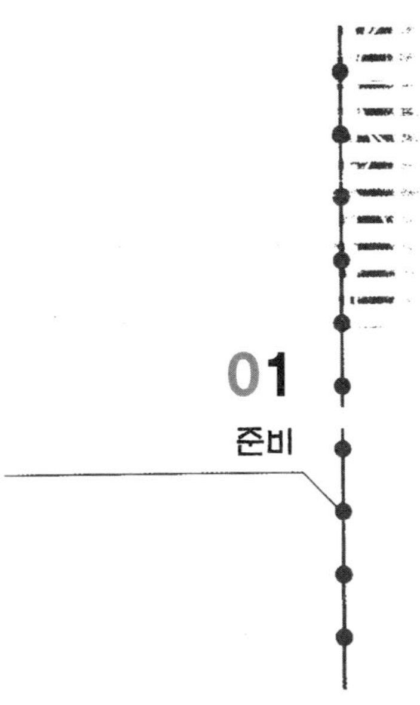

01

준비

라고슈와 표도, 다크 엘프들이 도착한 곳은 어떤 거대한 산 속의 공동 안이었다. 표도는 주변을 둘러보고 위험이 사라졌다는 것을 확인하자 분통부터 터뜨렸다.

"젠장! 고생해서 봉인을 풀었더니 이건 뭐, 쓸모없는 병신들뿐이잖아!"

자신들을 가리키는 것이란 것을 모를 리가 없는 히야신스가 울컥하여 반박했다.

"병신이라니! 우린 엘프 역사상 최고의 천재들이라 칭송받았던 분들이다. 나 히야신스는 생물학, 이쪽 라파푸 박사는 시공 역학, 여기 어비스 박사는 기계공학의 최고 권위자로, 너와는 지능지수가 배 이상 차이 난단 말이다!"

"웃기시네!"

표도가 욕하며 발로 걷어차자 히야신스는 그대로 나자빠졌다. 이들 세 다크 엘프는 싸움과는 담쌓은 사람들이라 감히 반격할 엄두도 못 내고 소리만 질러댔다.

"이 야만인!"

"폭력으로 지성을 탄압하다니!"

"이 세계는 법과 질서가 사라졌던 말인가? 통탄할 일이로다!"

표도가 몇 대 더 때려주려고 하는데, 라고슈가 양쪽 사이에 끼어들어 진정시켰다.

"표도, 그만둬라. 이들은 결코 쓸모없는 자들이 아니다. 힘이 전혀 없는 것은 예상 밖이지만, 충분히 내가 원하는 능력을 가지고 있다."

다크 엘프들은 어리둥절하여 라고슈를 보았다. 지금까지는 정신이 없어 생각하지 못했는데, 그제야 왜 이들이 자신들을 부활시켰는지에 대해 의문을 느꼈다.

히야신스가 라고슈를 살펴보았다. 그는 드래곤이란 종족을 만들어낸 장본인이다. 인간과 다른 몇 가지 차이점을 발견하고는 곧 라고슈의 정체를 꿰뚫어 보았다.

"그러고 보니 넌 드래곤이로구나. 왜 우릴 부활시킨 거지? 우리 동료 중 누군가가 명령한 것이냐?"

라고슈는 코웃음 쳤다.

"우리 종족을 당신들이 만들었는지는 모르겠지만, 우린 더

이상 당신들의 명령을 듣지 않소. 내가 당신들을 부활시킨 것
은 어떤 일을 시키기 위해서로, 나 스스로의 의지요.”

히야신스는 인상을 찌푸렸다.

“어떤 일을 위해서? 원하는 것이 뭐지? 감히 피조물인 주제
에 창조주를 이용하겠다는 말이냐?”

라고슈는 비웃었다.

“창조주? 그것이 무슨 의미가 있지? 은혜를 알고 복종하란
말인가? 타인 위에 군림하기 위해서는 힘이 필요하다. 아무 힘
이 없는 너희들 따위에게 내가 복종할 것 같으냐? 어디 마음에
들지 않는다면 복종을 거부하는 나에게 천벌이라도 내려보시
지.”

“……”

히야신스는 입을 다물었다. 확실히 자신들은 힘이 없다. 라
고슈와 동격, 아니, 그 이상의 존재를 만들 수 있는 그였지만,
그것은 조건이 주어졌을 때나 가능한 일이다. 현재 그 자신에
게는 라고슈의 비늘 하나 상처 입힐 힘이 없었다.

라고슈는 다크 엘프들이 따지지 못하자 피식 웃고는 말했
다.

“따라오시오.”

그를 따라 표도와 다크 엘프가 걸었다. 거대한 지하 공간인
이곳에는 어디서 들어오는지 알 수 없는 은은한 빛이 안을 밝
히고 있었다. 주변을 두리번거리며 표도가 물었다.

“이곳은 어디입니까?”

라고슈는 간단히 대답했다.

"내 레어다."

지하 공간이 갑자기 넓어졌다. 수천 명이 들어갈 수 있을 정도로 넓은 공간이었는데, 그곳의 중앙에는 거대한 기계장치가 하나 서 있었다. 크고 작은 원형의 둥근 테들이 서로 겹쳐져 회전하고 있는 그 한가운데에는 아지랑이 같은 것이 피어오르고 있었다.

주변에도 여러 가지 장치들이 보이긴 했지만, 이곳의 사람들은 중앙의 압도적인 거대한 장치에 시선이 집중되어 다른 것은 눈에 들어오지 않았다.

"이, 이건!"

다크 엘프들이 놀라 소리쳤다. 라고슈가 미소를 지으며 말했다.

"역시 한눈에 알아보는군."

어비스가 물었다.

"이걸 어디서 구한 거지?"

"고대의 기록을 조사하여 내 나름대로 만든 것이오. 기록에 의하면 이것을 만든 것은 엘프의 3현자라고 하던데……."

그의 시선이 다크 엘프들을 향했다.

"바로 당신들을 말하는 것이겠지?"

히야신스는 심각한 표정으로 물었다.

"우릴 부활시킨 것이 저 장치 때문인가?"

"그렇소."

라고슈는 장치에 다가가 고정하는 기둥 중 하나를 두드리며 말을 이었다.

"내가 가진 기록과 지식만으로 만들어보았지만, 안타깝게도 핵심적인 이론과 기술이 빠진 빈껍데기가 되고 말았소. 그래서 설계자인 당신들을 부활시키게 된 것이오. 나를 도와 이것을 완성시켜 주었으면 하오."

어비스가 떨리는 목소리로 물었다.

"너는 이것이 무엇을 위한 장치인지 알면서 하는 소리냐?"

"그럼 물론이오."

라고슈는 히죽 웃고는 대답했다.

"불사를 초월하여 신이 되기 위한 것! 이 장치 속에서 태초의 혼돈을 일으킨 후, 이계의 신을 소환, 장치에 들어간 생명체는 혼돈의 무한한 가능성의 힘으로 신과 융합하여 불사와 동시에 절대적인 힘을 가지게 되지. 그 이름하여 바벨의 혼돈구!"

그의 목적인 단순히 불사신이 되는 것이 아닌 그 이상의 절대적인 존재가 되는 것이었던 것이다.

원래 그는 불사만이 목적이었다. 그러던 중 고대의 기록을 조사하다 이것의 설계도를 발견했다. 기왕 불사가 될 바에는 전능한 신이 되어 세계를 지배하는 것이 낫지 않겠는가. 그래서 그는 당초의 목적을 좀 더 발전시켰다.

"일이 성공하면 당신들에게도 영광이 돌아갈 것이오. 자인이란 거신병에게서 지켜줄 뿐만 아니라, 나의 심복이 되어 함께 세계를 다스리게 해주겠소. 원하면 대륙 하나를 통째로 줄 수도 있지."

그는 웃는 얼굴로 다크 엘프 학자들을 둘러보았다.

"이 장치의 완성을 위해서는 라파푸와 어비스 박사만으로 충분할 것이오. 남은 히야신스 박사께서는 이곳에 있는 다른 설비들로 나를 따르는 최강의 몬스터 군단을 만들어주시면 감사하겠소."

라고슈의 말에 다크 엘프들은 얼굴이 굳어졌다. 말은 그럴 듯해도 결국 부하로 부리겠다는 소리가 아닌가?

히야신스가 소리쳤다.

"넌 바벨의 혼돈구에 대해 잘 모르는 것 같구나! 혼돈을 일으키고 신의 힘을 소환한다는 것이 어떤 의미인지를! 자칫하면 혼돈이 제어를 잃고 확장되거나, 신의 분노를 사 이 세계가 멸망할지도 모른다! 그래서 성마전쟁 당시 패망할 때까지도 사용하지 않았단 말이다!"

라파푸가 말을 덧붙였다.

"또한 소환한다는 힘이 이계의 강대한 존재의 힘이라고 해서 신의 힘이라고 한 것이지 정확히 신의 힘인지도 확실하지 않다! 신인지 악마인지, 아니면 우리의 상상을 넘어선 존재인지 장치를 작동시켜 보지 않는 한 알 수가 없단 말이다!"

"괜찮소."

라고슈는 피식 웃었다.

"위험성이야 충분히 고려한 바요. 모두 내가 계산한 범위 내이니 걱정할 필요없소. 그러니 당신들은 시키는 대로 완성만 시켜주시오."

라파푸가 어처구니없어 하며 물었다.

"세계가 멸망해도 좋단 말이냐?"

"물론 세계가 멸망하면 곤란하지. 하지만 그렇다고 그 작은 위험성 하나 때문에 큰 기회를 놓칠 수는 없지 않은가."

"작은 위험성? 세계가 멸망할지도 모르는 것이 작은 위험성 이란 말인가?"

라고슈는 서슴없이 답했다.

"그렇소. 결국 최악의 경우, 죽는다는 것뿐이 아니오?"

"뭐, 뭐라고?"

"어차피 난 수명이 다해 얼마 안 있으면 죽을 것이오. 실패 해도 단지 좀 더 빨리 죽는 것뿐이니 그렇게 큰 차이가 없지. 대신 성공하면 절대무적의 신! 그러니까 작은 위험성의 큰 기 회이지."

다크 엘프들은 라고슈의 발언에 입이 벌어졌다. 세상의 멸 망보다 자기가 사는 것이 중요하다니, 이기주의의 극치가 아 닌가!

표도만이 다르게 생각할 뿐이다.

'이 녀석, 나와 사고방식이 비슷한데? 어쩐지 통하는 것이 있더라.'

라고슈는 피식거리며 명령했다.

"당신들은 닥치고 시키는 대로 만들기나 하시오."

세 다크 엘프는 몸을 떨었다. 기껏 봉인에서 풀려났더니 피조물에게 노예로 부려 먹히게 생겼다. 그뿐 아니라 이런 터무니없는 일을 도와야 하다니! 이렇게 될 줄 알았다면 그냥 계속 봉인되어 있는 편이 나았을 것이다.

그들은 입을 모아 라고슈의 명령을 거부했다.

"결단코 할 수 없다!"

"그래?"

라고슈는 웃고는 표도를 쳐다보며 물었다.

"하기 싫다는데 어떻게 할까?"

표도는 똑같이 웃으며 답했다. 둘 다 똑같은 족속이었다.

"그거 잘되었군요. 어디 그들이 말하는 지성의 힘을 보도록 할까요?"

다크 엘프들은 움찔하면서도 목소리를 높였다.

"우린 불사신이다. 그런 협박 따위 통하지 않는다!"

그러나 표도는 오히려 좋아했다.

"그거 잘되었군. 죽을까 봐 신경 쓰지 않고 마음껏 고문할 수가 있으니까."

어비스가 안색이 창백해져 외쳤다.

"이런 비인도적인 행동이 용서받을 것이라 생각하는가! 세상은 뿌린 대로 거두어들이는 법, 반드시 그 죗값을 받을 것이다!"

"웃기지도 않는 소리군."

표도는 비웃으며 대꾸했다.

"너희들이 살던 세계에는 인도, 비인도를 따지는가 모르겠지만, 내가 살던 세상의 규칙은 힘있는 놈이 장땡이라는 것이다. 강자가 화풀이로 약자를 죽여도, 약자는 억울해도 그냥 뒈질 수밖에 없더란 말이다."

그는 품에서 단검을 꺼내 손가락으로 검날을 문질렀다.

"아직 이 세상에 막 나와 상황 파악을 못하는 모양인데. 내가 현 세상의 규칙을 절실히 느끼게 해주지!"

히야신스가 다른 두 명의 손을 잡고 소리쳤다.

"우리는 굴복하지 않는다! 지성이야말로 우리가 짐승과 다르다는 증거!"

그들은 목소리를 높여 노래까지 불렀다.

"거친 파도, 몰아치는 폭풍 이겨내리라. 언제가 밝은 빛이 비추리라~"

그러나 안타깝게도 그들 다크 엘프들의 지성과 의지는 비례하지 않았다. 아니, 반대로 고생없이 살아온 그들의 육체는 고통에 대한 내성이 전혀 없다시피 했다.

제대로 고문을 시작하기도 전에 그들은 울며불며 항복하고 뭐든지 시키는 대로 할 것을 약속했다.

2

라고슈와 표도는 바빠졌다. 바벨의 혼돈구의 완성과 더불어 언제 들이닥칠지 모르는 호루스 일행을 막을 준비도 해야 했기 때문이다.

이곳은 드래곤의 레어답게 침입자를 막기 위한 여러 가지 장치와 함정 등이 이미 설치되어 있었다. 하지만 그것만으로는 자인이나 진인겸 같은 라고슈와 동격의 강자들을 막기에는 턱없이 부족했다.

라고슈는 침입자를 막는 전권을 표도에게 모두 맡겼다. 자신은 바벨의 혼돈구 완성에 바쁘기도 했고, 지금까지 몇 번이나 호루스에게 생각지도 못한 방법으로 타격을 입힌 표도에게 신뢰를 가졌기 때문이다.

"히야신스는 혼돈구를 만드는 데는 필요없지만, 드래곤까지 만들어냈다는 인물이다. 그의 능력을 빌려 적들을 막을 몬스터 군단을 만들어내어라. 이에 필요한 레어 안의 물건들은 자유롭게 사용해라."

"맡겨주십시오."

표도는 자신있게 대답하고는 넓은 레어 한구석에 이를 위한 연구 시설을 만들었다. 준비가 모두 끝나자 그는 히야신스와 둘만이 대면하여 물었다.

"너는 드래곤도 만들어냈다고 했지? 그렇다면 지금도 그것이 가능하나?"

라고슈 하나는 진인겸을 이기지 못하지만, 수십 마리가 덤비면 될 것 같아서 하는 질문이었다. 그러나 히야신스는 고개를 저었다.

"그건 말처럼 쉬운 일이 아니다. 드래곤을 만드는 과정은 복잡하고, 배양에도 긴 시간이 필요하다. 거기다 여기 있는 설비로는 턱없이 부족하니 사실상 불가능하다."

"그렇다면 몬스터 군단을 만드는 것은?"

"그것도 안 된다. 너야 모르겠지만, 생명을 만들어낸다는 것은 말처럼 그리 간단한 것이 아니다."

히야신스의 말은 깔보는 듯했지만 표도는 화를 내지 않았다. 간단히 고개를 끄덕이고는 잠시 생각하더니 말했다.

"그렇다면 이미 존재하는 몬스터를 강화하는 것은? 그건 처음부터 생명을 만들어낼 필요가 없으니 훨씬 간단하겠군."

"물론 그건 그렇지. 하지만 생명체가 가지는 기본적인 한계라는 것이 있으니 너무 많은 기대를 하면 곤란해."

"좋다. 그럼 그렇게 하도록 하지. 내가 몬스터를 포획하여 올 테니 네가 몬스터를 강화하고, 나의 명령을 듣게 만들어라. 알겠지?"

하지만 히야신스는 못마땅한 표정이었다. 애초에 억지로 강요하여 하는 일이니 그럴 만도 했다.

표도는 쓴웃음을 지으며 말했다.

"이봐, 그런 식이면 곤란해. 과정이야 어찌 되었든 같은 배를 탄 몸이니 협력하는 것이 좋지 않겠나?"

히야신스는 욕이 나오려는 것을 참고 말을 내뱉었다.

"우릴 고문해 놓고도 잘도 그런 소리를 하는군."

표도는 돌연 한숨을 내쉬었다.

"그건 어쩔 수 없잖아. 나 역시 라고슈가 시키는 대로 하는 수밖에 없는 몸이다. 너희들이야 불사신이니까 죽을 걱정은 없다지만, 나는 목숨이 담보로 잡혀 있단 말이다.”

생각지도 않은 표도의 말에 히야신스는 놀랐다. 그가 볼 때 표도는 라고슈와 너무도 잘 어울리는 악인으로, 악행을 하는 데 전혀 거부감이 없어 보였기 때문이다.

“뭐? 그건 무슨 뜻이지?”

“나에게는 꼭두각시 마법이라는 것이 걸려 있다.”

표도는 검을 뽑아 들었다. 깜짝 놀라 물러서는 히야신스를 흘긋 본 그는 자기 손등을 검으로 그었다.

“이것을 봐라.”

손등의 상처는 순식간에 아물었다. 히야신스는 학자답게 흥미를 나타내며 물었다.

“꼭두각시 마법이라고 했나? 어떻게 한 건지 자세히 말해주겠나?”

표도는 마법이 걸린 과정을 설명했다. 히야신스는 알겠다는 듯 고개를 끄덕였다.

“내 동료 중 하나가 시험했던 방법이군. 분명 리치를 만드는 법을 응용한 것이었지. 하지만 여러 가지 문제점이 발견되어 결국 실패로 처리되었지.”

표도는 다시 한숨을 내쉬었다.

“이것 때문에 나의 목숨은 라고슈의 손에 잡혀 있다. 그렇기 때문에 그를 거역하기는커녕 눈치를 보며 살지 않으면 안 돼. 나도 좋아서 하는 짓이 아니라 자칫 의심을 사거나 라고슈의

 해리수 표도의
도망자

심기를 건드렸다가는 바로 죽은 목숨이니 잘 보이기 위해 어쩔 수 없이 하는 것뿐이다. 나 역시 당신들하고 같은 신세란 말이지.”

정확히 따지자면 그것은 사실이 아니었다. 억지로 강요당하는 히야신스 등과는 달리 표도는 자신의 목적을 위해 스스로 부하가 된 것이었다. 하지만 표도는 그 사실을 숨기고 같은 입장이라는 것을 강조했다.

잠자코 표도의 이야기를 모두 들은 히야신스는 동정 어린 시선을 그에게 보냈다.

“결국 모든 원흉은 라고슈라는 드래곤이로군. 그놈 하나 때문에 너나 우리나 이 고생이니, 드래곤이란 종족을 만들어낸 자로서 책임감을 느끼지 않을 수 없군.”

표도는 속으로 그를 비웃었다.

‘나보다 몇 배는 지능이 뛰어나다고 하더니만, 어이가 없을 정도로 잘 속는군!’

그는 속마음을 감추고 물었다.

“이 마법을 풀 방법이 없을까? 이 마법만 없어지면 난 더 이상 라고슈를 따를 필요가 없다. 당신의 동료 둘은 라고슈의 감시를 받는 입장이지만, 나와 당신은 자유로운 입장이다. 이 점을 이용해 우리 둘이 힘을 합치면 라고슈를 쓰러뜨리고, 당신의 동료들을 구할 수 있을지도 몰라.”

히야신스가 들어보니 상당히 그럴듯한 말이다. 특히 그는 바벨의 혼돈구의 완성을 어떻게든 막고 싶었다.

'우리 셋으로는 무력이 너무 약하다. 이 표도란 녀석은 그다지 좋은 녀석은 아닌 것 같지만, 어떻게든 힘을 합치면 라고슈를 상대할 수 있을지도 모른다.'

그는 곰곰이 생각해 보고는 말했다.

"나는 마법이 전문은 아니라서 확실하게 말할 수는 없지만, 이 연구가 실패로 취급받은 이유만은 알고 있지. 실패 이유는 첫째, 생명의 상징을 따로 보호하지 않으면 안 된다. 둘째, 결국 마법인 이상 그보다 강력한 마법이나 신성력 등을 가하면 해제될 수가 있다. 셋째, 육체에 입힌 심각한 타격은 완전히 회복되지 못하고 계속 축적된다는 것이다. 이 점을 이용하면 어떻게든 풀 수도 있을 거다."

하지만 이는 모두 이미 알고 있는 사실뿐이었다. 표도는 실망감을 느끼며 다른 방법을 물어보았다.

"그렇다면 이것은 어떨까?"

그가 생각해 낸 방법을 듣자 히야신스는 감탄했다.

"확실히 그렇게 하면 마법은 풀 수 없어도 효과가 있겠군. 그런 편법을 생각해 낼 수 있다니, 생각보다 네 지능은 상당하구나!"

표도는 이에 필요한 사항을 히야신스와 의논했다. 히야신스는 표도의 계획을 모두 듣자 괜찮은 생각이라고 느끼면서도 문제점을 느꼈다.

"네 말대로 하려면 몇 가지 장치가 필요하다. 어비스와 라파푸라면 간단히 만들 수 있겠지만, 난 전문이 아니다. 어떻게 라고슈의 감시 속에서 장치를 만들어내지? 그리고 네가 마법을 어떻게 한다고 해도 라고슈를 이길 수는 없지 않겠나.”

“그건…….”

그 점은 표도도 이미 생각하고 있었다. 그가 말을 하려는데 히야신스가 슬쩍 제안을 했다.

“네 몸을 개조하면 어떨까?”

“내 몸을?”

“그래.”

히야신스는 묘한 눈길로 표도를 훑어보고는 말했다.

“네 몸은 지금까지 내가 보아온 인간의 몸 중에서도 몇 안 되는 최적의 단련된 몸을 가지고 있다. 잘만 개조하면 라고슈 와 어느 정도 싸워볼 만한 파워 업을 할 수 있을지도 모르지.”

표도는 순간 소름이 돋았다. 정의니 지성이니 해도 이 히야 신스란 자는 수많은 몬스터를 만들어냈고, 그중에는 인간이 변신하는 워울프나 흡혈귀 같은 것들도 있었다. 즉, 수많은 인 간을 실험 재료로 사용한 자라는 것이다.

파워 업에는 흥미가 있었지만, 자칫 히야신스에게 조종당하 는 신세가 될지도 모른다. 그는 확실한 대가가 없는 위험 부담 은 사양하고 싶었다.

“미안하지만 됐어. 파워 업을 한다고 해도 나에게 걸린 꼭두 각시 마법이 풀리지 않는 이상 라고슈에게 목숨이 잡혀 있는 것은 마찬가지이다. 아무 의미가 없잖아.”

“그건 그렇지만…….”

히야신스는 아쉽다는 듯 입맛을 다셨다. 표도는 생각보다 위험한 놈이라고 생각하며 말했다.

"정 인간을 개조하고 싶다면 내가 적당한 재료를 구해오지."

"정말?"

표도의 말에 좋아하던 히야신스가 조건을 달았다.

"아무 인간이나 가져와서는 개조의 효과가 별로 없다. 단련된 인간이어야 한다."

"걱정 마라. 적당한 자들을 알고 있으니까. 마침 계획에도 필요하니 잘되었군."

"계획?"

표도는 설명했다.

"먼저 내가 말한 장치를 만드는 일은 당신들 셋이 나와 함께 할 생각이 있다면 기회 정도는 얼마든지 만들 수 있다. 또한 라고슈를 상대할 계획도 있다."

"어떻게?"

표도는 생각해 둔 바를 설명했다.

"적의 적을 이용해 적을 치는 방법이지."

"적의 적?"

"당신을 봉인하려 했던 자인과 진인겸을 끌어들이는 것이다."

히야신스는 놀랐다.

"그들과 협력하자는 것인가?"

"협력이 아니라 이용이다. 자인이란 녀석은 무슨 일이 있어도 당신들을 다시 봉인하려 할 것이다. 그런 상대와 협력을 이야기할 수는 없겠지."

표도가 협력 못하는 이유는 진인겸 때문이었지만, 일부러 자신의 약점을 꺼내지 않았다. 어찌 되었든 엘프들이 자신이 원하는 대로 움직여 주기만 하면 되는 것이다.

"라고슈가 죽고, 자인과 진인겸까지 같이 사라지면 우리는 자유다. 이렇게 라고슈의 영원한 노예 신세이니 한 번 해볼 만한 모험이 아닌가?"

히야신스는 이야기를 모두 듣자 고개를 끄덕였다.

"과연!"

"어떤가? 나와 협력하겠는가?"

표도의 제안에 히야신스는 그를 보며 생각에 잠겼다.

'확실히 이 녀석은 좋은 놈이 아니다. 하지만 달리 다른 방법도 없으니 이 녀석을 이용하여 자유를 찾아야겠다.'

한참을 고민하던 히야신스는 마침내 결정을 내렸다. 그는 자신들의 자유는 둘째 치고, 어떻게든 바벨의 혼돈구의 완성만은 막아야 한다고 생각했다.

'라고슈가 거신병에게 패하면 최악의 사태만은 막을 수 있다. 우리가 다시 봉인된다고 해도 결국 전으로 돌아가는 것뿐이니……'

결심한 그는 대답했다.

"좋다. 네 계획대로 하기로 하자."

둘은 한편이 되기로 결정하고 악수를 했다. 그러나 손을 맞잡는 둘은 서로 다른 꿍꿍이속을 가지고 있었다.

표도는 어비스, 라파푸까지 자신의 편으로 만드는 것과 동시에 근처의 몬스터를 잡아 히야신스에게 강화 처치를 하도록 했다. 나름대로 열심히 일하는 것을 라고슈에게 보이기 위해 제법 열심히 맡은바 일을 처리했다.

그리고 며칠 후 그는 곤란하다는 표정으로 라고슈에게 지금까지의 경과를 보고했다.

"아무래도 기대했던 것보다 강한 몬스터는 만들지 못할 것 같습니다."

라고슈는 실망하며 물었다.

"더 강하게 만들 수는 없나?"

"이 근처에는 이렇다 할 강한 몬스터가 없습니다. 히야신스의 말로는 생명체가 가지는 기본적인 한계라는 것이 있다고 합니다. 그러다 보니 기본 능력이 떨어지는 강화된 몬스터 역시 기대했던 것만큼의 힘을 가지지 못하는 것이지요."

"그렇다면 어떻게 해야 하지?"

"그 점에 있어서 생각해 보았는데, 인간을 사용하는 것이 어떨까요?"

"인간?"

표도는 준비한 대로 설명했다.

"인간은 확실히 잠재력이 뛰어나고 지능이 있어 몬스터와는 달리 기술을 습득할 수 있습니다. 또한 도구를 사용할 수도 있으니 부족한 힘을 도구로 메울 수 있고 말이지요. 인간을 강화하면 몬스터보다 효과가 좋을 것이라고 합니다."

라고슈는 고개를 끄덕였다. 확실히 이번 일을 보며 인간의 잠재 능력에 많이 놀라고 있었다. 더구나 자신은 진인겸이라는 한 인간에게 패하기까지 하지 않았는가.

"그렇게 해라."

그러나 표도는 또다시 걸고 넘어졌다.

"그런데 그것도 간단하게는 안 됩니다."

라고슈는 바벨의 혼돈구를 완성하는 일에 집중하고 싶었다. 그래서 다른 문제는 모두 표도에게 맡긴 것인데 자꾸 골치 아프게 만들자 좀 짜증이 났다.

"그건 또 어째서냐?"

"대부분의 인간들은 신체 능력이 몬스터보다 훨씬 떨어집니다. 몬스터 이상의 효과를 보려면 어느 정도 신체가 강화된 인간, 즉 전투 능력이 있는 인간이 필요하다고 합니다."

라고슈는 눈살을 찌푸렸다.

"그러니까 재료를 구하기 힘들다는 소리구나."

"그 점에 있어서 제가 생각해 봤는데, 마침 적당한 인간이 있는 곳이 있더군요. 문제는 그곳까지 갔다 오자니 너무 멀다는 겁니다."

라고슈는 그 말속의 의미를 곧 알아차렸다.

"중원회의 인간들 말이로군."

"그렇습니다."

중원회를 그렇게 이용해 놓고는 이번에는 개조까지 하겠다니! 라고슈는 그런 표도를 보고 속으로 혀를 찼다.

'진짜 나쁜 놈이네!'

표도는 라고슈의 눈빛에서 생각을 눈치 채고 속으로 되돌려 주었다.

'너도 만만치 않아!'

라고슈는 표도의 말을 곰곰이 생각해 보았다. 이곳에서 하이랜드의 수도 유프투스까지는 엄청나게 멀다. 왕복하는 데 시간이 너무 걸린다. 공간 이동을 쓰면 얼마든지 갔다 올 수 있지만, 그 방법에는 자인이 문제가 된다.

결국 그는 생각 끝에 고개를 저었다.

"힘들 것 같은데……."

"하지만 현재로서는 적을 막을 전력이 너무 부족합니다."

라고슈가 고민하고 있는데, 옆에서 보고 있던 다크 엘프인 어비스가 의견을 내었다. 미리 표도와 상의한 계획된 발언이었다.

"자인이라는 거신병이 탐지하는 것은 공간 이동 마법을 사용할 때 발산하는 드래곤 특유의 마력 파장일 것이다. 그렇다면 따로 공간 이동 장치를 사용하면 전혀 문제가 되지 않는다."

표도는 기뻐하며 물었다.

"공간 이동 장치라는 것을 당장 만들 수 있소?"

"이 몸이라면 하루면 충분하다."

이어 어비스는 라고슈를 보며 물었다.

"어떤가? 내가 만들까?"

하루 정도면 바벨의 혼돈구를 만드는 일정에 크게 방해는 되지 않기에 라고슈는 순순히 허락을 했다.

"좋아."

어비스는 레어의 있는 도구와 재료들을 사용해 공간 이동 장치를 만들어 표도에게 주었다. 라고슈는 그 장치에 다른 기능이 있다는 사실을 꿈에도 알지 못했다.

3

하이랜드의 수도 유프투스는 현재 도시 전체가 뒤숭숭했다. 불과 며칠 전에 왕성이 습격당하는 사건이 벌어졌으니 그럴 만도 했다. 습격에 가담한 수백 명—주로 죄 없는 인부들—이 체포당하고, 도시 곳곳에 병사들이 깔렸다.

공간 이동 장치로 이곳에 온 표도는 거리마다 눈에 띄는 병사들을 보며 생각했다.

'병사들이 엄청나게 많군. 아무래도 중원회 녀석들은 대부분 잡히지 않은 것 같군.'

무엇보다 현재 이 도시에는 진인겸이 있다. 아무런 대비 없이 그와 마주치기라도 하면 끝장이다.

'조심해야겠군.'

표도는 병사들을 조심하며 중원회의 본부로 사용하던 자신의 저택으로 갔다. 하지만 그곳은 이미 병사들이 지키고 있고, 중원회 고수들의 모습은 어디에도 없었다. 그럴 수밖에 없는 것이 왕성 습격의 주력이었던 중원회를 왕국에서 가만히 놔둘 리가 없는 것이다.

대부분의 중원회 고수들은 약삭빠르게도 흩어져 도망친 모양이었다. 전부가 체포당한 인부들과는 달리, 자기 보신과 도망에는 일가견이 있는 인간들이었다.

'역시나 예상했던 대로군. 그럼 녀석들을 찾아볼까?'

표도는 잠시이긴 하지만 중원회의 회주가 되었던 몸이다. 중원회의 은신처에 대해서는 완전히 파악하고 있기에 어디로 도망쳤을지 대충 짐작이 갔다. 그는 그중의 한 곳을 곧바로 찾아갔다.

주택가에 있는 평범한 가옥. 하지만 실제는 중원회의 은신처 중 한 곳이었다. 표도가 안의 동정을 살피니 백석탁과 그 외 다섯 명의 중원회 고수가 있었다. 그들은 앞으로의 일을 의논하는 모양인 듯 초조한 기색이 역력했다. 말다툼까지 하는 듯 고함 소리도 간간이 들려왔다.

'간단하겠군.'

한 명이 보초를 서고 있었지만, 그는 밖보다 안을 더 신경 쓰고 있었다. 표도는 보초가 안을 돌아볼 때를 노려 빠르게 접근했다.

"어?!"

기척을 느끼고 보초가 돌아보는 순간, 표도는 웃으며 말을 걸었다.

"안녕하신가?"

그와 동시에 팔을 잡아 꺾어버렸다. 곧바로 비명이 터져 나왔다.

"아얏!"

소리를 들었는지 안에서 떠들던 소리가 뚝 그쳤다. 표도는 보초의 팔을 비튼 채 끌고 문을 박차고 안으로 들어갔다.

안에 있던 중원회 고수들은 병사들이 잡으러 온 줄 알고 도망칠 준비를 하고 있었다. 그런데 엉뚱하게 표도가 나타나자 크게 놀랐다.

"네놈이 여긴 무슨 일이냐?!"

백석탁의 놀란 물음에 표도는 웃으며 대꾸했다.

"네놈이 무슨 일이냐니. 회주가 수하를 찾아오는 데 꼭 이유가 있어야 하나?"

중원회 고수들은 분노했다. 자신들을 속여 이 꼴로 만들어 놓고도 뻔뻔스럽게 나타나다니! 백석탁이 목에 핏대를 세우며 버럭 소리 질렀다.

"네 이놈, 낯짝이 두껍기 그지없구나! 우리가 아직도 네놈을 회주로 모실 것이라고 생각했나?"

물론 표도는 그렇게 생각하지 않았다. 그냥 해보는 소리에 불과했다.

"나도 망해 버린 회의 회주 직 따위는 이제 관심없어. 그보다 너희들, 강해지고 싶지 않은가? 내가 너희들의 힘을 곱절로 늘려주도록 하지.”

그렇게 당해놓고 또 속을 바보가 어디 있겠는가. 백석탁은 분을 참지 못하고 식식거리며 외쳤다.

“개 같은 놈! 또 우릴 속여먹겠다고?”

표도는 크게 웃었다.

“하하, 틀렸다. 나는 이제 너희들을 속일 생각은 전혀 없다.”

“개소리!”

“개소리가 아니다. 난 이번에 너희를 속이러 온 것이 아니라…….”

그는 피식거리며 말을 이었다.

“쓸모없어진 너희를 재활용해 볼까 해서 왔다.”

“죽일 놈!”

중원회 고수 하나가 분을 참지 못하고 덤벼들며 검을 휘둘렀다. 표도는 훌쩍 뛰어 검을 피했다. 그런데 그의 몸이 허공에서 회전하더니 거꾸로 천장에 달라붙어 서는 것이었다.

“아니?!”

놀란 중원회 고수를 향해 표도는 화접선을 내려쳤다. 중원회 고수는 공격을 피하지 못해 그대로 정신을 잃고 쓰러졌다.

백석탁은 표도의 망토가 바람도 없는데 마구 펄럭이는 것을 보고는 눈치 채고 소리쳤다.

“마법 무기로구나!”

전에 표도가 여강도와 싸울 때는 몰랐지만 이번에는 한눈에 알아차릴 수 있었다. 표도가 전혀 숨길 필요를 느끼지 못해 대놓고 사용했기 때문이다. 하지만 그 사실을 안다고 해도 특별히 상황이 나아질 가능성은 없었다.

애초에 백석탁과 다른 중원회 고수의 무공은 표도보다 훨씬 떨어졌다. 마법 무기가 있든 없든 상대가 안 되는 것은 마찬가지였다.

"자, 그럼 나머지도 처리해 볼까?"

표도가 말을 마치는 순간 그의 몸은 백석탁의 뒤에서 나타나 있었다. 백석탁은 즉각 몸을 돌리며 반격했다. 수십 초의 공방이 오고 가는 듯했지만, 다른 이가 도와주기 전에 백석탁의 손목이 꺾이며 주저앉았다.

"큭!"

백석탁은 어떻게든 벗어나려 했지만 그보다 먼저 뒷목을 강타당하고 정신을 잃었다. 우두머리가 당하자 나머지 중원회 고수들은 전의를 상실하고 도망치려 했다.

"어딜 도망가시나~"

표도는 입술을 핥으며 장난스럽게 웃었다. 그는 망토를 펄럭이며 도망치는 중원회 고수들을 하나씩 간단히 따라잡아 제압했다. 결국 아무도 도망치지 못하고 모조리 잡혀 버렸다.

"우선 여섯 명이로군."

빙그레 웃고는 그는 기절시킨 그들을 데리고 라고슈의 레어로 돌아왔다.

"자, 이 정도면 어떻소?"

표도는 잡아온 중원회 고수들을 히야신스에게 내밀며 물었다. 히야신스는 그들을 살펴보고는 말했다.

"확실히 단련되어 있는 자들로, 훌륭한 소재이다. 그런데……."

히야신스는 표도를 의심스런 눈으로 보았다.

"상관없는 건가? 이자들을 개조해도?"

"상관없소. 어차피 이자들은 죄를 짓고 이 세계로 도망쳐 온 자들이오. 애초에 이 세계에 있어서는 안 되는 것들이지."

본인 역시 마찬가지였지만, 자신은 어디까지나 예외 대상이다. 그저 적당히 히야신스에게 댈 만한 구실을 집어낸 것뿐으로, 그럴듯하게 들릴 수만 있다면 이유 따위는 아무래도 상관없었다.

"그러냐? 뭐, 좋아."

히야신스는 조금 표도에 대한 의심이 생겼지만 별다른 반대 없이 중원회 고수들을 개조용 배양통에 넣어버렸다. 그는 다크 엘프로 인간과는 엄연히 다른 종족, 타 종족의 인권 따윈 관심 밖이었다.

표도는 그 후에도 유프투스를 왕복하며 중원회 고수들을 잡아왔다. 라고슈는 그걸 보고 그가 열심히 맡은바 일을 하고 있다고 생각했다.

사실 표도의 목적은 따로 있었다. 그는 중원회 고수들을 잡는 한편으로 진인겸 등을 찾고 있었다. 결국 그는 진인겸을 포함한 호루스 일행이 왕성을 나가 솔루토 신전으로 들어갔다는 사실을 알아냈다.

"여기군."

유프투스에 있는 솔루토 신전, 과거 표도는 이곳에 묵은 적이 있어 간단히 찾을 수 있었다. 하지만 곧바로 찾아가지는 않았다. 히야신스의 재촉에 이런저런 핑계를 대며 시간을 끌다가 라고슈의 계획이 완성 직전이 된 시점에 와서야 그는 이곳에 나타나다.

"그럼 초대장을 보내보실까?"

4

호루스 일행은 라고슈를 놓친 후, 즉시 가까운 솔루토의 신전으로 갔다. 현재로서 알 수 없는 라고슈의 은신처의 위치를 알아내기 위한 신탁을 받기 위해서였다.

여기에 진인겸은 의문을 가졌다.

"그 신탁이라는 것은 믿을 만한가?"

중원 출신이자 특별한 종교가 없는 진인겸에게 신에게 물어 찾는다는 것이 영 신빙성이 없어 보였다. 무당에게 점을 치는 것과 뭐가 다른지부터가 의문이었다.

"물론입니다. 호루스님의 신탁은 지금까지 한 번도 틀린 적이 없습니다."

신전의 사제가 자신있게 대답했다. 하지만 그 말을 듣자 진인겸은 믿음보다는 불신이 더 커졌다. 그 호루스기 표도에게 몇 번이나 속아 넘어가는 것을 보았기 때문이다.

'정말 괜찮은 거야?'

그는 이 세계의 운명 따위 알 바 아니지만, 몇 번이나 놓친 라고슈와 표도, 특히 표도와의 결판을 내고 싶었다. 표도와 유매향을 쫓아 이 세계로 오면서 시작된 숨바꼭질이 오랫동안 계속되면서 그도 정신적으로 지쳐 가고 있었다.

'이제 그만 끝내고 싶군.'

현재 그가 할 수 있는 일은 그저 기다리는 것뿐이었다. 한밤 중, 한가해진 그는 신전의 뒷마당에 나와 하늘을 바라보았다. 중원의 하늘과 그다지 차이가 없는 달과 별들이 빛나고 있었지만, 그 아래 대지는 엄연히 다른 세계였다.

'여기 일들이 끝나면 중원으로 돌아갈 방법을 찾아야겠지. 그리고……'

그의 생각은 거기서 끊어졌다. 중원으로 돌아가면 무엇을 할까? 유매향은 죽어버렸으니 찾으러 다닐 필요가 없고, 그녀와 놀아난 사내 놈들을 죽이러 추격할 일도 없어졌다.

그렇다면 남은 일이라고는 무공 수련밖에 없는데, 그것이 과연 의미가 있을까? 중원에서도 이 세계에서도 더 이상 적이 남아 있지 않을 텐데…….

문득 어처구니가 없어졌다. 그토록 죽기를 바라던 유매향이 사라지자 삶의 의미가 사라져 버렸다. 마치 지금까지 그녀 덕분에 살아왔던 것 같다. 만사가 모조리 의미없어지고 왜 사나 싶은 생각까지 들었다.

그는 쓴웃음을 지으며 중얼거렸다.

"나도 이제 나이가 들었는가."

그때였다. 뒤에서 인기척이 느껴졌다. 진인겸이 돌아보니 그곳에는 다름 아닌 표도가 서 있는 것이 아닌가?

"안녕하신가, 진인겸?"

표도가 웃으며 말을 건네왔다. 진인겸은 흠칫했다. 그가 놀란 것은 표도가 나타났다는 사실 때문이 아니었다. 허탈하고 만사가 귀찮아지던 자신의 마음속에서 솟아져 나오는 충만감에 놀라고 있었다.

'네놈인가?'

지금까지 쫓아왔던 유매향과 놀아난 인간 중 가장 끈질기게 도망치면서도 기회만 되면 자신을 죽일 기회를 노리는 녀석! 지금까지 싸워본 적 중에 실력만으로 따지면 열 손가락 안에 들지도 못하면서, 가장 첫 번째로 죽이기 힘들다고 단언할 수 있는 상대였다.

'그렇군. 바로 네놈이었어.'

진인겸은 살짝 웃었다. 표도를 상대할 때 그는 긴장해야 한다. 상대를 경계하고 탐색하기 위해 머리를 굴려 생각해야 한다. 언제 무슨 일이 터질지 모르는 상황에 대처해야 한다.

그것은 전부 오래전부터 잊고 있었던 승부의 감각이었다. 천하제일고수가 되어 적수가 사라지면서 맹수와 싸우는 사냥꾼이 아닌, 단순히 가축을 기계적으로 분해하던 도살자가 된 기분으로 적을 죽여왔다. 그런 그가 예전의 승부시로 돌아가 강호를 느낄 수 있게 헤주는 유일한 상대!

라고슈는 강하긴 했지만 뭔가가 부족했다. 압도적인 힘은 있지만, 심장을 노리는 날카로움이 느껴지지 않았다. 그것을 가진 자는 표도밖에 없었다.

'네놈이야말로 내가 처음으로 만난 진정한 적! 숙적이라 칭할 존재!'

하지만 즉시 감정을 터뜨리거나 공격하지는 않았다. 표도란 인간이 믿는 것도 없이 자신의 눈앞에 스스로 나타날 리가 없다.

"어떻게 이곳에 들어왔지?"

표도는 웃으며 대답했다.

"과연 엘프의 과학이라는 것은 대단하더군. 전송 장치라는 것이 있어 세계 어디라도 자유롭게 보내는 기계가 있었어. 참으로 대단하지."

"좋다. 그럼 왜 이곳에 나타난 거냐?"

"널 초대하려고."

"초대?"

"그래, 초대다."

표도는 히죽 웃고는 설명했다.

"라고슈는 엘프의 학자들을 이용해 바벨의 혼돈구라던가? 그런 물건을 만들고 있다. 그것이 완성되면 진정한 불사와 신의 힘을 얻을 수 있다고 하더군. 그렇게 되면 네가 아무리 강하다고 하더라도 승부는 결정난 것이나 다름이 없어."

 해리수 표도의
도망자

진인겸은 코웃음 치고는 물었다.

"그래서?"

표도는 어깨를 으쓱했다.

"하지만 그렇게 되면 너무 싱겁게 끝나는 것이 아니겠나? 그래서 기회를 주기로 마음먹었지. 너희들이 그것을 막을 기회를 말이야. 시간 제한은 내일 해가 질 때 즈음, 그때까지 라고슈의 레어에 와서 어디 막을 수 있으면 막아봐라. 어떠냐?"

그는 이어 라고슈의 레어의 위치까지 친절히 설명해 주었다. 진인겸은 잠자코 듣고 있다가 물었다.

"왜 그런 것을 알려주는 것이지? 함정인가?"

"흐흐, 생각하는 것은 자유다. 나는 분명히 기회를 줬다. 그 기회를 어떻게 받아들일 것인가는 너희들의 자유이지."

표도는 웃으며 계속해서 말했다.

"물론 짐작하겠지만, 너 좋으라고 기회를 주는 것은 아니야. 날 죽이려 하고, 내 아버지를 죽인 네놈은 나의 원수이니까. 장담하건대, 넌 반드시 내 손에 죽을 것이다!"

"웃기는군!"

진인겸은 말과 동시에 검을 뽑아 휘둘렀다. 동시에 표도의 가슴이 갈라졌다. 그런데 상처에서 나오는 것은 피가 아닌 점액질 같은 것이었다.

'역시 진짜가 아니었군. 엘프의 학자란 녀석이 만든 건가?'

그는 코웃음을 치며 말했다.

"죽을까 무서워 직접 내 앞에 나서지도 못하는 너 따위가 감히 날 죽인다고? 복수란 것도 하려면 용기가 필요한 법이다. 너처럼 비천한 목숨을 지키는 데 급급한 녀석 따위에게 용기란 것이 달려 있나? 그래봤자 한다는 것이라고는 지하 도시에서처럼 숨어 있다가 등 뒤로 찌를 궁리뿐이겠지.”

“크크. 그래, 멋대로 생각해라.”

표도는 찡그린 얼굴로 웃고는 말했다.

“내일 라고슈의 레어에서 누가 진정한 승리자인지 보여주마.”

말을 마침과 동시에 표도의 육체는 그대로 점액질로 변해 형체가 무너졌다. 그것도 잠시, 완전히 녹아 흔적조차 사라졌다.

“흥!”

콧방귀를 뀐 진인겸은 묵고 있는 방으로 돌아가자 방에 남아 있던 아서 일행이 그를 쳐다보며 어디 갔다 왔냐고 물었다.

“산책.”

간단히 대답한 그는 아서 일행에게 말했다.

“내일이 결전이다. 마음의 준비를 해두는 것이 좋을 것이다.”

“예?”

아서가 무슨 근거로 하는 소리냐고 물으려는데, 노크 소리와 함께 사제가 들어왔다.

“호루스님께서 부르십니다. 신탁의 결과가 나왔다고 합니다.”

일행은 즉시 호루스가 기도를 드리는 제단으로 향했다. 땀으로 목욕한, 초췌한 안색의 호루스가 일행을 돌아보며 웃음지었다.

"찾았습니다."

그녀가 설명한 장소는 표도가 말해준 곳과 동일했다. 진인겸은 그걸 보고 생각했다.

'엉터리로 시간을 끌 속셈은 아니었군.'

호루스는 땀에 젖어 얼굴에 달라붙은 머리카락을 떼며 말했다.

"오늘은 날이 너무 늦었습니다. 밤 동안 준비를 마치고 내일 아침 일찍 자인의 공간 이동 능력을 빌어 떠나겠습니다. 신의 말씀에 따르면, 이번에야말로 모든 것을 결정지을 때라고 하셨습니다. 모두 마음의 준비를 단단히 하시기 바랍니다."

지그문트가 물었다.

"모두 몇 명이 가는 것입니까?"

"자인을 포함한 여기 있는 우리들이지요. 거기에 우리 교단의 열두 성기사 중에 3인이 동행할 것입니다."

열두 성기사는 솔루토 교의 최고 실력자들로, 첩자 노릇을 하다가 표도에게 죽은 디브스의 동료이기도 했다. 그들은 죽은 디브스를 제외하고 전부가 호루스의 연락을 받고, 며칠 전에 대륙 각지에서 이곳으로 집결한 상태였다.

"……."

아서 일행은 서로의 얼굴을 돌아보았다. 세계의 운명을 결정짓는 싸움치고는 너무 적은 수가 아닌가 싶었기 때문이다.

될 수 있는 한 실력있는 사람을 많이 데려가는 편이 낫지 않을까?

아서가 의견을 내었다.

"좀 더 데려가는 것이 좋지 않을까요? 열두 성기사 전부를 데려가는 편이……."

"저도 그러고 싶지만 자인의 공간 이동 능력으로 데리고 갈 수 있는 인원이 한정되어 있습니다. 자인에게 물은 결과, 그 정도가 한도라고 하더군요."

호루스는 말을 이었다.

"라고슈는 분명 어떻게든 시간을 끌려고 할 것입니다. 아마도 마수나 몬스터 등이 앞을 가로막을 테지요. 이에 우리의 목적은 간단합니다. 방해를 뚫고 자인이나 진인겸 둘을, 아니, 이것이 어렵다면 둘 중 하나라도 라고슈를 향해 보내는 것입니다."

그녀는 아서 일행을 돌아보았다.

"당신들의 도움이 필요합니다. 부탁드리겠습니다."

아서가 머뭇거리다가 물었다.

"한 가지 묻고 싶은 것이 있습니다."

"뭔가요?"

"데리고 갈 수 있는 인원이 한정되어 있다면 우리 셋을 빼고 열두 성기사 세 명을 더 집어넣는 것이 낫지 않을까요? 이건 우리가 하기 싫어서가 아니라, 그 편이 객관적으로 판단하여 나을 것이라고 생각하는데요."

호루스는 미소를 지으며 고개를 끄덕였다.

"사실 저도 당신과 같은 생각을 했습니다. 그런데 반대하는 분이 계시더군요."

그녀의 시선이 진인겸을 향했다. 아서 일행은 놀라 진인겸을 향해 일제히 물었다.

"어째서?"

진인겸은 말했다.

"대답보다 먼저 묻고 싶군. 확실히 너희들을 빼고 다른 사람을 넣을 수도 있다. 하지만 너희들은 그것으로 만족하나?"

"……!"

"너희들은 이번 일에 초반부터 관여했다. 그리고 나와 함께 놈들을 쫓아 수개월 동안에 걸쳐 먼 길을 이동하고 싸우기도 했다. 그랬는데 정작 마지막 순간에 제삼자가 되어 멀리서 결과를 기다리고나 있고 싶은가?"

란슬롯이 소리쳤다.

"물론 그렇지 않소!"

하지만 그의 목소리는 곧바로 가라앉았다.

"하지만 어쩔 수 없지 않습니까? 그 편이 모두를 위해 좋은 것이라면……."

진인겸이 잘라 말했다.

"그런 것 따윈 난 모른다."

"예?"

"내가 싸우는 것은 내 개인적인 이유이다. 그것은 세계의 운

명이 달렸든 아니든 간에 지금도 마찬가지다. 다른 것은 모른다. 내가 아는 것은 오직 하나, 사람은 자신이 하고 싶은 것을 해야 후회하지 않는다는 것."

"……!"

"후회하지 마라. 내가 할 말은 그뿐이다."

말을 마친 진인겸은 몸을 돌려 돌아가 버렸다. 멍한 표정으로 서 있는 아서 일행을 향해 호루스가 말했다.

"전 언제나 신의 뜻과 이 세계의 균형을 생각했습니다. 그를 위해서라면 무슨 짓이라고 할 수 있었죠. 그리고 그것이 당연한 것이라고 여겼지요."

그녀는 진인겸이 간 방향으로 시선을 돌렸다.

"하지만 진인겸은 다르더군요. 자신을 위해 산다. 어쩌면 그것이야말로 그의 강함의 원천일지도 모른다는 생각을 했습니다."

아서가 물었다.

"우리도 그렇게 될 수 있을까요?"

호루스는 고개를 끄덕였다.

"자신을 가지세요. 당신들은 진인겸, 두 세계를 통틀어 최강의 검사에게 가르침을 받지 않았습니까."

다음날, 결전의 날이 밝아왔다. 아침 일찍 식사를 마친 호루스, 자인, 진인겸, 아서, 란슬롯, 지그문트, 그리고 3인의 성기사는 신전의 앞마당에 모였다.

“그럼 출발하겠다.”
자인을 중심으로 일행은 둘러섰다. 잠시 후 빛과 함께 그들
의 모습은 사라졌다.

Chapter 4

드래곤의 굴에 들어가다

01

드래곤의 굴에 들어가다

벽에 달려 있는 장치의 불빛이 깜빡이며 라고슈의 레어 안에 시끄러운 소리가 울려 퍼졌다. 다크 엘프들이 일하는 모습을 지켜보던 라고슈는 인상을 찌푸리며 중얼거렸다.

"드디어 왔군."

경보음을 울리는 장치는 공간 이동 탐지 장치다. 다크 엘프의 기계공학 전문가인 어비스가 만든 것으로, 자인의 몸속에 내장되어 라고슈가 마음대로 공간 이동을 못하게 만들었던 것과 기본적으로 같은 것이었다.

누가 왔는지는 안 봐도 뻔했다. 분명히 올 줄 알았기에 어비스에게 공간 이동 탐지 장치를 만들게 했다.

'기왕이면 내일에나 오기를 바랐는데…….'

라고슈는 낮은 진동음을 내며 돌아가는 중인 바벨의 혼돈구를 바라보았다. 그를 불멸의 신으로 만들어줄 저 장치는 현재 사실상 완성되어 최종 조정만이 남아 있는 상태였다. 오늘 저녁, 모든 준비가 끝나는 그때까지만 시간을 끌면 그의 승리였다.

'오늘이야말로 모든 것이 결정될 날이다.'

그는 생각하며 고개를 돌렸다.

"표도."

"예."

공간 이동 장치를 만지작거리던 표도가 고개를 들고 대답했다. 라고슈는 그에게 다가가 다크 엘프들이 듣지 않게 작은 소리로 지시를 내렸다.

"나는 엘프들이 장치에 수작을 부리는 일이 없도록 감시하고 있어야 한다. 그러니 네가 놈들을 막아라. 내가 레어에 설치한 장치들과 이번에 만들어낸 신종 몬스터들을 이용하면 놈들을 없애는 데 충분할 것이다."

표도는 예상한 명령이었기에 고개를 끄덕이고는 자신있게 대답했다.

"놈들을 죽을 줄 모르고 달려드는 부나방 신세가 되게 해주겠습니다."

라고슈는 만족스런 표정을 지었다.

"꼭 죽일 필요는 없다. 장치가 완성될 때까지 시간만 끌면 그것으로 성공이다."

“예.”

대답한 표도는 즉시 나섰다.

‘다 죽어버리라지. 나만 살면 그만이니까.’

그는 속으로 생각하며 히야신스가 있는 연구실로 갔다. 기다리고 있던 히야신스가 그를 보자 말했다.

“기다리고 있었다. 아무래도 그들이 온 모양이군.”

“그렇소.”

“그렇다면 이제부터 계획이 시작되는 것이군.”

“그렇소.”

한편, 그 시각 호루스 일행은 레어의 입구 앞에 서 있었다. 눈앞의 거대한 동굴 입구를 바라보며 일행은 새삼 결전의 때가 왔음을 실감했다.

“드디어로군.”

침을 삼키며 지그문트가 말했다. 호루스가 고개를 끄덕이고는 자인에게 물었다.

“뭔가 감지되는 것이 있나요?”

자인이 고개를 끄덕였다.

“아래쪽에서 강대한 에너지가 느껴진다.”

“그곳으로 단숨에 공간 이동할 수는 없습니까?”

“불가능하다. 간섭이 너무 심하다.”

“그렇다면 직접 걸어갈 수밖에 없군요. 안에 무엇이 있는지는 지금으로서는 알 수 없지만, 시간이 없는 이상 서두를 수밖에 없습니다."

호루스는 말하며 일행을 둘러보았다.

"안에는 분명 함정이 있을 것입니다. 여러분, 마음의 준비를 해주세요."

일행 모두가 고개를 끄덕이자 그녀는 성기사 셋을 앞장세우고 동굴로 들어갔다. 진인겸과 아서 일행, 마지막으로 자인이 그 뒤를 따랐다.

동굴 안은 일정한 빛이 있어서 횃불을 켤 필요는 없었다. 일행은 함정을 주의하며 천천히 앞으로 나아갔다. 그리고 얼마 후, 그들의 앞을 가로막는 적들이 나타났다.

"역시나 나타났군."

호루스는 침을 삼키며 중얼거렸다. 각양각색의 몬스터 백여 마리가 이쪽을 향해 걸어오고 있었다. 그녀는 봉을 조립하며 일행에게 말했다.

"이제부터 시작입니다. 여러분, 부디 대열을 벗어나지 않도록 주의해 주세요."

일행은 무기를 뽑으며 고개를 끄덕였다. 곧이어 몬스터들이 괴성을 지으며 일제히 공격해 왔다.

크오오오오오!

전투가 시작되었다. 호루스를 둘러싼 성기사 셋이 정면을 맡아 몬스터를 베며 앞으로 전진하고, 나머지 일행은 뒤를 따르며 몬스터의 공격을 막는 식이었다. 호루스는 일행을 독려하는 한편으로 진인겸과 자인에게 말했다.

"두 분은 너무 나서지 말아주세요. 라고슈와 싸우기 전에 너무 많은 힘을 소모하면 곤란하니까요."

지그문트가 빽! 소리를 지르며 이의를 제기했다.

"아니, 그럼 우리만으로 싸우란 말이야?!"

"될 수 있으면요."

그때 성기사 하나가 당황한 외침을 질렀다. 돌아보니 그는 트롤 하나와 싸우고 있었는데, 그 트롤의 배에서 입이 튀어나와 성기사의 검을 꽉 물어버린 것이다.

"아이온!"

동료 성기사가 돕기 위해 트롤의 배를 검으로 후려쳤다. 그러나 트롤은 별다른 타격을 입지 않았다. 반대로 검이 살 속으로 파고들어 빠지지 않았다.

"아니?!"

그러는 사이 반대쪽에서 그리폰 한 마리가 달려들었다. 그런데 그 그리폰은 입을 쩍 벌리더니 입에서 불길을 뿜어내는 것이 아닌가?

호루스가 신성력으로 불길을 막아내기는 했지만, 일행은 상당히 당황했다. 지금까지 알고 있던 몬스터와는 크게 다른 특이한 몬스터들이 적 중에 몇 마리 끼어 있었다. 그것들은 강할 뿐 아니라 지금까지 몬스터와의 대처법이 통하지 않았다.

"엘프가 제조한 신종 몬스터인가?!"

입술을 깨물며 호루스는 중얼거렸다. 그녀의 앞에는 세 개의 머리와 여섯 개의 팔을 가진 오우거가 여섯 개의 각기 다른 무기를 휘두르며 달려들고 있었다. 그녀는 봉을 휘두르며 열심히 싸웠지만 사방에서 한꺼번에 날아오는 여섯 개의 무리를 모두 막을 수는 없었다. 결국 얼마 안 가 봉이 그녀의 손에서 날아갔다.

"윽!"

"호루스님!"

성기사들이 급히 그녀를 도우려고 했지만, 그들은 자신의 몸을 보전하기에도 급급한 상태였다.

"아무래도 안 되겠군."

결국 보고 있던 진인겸이 나섰다. 그는 호루스의 앞을 막고 삼두육비의 오우거와 맞서 싸웠다. 그의 실력으로는 상대의 팔이 여섯 개든 열두 개든 문제가 되지 않았다. 잠시 공방이 오가더니 곧 오우거의 팔들이 잘려 떨어져 나갔다.

크오오오!

"시끄럽다."

진인겸은 말하며 오우거의 머리를 잘랐다. 이어 성기사들이 고전하던 몬스터도 베어 죽여 버렸다.

그가 본격적으로 전투에 참가하자 전세는 크게 바뀌었다. 그는 몬스터 중에서도 개조된 몬스터를 집중적으로 해치웠다. 일반적인 몬스터들은 성기사와 아서 일행만으로도 충분히 상대할 수 있었기 때문이다.

"끝났군."

진인겸이 주변을 둘러보고 검의 묻은 피를 털었다. 적들이

해리수 표도의
도망자

상당히 강해 그도 꽤 힘이 들었는지 싸움이 끝이 나자 긴 숨을 내쉬었다.

시간이 걸리긴 했지만 몬스터는 모조리 전멸했다. 이쪽도 부상이 있었지만, 호루스가 충분히 치료할 수 있는 상처였다.

"앞에는 더 강한 적들이 있을 겁니다. 상처를 치료하고 모두 잠시 쉬도록 합시다."

호루스가 자인 외에는 모두 지쳐 있는 것을 보고 말했다. 일행은 동의하고는 몬스터 시체들을 피해 조금 이동한 다음 자리를 잡고 앉았다.

30분 정도 휴식을 취한 일행은 일어나 다시 이동을 시작했다. 얼마 후, 일행의 앞에 두 개의 갈림길이 나타났다. 어느 쪽으로 가야 할지 호루스가 고민하는데 진인겸이 의견을 내었다.

"둘로 나뉘어서 가도록 하지."

"그렇게 하면 전력이 둘로 나뉘어 위험할 텐데요?"

"둘 중 하나를 골라서 가게 될 경우, 만약 그 길이 잘못되었다면 되돌아오는 데 시간이 너무 많이 걸린다."

호루스가 생각하기에도 이쪽은 진인겸과 자인, 라고슈를 상대할 두 개의 전력을 가지고 있다. 둘 중 하나만 라고슈가 있는 곳에 도착할 수만 있다면 충분히 승산이 있다는 결론이 나왔다.

"좋습니다. 그렇게 하도록 하지요."

그녀는 자인과 진인겸을 중심으로 일행을 두 패로 나누었다. 자인 측에는 자신과 성기사 셋이, 진인겸 측에는 아서 일행을 배치했다.

"그럼 조심하도록 하세요."

2

호루스 일행은 왼쪽의 길로 나아갔다. 천연 동굴 지대를 지나자 인공물인 석조 통로가 나타났다.

"함정이 설치되어 있을 가능성이 높습니다. 조심하세요."

호루스가 일행에게 주의를 주는데, 자인이 앞서 나가며 말했다.

"내가 탐지하도록 하지."

"괜찮겠습니까?"

"문제없다."

그가 함정을 탐지하는 방법은 실로 간단했다. 그냥 앞으로 계속 걸어나가는 것이었다. 그가 발을 바닥에 내딛었을 때 장치가 돌아가는 소리가 나며 옆에서 수십 발의 화살이 쏟아졌다.

퍼퍼퍼퍼퍼퍽!

화살은 절반 가까이 고스란히 자인의 몸에 맞았다. 호루스와 성기사들이 놀라 입을 벌리고 쳐다보는데 정작 본인은 담담히 뒤를 돌아보며 말했다.

"이곳에 함정이 있다."

"……."

호루스는 묻지 않을 수 없었다.

“괜찮습니까?”

“문제없다.”

자인은 대답하며 숨을 들이켰다. 그러자 몸에 박힌 화살들이 그의 몸속으로 빨려 들어가 사라졌다.

“그럼 계속 탐지하겠다.”

그가 몸으로 때우고, 나머지 일행은 그 뒤를 따르는 방식으로 계속해서 나아갔다. 바닥이 꺼지는 구멍 밑에 박혀 있는 철창, 위에서 떨어지는 거대한 낫, 뼈까지 녹이는 독액 등 보편적이지만 일격에 침입자를 죽일 함정들이 계속해서 발동되어 자인의 몸을 계속해서 공략했지만, 자인은 상처는커녕 표정 하나 바뀌지 않았다.

“거신병이란 대단하군요.”

뒤따르는 호루스는 이 말을 하지 않을 수 없었다. 자인이 뒤를 돌아보며 물었다.

“무슨 뜻인가?”

“어떤 공격도 통하지 않으니 사실상 무적에 가까운 것 아닌가요?”

자인은 고개를 저었다.

“그렇지는 않다. 현재의 내 육체는 본체를 소환, 구성하는 소환 장치로, 공간의 구멍이라고 할 수 있다. 대부분의 물리적인 공격은 통하지 않지만, 그렇다고 모든 공격에 대응하는 것은 아니다.”

“그렇다면 어떤 공격에 대응하지 못하는 건가요?”

“그건…….”

자인이 대답하려는 순간이었다. 창 하나가 그의 머리 위로 떨어져 내렸다. 하지만 그는 신경도 쓰지 않고 계속해서 말했다.

“공간 자체에 간섭하는…….”

순간 창이 그의 정수리에 박혔다. 창의 끝이 그의 몸을 뚫고 바닥까지 박혔다. 동시에 창에서 번개가 번쩍이더니 자인이 눈을 부릅떴다.

“이건!”

폭발하듯 터져 나오는 전격에 호루스와 성기사들은 놀라 뒤로 물러섰다. 그러나 자인은 당황한 표정으로 몸을 부들부들 떨었다.

“위, 위험! 제어 장치 이상…….”

“자인!”

호루스가 놀라며 그에게 다가가려 했다. 하지만 그때 다시 위에서 떨어져 내려오는 존재가 있었다. 그녀는 위를 보고 놀라 소리쳤다.

“표도!”

바닥에 닿는 순간 표도의 망토가 펄럭이며 사뿐히 착지했다. 표도는 옆에서 몸을 떨고 있는 자인을 보며 빙그레 웃었다.

“잘된 것 같군.”

호루스가 그를 노려보며 물었다.

“무슨 짓을 한 거지?”

표도는 웃으며 대답했다.

"별것 아니야. 잠시 못 움직이게 한 것뿐이지. 이 괴물 녀석은 나로서는 도저히 감당할 자신이 없거든."

그는 이어 설명했다.

"저 창은 성마전쟁 당시 다크 엘프 측에서 적의 거신병을 상대하기 위해 개발한 무기라고 하더군. 일시적으로 인간 형태 거신병의 기능을 정지시키는 효과가 있지. 단, 이는 어디까지나 기능 정지로, 파괴시킬 수 없다는 문제가 있으니까 너무 걱정하지 않아도 돼."

"큭!"

호루스는 이를 갈았다. 너무 안이했다. 다크 엘프의 3현자라면 성마전쟁 때 적인 거신병을 상대할 방법도 연구했을 것이다. 그 점을 생각했다면 시간이 더 걸리더라도 자인을 앞에 세워 함정을 고스란히 맞게 해서는 안 되었다.

그녀는 자인의 상태를 살폈다. 창은 여전히 전격을 방출하고 있고 자인은 몸을 떨고 있었다. 표도의 말대로 움직이지 못할 뿐, 파괴당할 염려는 없는 듯했다.

'아니, 표도의 말을 고스란히 믿을 수는 없다. 어쨌든 이렇게 된 이상 저 창을 빨리 뽑아내지 않으면 안 된다.'

그녀는 뒤의 성기사들에게 눈짓을 보냈다. 성기사들이 표도를 잡아두는 동안, 자신이 자인에게 박힌 창을 빼내려는 생각이었다.

성기사들은 그 의미를 알아듣고 검을 뽑았다. 앞에 선 성기사가 표도를 향해 말했다.

"이야기를 들었다. 우리의 동료가 네 손에 살해당했다지? 이 기회에 원수를 갚아주지."

표도는 코웃음 쳤다.

"디브스의 동료였나 보군. 그런데 복수라니? 성직자가 할 소리가 아닌 것 같은데? 첩자를 심지를 않나 복수를 하겠다질 않나, 이 세계의 종교는 어째 범죄 조직 냄새가 풀풀 나는데?"

"닥쳐라!"

성기사들이 일제히 공격해 들어갔다. 표도는 정면 승부를 피하고 뒤로 물러났다. 그사이 호루스는 자인을 향해 달려갔다.

그런데 호루스가 자인의 앞에 이르렀을 때, 쿵! 소리와 함께 바닥이 꺼지며 그녀의 몸이 아래로 떨어져 내렸다.

"호루스님!"

성기사들이 놀라 소리쳤다. 표도는 히죽 웃었다. 모두 자신이 예상한 대로였다. 그는 손가락을 튕기며 외쳤다.

"자, 그럼 뒤처리를 부탁하마."

말이 끝나기가 무섭게 벽이 열리더니 중원회 고수 3인이 나타났다. 이지를 상실한 것으로 보이는 그들은 표도의 명령대로 성기사들에게 덤벼들었다.

솔루토 교의 12성기사는 이 세계에서도 최상위의 실력자들이었다. 웬만한 중원회 고수들보다는 훨씬 실력이 뛰어났다.

그러나 이들 중원회 고수들은 히야신스로부터 개조당해 크게 능력이 상승해 있어 성기사들로서도 상대하기 힘들었다.

'적당하군.'

표도는 싸움을 흘긋 보고는 즉시 호루스가 떨어진 구멍을 향해 달려갔다.

"무슨 짓을!"

놀란 성기사들이 막으려 했지만 중원회 고수들을 상대하는 것만으로도 버거웠다. 표도는 그들을 향해 싱긋 웃어주고는 호루스가 떨어진 구멍에 스스로 뛰어들었다.

한편, 먼저 떨어진 호루스는 수직 통로를 통해 아래로 추락하고 있었다. 하지만 그녀는 당황하지 않고 침착하게 양손을 모으고 정신을 집중했다.

"신이여, 그대의 종을 지켜주소서."

그녀의 몸이 빛나는가 싶더니 등에 두 장의 빛의 날개가 생겨났다. 날개의 힘에 의해 아래로 추락하는 속도가 점점 줄어들더니 곧 허공에 정지했다.

"후우~"

한숨을 내쉰 그녀는 자세를 바로 하고 다시 위로 돌아가려 했다. 그런데 그때 위에서 표도가 엄청난 속도로 급강하해 왔다.

"……!"

표도는 검을 들고 떨어지는 속도를 그대로 실어 내려쳤다.

호루스는 다급히 봉을 꺼냈지만 그것을 조립할 틈도 없어 양손의 봉 부품을 교차해서 막아낼 수밖에 없었다.

"큭!"

급강하하는 힘에 표도의 완력까지 더해지니 그 힘은 엄청나 날개의 힘만으로 허공에 버티고 있을 수가 없었다. 호루스의 몸은 표도에게 눌려 다시 아래로 추락했다.

"하하!"

표도는 호루스를 내리누르며 웃음을 터뜨렸다. 호루스는 반격하고 싶었지만 처음 당한 일격의 충격으로 양팔이 마비된 상태였다. 결국 별수없이 계속 떨어지는 수밖에 없었다.

그러는 사이 수직 통로가 끝나고 넓은 공간이 나타났다. 호루스는 양팔을 회복하고 표도를 밀어내며 날개의 힘을 빌어 무사히 착지했다. 표도 역시 망토의 힘으로 바람을 일으키며 내려섰다.

"……."

호루스는 표도를 경계하며 주변을 살폈다. 이곳은 커다란 방이었는데, 생물의 시체부터 기계 부품까지 온갖 것들이 바닥이 어디인지 모를 정도로 잔뜩 쌓여 있었다. 또한 지독한 악취에 그녀는 절로 인상을 찌푸렸다.

"이곳은 쓰레기장이다. 라고슈가 실험 후 쓸모없어진 곳을 버리는 장소라더군. 방해받지 않고 그대와 승부하기 위해 이 장소를 골랐지."

표도는 설명하고는 가볍게 고개를 숙였다.

 해리수 표도의
도망자

"좀 냄새가 나긴 하지만 이해해 주기 바라네."

호루스는 봉을 조립하고는 그에게 물었다.

"왜 나와 승부하려는 거지? 네 목적은 진인겸일 텐데?"

"그야 물론 그렇지."

표도는 히죽 웃고는 대답했다.

"하지만 일이란 것에는 순서가 있지. 일단 방해가 되는 것을 처리하거나, 기본 준비를 먼저 해두는 것이 옳은 것이 아니겠나? 가장 맛있는 부분인 진인겸을 해치우는 것은 마지막으로 남겨두기로 했지."

호루스는 비웃었다.

"흥! 그게 과연 가능할까? 진인겸의 상대도 되지 않으면서."

"걱정할 필요 없다. 진인겸은 내가 아니어도 라고슈가 처리해 줄 테니까. 라고슈 녀석이 영 기대보다 부실해서 지하 도시에서는 된통 깨졌지만, 진정한 불사라는 것이 되면 이길 자신이 있다고 하더군."

"진정한 불사?"

"그래, 나에게도 준다더군. 마침 세계를 오갈 수 있다는 너도 있겠다, 불사신이 되어 중원으로 금의환양할 생각이다. 그때면 진인겸도 죽어 없겠다, 불사신까지 되었으니 이제부터는 내가 천하제일고수이지."

"꿈도 크시군!"

표도는 웃으며 응수했다.

"꿈은 노력하는 자만이 이룰 수 있는 법이다. 난 꿈을 이루기 위해 정말 많은 노력을 하고 있으니 충분히 자격이 있다.”

3

반대쪽 통로에는 진인겸과 아서 일행이 이동하고 있었다. 그들의 앞을 가로막은 것은 함정이 아닌 개조된 중원회의 고수들이었다.

“크아아아아!”

이지를 상실한 중원회 고수들에게 더 이상 진인겸은 두려움의 대상이 아니었다. 머릿속에 입력된 명령만을 따라 진인겸을 죽일 생각뿐이었다.

“칫!”

진인겸은 눈살을 찌푸렸다. 예전 무림 고수들을 강시로 만들어 강호 정복을 노리던 영사교라는 조직과 싸우던 때가 생각났다. 당시 그는 어쩔 수 없이 강시가 된 무림 고수들을 모조리 죽일 수밖에 없었다.

그 영사교라는 조직은 활동 자금 마련을 위해 백성들을 속여 돈을 갈취하고 있었다. 그런데 하필이면 유매향이 거기에 넘어가 집안의 재산을 말아먹은 것이다. 이야기를 듣고 분노한 진인겸은 영사교 총단에 쳐들어갔다.

결국 혼자서 조직 전부를 박살 내버리고, 교주와 대면한 그는 검을 겨누며 말했다.

“내 돈 내놔.”

이에 교주는 떨면서 대답했다.

"당신 부인은 여기에 가입한 적이 없는데요."

"……."

알고 보니 유매향은 애인에게 값비싼 것을 사주고 낭비한 것을 숨기려 거짓말을 한 것이었다. 결국 그 애인도 진인겸에 게 죽고 강호에는 평화가 온 것으로 결말이 났지만, 찜찜한 기분은 한동안 남아 있었다.

'표도, 그 자식 때문에 안 좋은 기억이 되살아났군!'

진인겸은 입술을 살짝 깨물었다. 중원회 고수들의 능력은 크게 상승하여 단순히 신체 능력만 따지면 그와 동등하거나 그 이상이었다. 그런 자들이 15명이나 한꺼번에 쉴 새 없이 공격해 오니 아무리 그라도 상대하기 쉽지 않았다.

하지만 진인겸은 역시 천하제일고수다웠다. 아무리 신체 능력이 강해도 이지를 잃고 무작정 공격해 오는 상대에게는 결코 당하지 않았다. 조금도 당황하지 않고 물 흐르는 듯한 움직임으로 공격을 모조리 피하며 하나씩 차근차근 적들을 쓰러뜨려 갔다.

결국 한참의 시간이 흐르자 공격하던 15명의 고수는 모조리 바닥에 쓰러졌다.

"후우~"

그는 긴 숨을 내쉬었다. 전력을 다해 싸울 수밖에 없어서 상당히 체력과 내공의 소모가 심했다. 호흡을 가다듬은 그는 아서 일행을 돌아보았다.

“괜찮은가?”

“예.”

아서 일행 역시 전혀 부상이 없었다. 그럴 만도 한 것이 구석에 숨어서 구경만 했으니 다치려야 다칠 수가 없는 일이었다.

“가자.”

진인겸은 검을 검집에 넣고 걸음을 옮겼다. 아서 일행은 고개를 끄덕이고는 그의 뒤를 따랐다. 그런데 진인겸이 돌연 발을 멈추었다.

“아직도 적이 남아 있었군.”

그 말을 듣자마자 아서 일행은 다시 구석으로 들어갔다. 진인겸도 넣었던 검을 다시 뽑고는 통로 앞을 향해 말했다.

“숨어 있지 말고 나와라.”

통로 앞에서 적이 모습을 드러냈다. 그 순간 언제나 침착하던 진인겸의 얼굴에 놀라움이 번졌다.

“이럴 수가!”

적은 히죽 웃었다.

“왜? 마누라 얼굴을 다시 보니 반가워?”

눈앞의 적은 다름 아닌 유매향이었다. 진인겸은 곧 침착함을 되찾고 물었다.

“분명히 죽었는데? 다시 살아났다는 거요?”

“그래.”

유매향은 웃으며 긍정했다.

“이 세계는 별의별 기적이 다 일어나잖아. 덕분에 살아나서 이렇게 당신을 다시 만나서 복수를 할 수 있게 된 것이지.”

진인겸은 인상을 썼다.

“복수라고? 나에게 복수한단 말인가?”

“그래.”

“어째서?”

“그걸 지금 몰라서 물어?”

유매향의 얼굴이 일그러졌다. 하지만 여전히 입은 웃고 있었다.

“내가 죽었는데 웃더라? 그렇게 날 죽이고 싶었어? 그걸 보니 화가 치밀더란 말이야!”

말이 끝나는 순간 유매향의 몸이 진인겸 앞에 나타났다. 진인겸이 급히 검을 들어 막은 순간, 유매향의 주먹이 그대로 검신을 후려쳤다.

깡!

엄청난 위력에 진인겸의 몸이 뒤로 날아갔다. 몸을 바로 세운 진인겸은 유매향의 주먹을 살폈다. 분명 검을 맨주먹으로 때렸는 데도 별다른 상처가 보이지 않았다.

‘역시 개조되었군.’

예전 유매향과는 비교도 안 되는 속도와 힘이었다. 하지만 그를 더욱 당황하게 만든 것은 마찬가지로 개조된 중원회 고수들과는 달리 제대로 생각을 하고 말을 한다는 사실이었다.

‘강시 같은 것이 아닌, 정말 살아난 건가?

유매향이 히죽 웃더니 다시 공격해 왔다. 쉴 새 없이 쏟아지
는 폭풍우 같은 공격! 진인겸은 몸을 피하기도 버거웠다. 한순
간 유매향의 주먹이 그의 복부를 올려쳤다.

"컥!"

그의 몸이 위로 치솟아 천장에 부딪쳤다. 유매향은 히죽 웃
고는 뛰어올라 발길질을 날렸다.

쿵!

이번에는 바닥에 처박혔다. 유매향이 다시 내리찍으려는 것
을 진인겸은 황급히 몸을 굴려 피해냈다.

"허억! 허억!"

벌떡 일어난 그는 가쁜 숨을 내쉬며 복부를 어루만졌다. 유
매향은 잠시 공격을 멈추고 그에게 비웃음을 보냈다.

"뭐야, 천하제일고수의 실력이라는 것이 겨우 이 정도인가?
마누라는 팽개치고 무공만 파더니 이것밖에 되지 않아?"

진인겸은 대답하지 않았다. 현재 그는 개조된 중원회 고수
들과 싸우느라 많은 힘을 소모해 완전한 상태가 아니었다. 하
지만 그를 고전하게 만드는 가장 큰 이유는 상대가 유매향이
라는 사실이었다.

'저 여자를 죽일 순 없다.'

사부와의 약속이 그가 공격할 수 없게 하고 있었다. 이 상황
에서도 약속을 따진다는 것이 다른 사람이 보기에 답답하게
느껴지겠지만, 지금까지 살아오면서 지켜온 삶의 방식을 한순
간에 바꿀 수는 없었다.

일방적인 공격에 진인겸은 여전히 수비로 일관하다 몇 번이나 얻어맞았다.

구석에서 보고 있던 아서 일행은 당황했다. 이러다가는 꼼짝없이 당할 판이다.

'대체 왜 저러는 거야!'

아서는 진인겸이 일부러 공격하지 않고 있다는 사실을 눈치챘다. 답답해진 그는 주변을 살피다 중원회 고수 중 하나가 사용하던 활을 발견했다.

"좋아!"

결심한 그는 활을 주워 장전한 후 기회를 보다 유매향의 뒤를 노리고 쐈다.

'먹어라!'

유매향은 공격하는 데 바빠 전혀 주변을 살피지 않았다. 화살은 그대로 유매향의 뒷목에 적중하는 듯했다. 그 순간, 진인겸이 손을 뻗어 화살을 잡아버렸다.

"……!"

모두들 믿을 수 없다는 눈이 되었다. 자신을 죽이려는 적을 지키다니!

화살을 잡느라 생긴 빈틈을 노린 유매향의 공격이 그대로 진인겸을 강타했다. 진인겸은 뒤로 나자빠진 후, 비틀거리며 일어났다.

"그만둬라."

그는 화살을 던지고는 아서를 노려보며 말했다.

"다시 또 이런 짓을 하면 널 죽일 수밖에 없다."

"무슨!"

아서가 기가 막혀 따졌다.

"이런 판국에 어째서 적을 보호하는 겁니까! 솔직히 그녀를 사랑하는 것도 아니잖아요. 그녀가 죽었을 때 오히려 웃어놓고는… 그래놓고 죽더라도 지키겠다니, 지금 제정신으로 하는 짓입니까?"

"제정신이다."

진인겸은 조금의 망설임도 없이 똑바로 대답했다.

"그것이 나의 맹세이자 의무니까."

유매향이 웃으며 말했다.

"그래, 당신은 맹세를 목숨보다 중히 여기며 하늘이 무너져도 지키는 사람이지. 그러니까 맹세를 위해 목숨을 바쳐라!"

말을 마친 그녀는 계속해서 공격을 퍼부었다. 진인겸은 어느 정도 피하다가 결국 견디지 못하고 일방적으로 얻어맞기 시작했다.

진인겸의 얼굴이 깨지고 입에서 피가 튀어오를수록 유매향의 웃음소리도 커져 갔다.

"하하하. 진인겸, 죽어! 죽어!"

그때였다. 그녀의 뒤에서 날카로운 예기가 들려왔다. 그녀는 한 팔을 뒤로 돌려 막았다.

깡!

검이 유매향의 팔을 내려쳤다. 하지만 팔에는 흠집 하나 나지 않았다. 유매향은 쓰러진 진인겸은 놔두고 뒤로 고개를 돌렸다.

"무슨 짓이냐?"

검을 휘두른 것은 아서였다. 그는 이를 악물고 대답했다.

"진인겸이 널 죽일 수 없다면 내가 널 쓰러뜨리겠다!"

"네가? 날?"

유매향은 어이가 없다는 표정으로 웃었다. 그녀는 팔을 휘둘러 아서를 밀어냈다. 아서는 뒤로 몸을 날려 착지했다. 약간 비틀거리며 넘어질 뻔했지만, 곧 자세를 바로 잡고 검을 치켜세웠다.

결의에 찬 표정이었다. 유매향은 피식 웃고는 물었다.

"너 따위가 날 쓰러뜨린다고?"

질문이 끝난 순간에 그녀의 몸은 이미 아서의 눈앞에 있었다. 그녀는 손을 들어 아서의 턱을 가볍게 어루만지며 말했다.

"주제를 알고 구석에 처박혀 있어라. 가만히 있으면 목숨만은 살려줄 테니."

"웃기지 마라!"

아서는 외치며 검을 내려쳤다. 검은 유매향의 어깨에 적중했지만 전혀 상처를 만들어내지 못했다.

유매향은 코웃음 치며 물었다.

"지금 그걸 공격이라고 한 거냐?"

그녀는 팔을 휘두르자 아서의 몸이 몇 미터나 날아가 바닥에 쓰러졌다. 그를 향해 걸어가며 그녀는 말했다.

"전혀 상대가 안 되면서 되지도 않는 말을 시껄이다니, 정말 멍청한 놈이로구나."

그녀는 시선을 돌려 구석에 숨어 있는 란슬롯과 지그문트를 보았다. 그녀의 시선을 받은 둘은 깜짝 놀라며 더욱 몸을 웅크렸다.

유매향은 다시 쓰러진 아서를 보며 말했다.

"네 동료들을 봐라. 현명하게 스스로를 지키고 있지 않느냐. 초식동물이 육식동물을 피해 도망치는 것을 누구도 비겁하다 하지 않는 것처럼 약자는 약자 나름의 방법대로 살면 되는 것이다. 너처럼 약자 주제에 어설프게 강자 흉내를 내는 것은 용기가 아닌 만용, 주제를 모르는 어리석음이다."

"확실히 난 당신보다 훨씬 약해."

아서는 일어나며 말했다.

"솔직히 승산이 없다는 생각에 싸우고 싶지도 않아. 다른 상황이면 누가 싸우라고 해도 내 쪽에서 거절하고 도망쳤을 거야."

유매향은 의아한 얼굴이 되었다.

"그럼 왜 덤비는 거지?"

"나의 의무와 맹세이기 때문이다!"

"……!"

아서는 일어나 떨리는 팔로 검을 치켜들었다.

"우리가 이곳에 온 것은 단지 싸움이나 구경하러 온 것이 아니다. 어디까지나 전력의 하나로써 진인겸을 보좌하고 돕기 위해서다. 그것이 나의 의무이다. 그리고 난 이곳에 오기 전에 맹세했다. 반드시 맡은바 책임을 다하겠다고! 그렇기에 절대 진인겸이 죽는 것을 그냥 보고 있을 수는 없다!"

유매향은 인상을 쓰며 물었다.

"죽어도 말이냐?"

아서는 웃으며 대답했다.

"진인겸이 죽더라도 자신의 맹세를 지키는 것처럼, 나 역시 마찬가지다. 나는 진인겸의 제자, 스승을 따르는 것은 당연한 일이다."

유매향의 얼굴이 보기 싫게 일그러졌다. 그녀는 아서를 후려쳤다. 아서는 피하지 못하고 또다시 나동그라졌다.

"또 맹세냐? 진절머리가 나는 그놈의 맹세!"

그녀는 마구 소리 질렀다.

"날 옭아매고 끈질기게 괴롭히는 맹세! 이 죽일 놈의 맹세!"

분을 참지 못해 발광하던 그녀는 충혈된 눈으로 아서를 향했다. 더 이상 참지 못해 단숨에 죽여 버릴 셈이었다. 그런데 그녀의 앞을 란슬롯과 지그문트가 막아섰다.

"네놈들까지?"

지그문트가 웃으며 말했다.

"아무래도 리더가 죽는 것을 두고 볼 수는 없어서 말이야."

란슬롯도 말했다.

"죽을 때는 함께! 분명 우리 셋이 팀을 결성할 때 맹세였지, 아마?"

유매향은 화가 나 미칠 것 같았다. 이젠 별 허접 쓰레기 같은 것들까지 자신을 막아서다니! 자기 얼굴을 쥐어뜯던 그녀는 돌연 빙그레 웃었다.

"그래, 좋아. 다 죽여 버리지 뭐."

그런데 그때였다. 기절한 줄 알았던 진인겸이 입을 열었다.

"그럴 필요 없다."

그는 일어나더니 앞으로 걸었다. 아서 일행을 팔로 밀치며 유매향의 앞에 섰다.

"내 개인적인 일로 다른 사람에게까지 피해를 줄 수는 없지."

4

유매향은 진인겸의 말에 웃었다. 그녀는 어디까지나 진인겸만 죽이면 그만이었다. 아서 일행 따위에게 일일이 신경 쓰고 싶지 않았다.

"좋은 생각이군. 확실히 우리 부부 문제잖아. 타인이 끼어들 일이 아니지."

"부부 문제라……."

의미심장하게 웃은 진인겸은 유매향을 보며 말했다.

"한 가지 묻고 싶은 것이 있다."

"뭐지?"

"지하 도시에서 널 죽인 사람은 누구지?"

유매향은 갑작스런 질문에 흠칫했지만, 곧 진정하고 간단히 대답했다.

"라고슈다."

"그렇다면 왜 라고슈의 편이 되어 날 공격하는 거지? 라고슈에게 복수해야 하는 것이 아닌가?"

"물론 할 거다. 당신부터 없애 버린 후에."

"역시 그렇군."

진인겸은 알겠다는 듯 웃었다. 유매향은 기분 나쁜 표정을 지었다.

"뭐가 웃기지?"

"넌 표도에게 조종당하고 있군."

유매향은 어이가 없다는 듯 웃고는 물었다.

"뭐? 무슨 근거로 그딴 헛소리를 하는 거지?"

"그야 널 죽인 사람은 라고슈가 아닌 표도니까."

"……!"

놀라는 유매향을 보며 진인겸은 설명했다.

"디브스란 녀석이 널 죽인 것이 라고슈라 말하고, 그 디브스가 나중에야 표도가 변장한 것이라는 것을 알았을 때, 난 바로 눈치 챌 수 있었다. 널 죽인 사람은 바로 표도란 것을 말이야. 결코 자신이 책임지려 하지 않는 그 녀석다운 짓이지."

그는 피식 웃었다.

"넌 엘프의 학자라는 녀석들에게 개조당해 부활한 것이겠지. 그럼에도 라고슈에게 복수한다는 소리를 하는 것이 바로 표도란 녀석의 속마음이 그대로 드러난 증거이다. 그 녀석의 목적은 날 죽이는 것뿐만 아니라 분명 리고슈까지 배신할 셈이겠지."

유매향이 소리쳤다.

"그래서 어쨌다는 거냐?! 날 죽인 사람이 누구든 당신이 날 버렸다는 사실은 변하지 않는다!"

그녀는 진인겸에게 달려들었다.

"닥치고 죽어버려!"

유매향의 주먹이 진인겸의 얼굴을 향해 뻗었다. 순간 진인겸은 손을 들어 손바닥으로 주먹을 막는 듯싶더니 팔을 빙글 돌렸다.

"……."

유매향의 몸이 진인겸의 팔이 돌아가는 대로 한 바퀴 빙글 돌더니 바닥에 그대로 주저앉았다. 도대체 어떻게 된 일인지 이해할 수 없어 멍한 표정을 짓던 유매향은 곧 정신을 차리고는 계속해서 공격했다.

진인겸은 양손을 놀리며 유매향의 공격을 계속해서 흘려냈다. 이전과는 전혀 다른 움직임이었다. 유매향의 공격은 계속해서 방향을 잃었다.

유매향은 당황할 수밖에 없었다. 잠시 공격을 멈춘 그녀는 이를 갈며 진인겸을 노려보며 물었다.

"날 가지고 노는 거냐?"

진인겸은 담담히 대답했다.

"아니, 이제야 진심으로 해볼 마음이 든 것이다."

"당신이라는 사람은!"

유매향은 분노를 터뜨리며 마구잡이로 공격했다. 그러면서 계속해서 소리 질러댔다.

"당신은 무슨 일이 있어도 날 지키고, 내가 무슨 잘못을 해도 그냥 넘어가고는 했어. 하지만 거기에는 애정 따윈 눈곱만큼도 존재하지 않았어. 그저 내 아버지와의 약속을 묵묵히 지키고만 있을 뿐, 네가 날 보는 눈은 사람이 아닌 물건을 보는 것 같았어! 당신은 날 비웃고 있었던 거야!"

유매향은 분노를 참지 못하고 소리쳤다.

"그것이 얼마나 사람을 상처 입히는 줄 알아! 이 개자식아!"

진인겸은 유매향의 공격을 계속해서 흘려 막았다. 그녀는 공격 방식을 바꾸어 진인겸에게 발길질을 날려댔다.

"그런 내 마음은 아무도 모르고 사람들은 천하제일고수의 부인씩이나 되면서 뭐가 아쉬워서 바람이나 피우고 다니느냐고 손가락질했어! 넌 훌륭한 협객이고, 난 지독한 악녀라고! 너는 나 때문에 인생을 망쳤다고 했지만, 나 역시 마찬가지야!"

순간 진인겸이 그녀의 발을 붙잡았다. 그는 덤덤한 눈으로 그녀를 쳐다보면서 말했다.

"확실히 나에게 너에 대한 애정은 없었다."

그는 유매향을 밀쳐 냈다. 뒤로 물러서는 유매향을 향해 똑바로 쳐다보며 말했다.

"의무만이 남은 부부 관계였다. 네가 죽이고 싶도록 미웠다. 하지만 그건 당신도 마찬가지였지. 바람을 피우고 화가 나면서도 당신을 어쩌지 못하는 내 모습을 보고 즐겼지.”

유매향은 흠칫하며 뒷걸음질쳤다.

“무, 무슨 말을 하고 싶은 거야?”

“당신은 남자와 즐기는 것이 아니었어. 내가 화를 내고 어쩔 줄 모르는 것을 즐긴 거지. 반면 나는 당신을 미워하면서도 집착하고 있었어. 어쩌면 사부와의 맹세도 핑계였을지 몰라. 그것이 없었다고 해도 당신과 헤어지지 못했을지도…….”

진인겸은 한숨을 내쉬었다.

“당신이 죽고 나니 속 시원하면서도 한편으로는 막막해지더군. 앞으로 무엇을 할지 모르겠다고나 할까? 그리고 이런 강렬한 후회감이 밀려오더군.”

그는 검을 들어 올렸다.

“남에게 살해당할 바에는 차라리 내가 죽였다면 좋았을 텐데…… 라고.”

유매향의 안색이 변했다. 그녀는 우물쭈물하다가 소리 질렀다.

“무슨 소리인지 모르겠어!”

“간단하다. 당신의 말을 듣고 깨달았다. 우리의 부부 관계는 애정 대신 미움과 집착뿐이었다. 당신을 지켜준다는 표면적인 약속은 지키고 있었지만, 사부가 진정 나에게 바란 것은 이런 것이 아니었을 것이다. 난 이미 오래전부터 맹세를 어기고 있었던 것이다.”

돌연 진인겸은 쓴웃음을 지었다.

"하긴 이제 와서 이런 말을 해봤자 소용없는 일이겠지. 그것도 당사자가 아닌 타인에게 말이야."

그는 유매향을 쳐다보며 물었다.

"안 그런가, 표도?"

아서 일행이 깜짝 놀라며 유매향을 쳐다보았다. 그녀의 얼굴은 딱딱하게 굳어져 있었다. 한참 후에야 얼굴을 풀고 웃으며 반문했다.

"무슨 헛소리지? 너무 맞아 정신이 이상하게 되었나? 아니면 날 죽이고 맹세를 어기기 위한 핑계인가?"

진인겸은 덤덤하게 말했다.

"너야말로 어울리지도 않는 흉내는 작작해라. 내가 아무리 등 돌리고 지냈다고 해도 수십 년을 부대낀 마누라도 못 알아볼 것 같으냐?"

유매향이 말을 내뱉었다.

"망할!"

그리고는 투덜거리며 머리를 긁적였다.

"나름대로 그녀의 마음과 입장을 생각한 대사와 행동이었는데 이런 식으로 들켜 버릴 줄이야. 완전히 실패였군."

그녀의 말투와 행동은 완전히 다른 사람의 것으로 바뀌어 있었다. 바로 표도의 모습과 같았다.

"그래, 난 표도다. 잘도 알아냈구나, 진인겸."

유매향, 아니, 표도는 아쉬워했다.

"이럴 줄 알았으면 귀찮은 떨거지 따윈 신경 쓰지 말고 바로 죽여 버릴걸. 괜히 이 기회에 실컷 패주자는 생각을 해서……."

아서가 분해하며 외쳤다.

"이 비겁한 놈!"

표도는 혀를 낼름 내밀었다.

"속은 놈이 병신이지."

그런데 그때 진인겸이 담담히 말했다.

"네가 가짜란 것은 처음부터 알았다."

그의 말에 표도는 잠깐 놀랐지만 곧 비웃음을 지었다.

"거짓말은 작작하시지. 그럼 넌 알면서도 일부러 맞았다는
거냐?"

"그렇다."

"어째서?"

"넌 가짜지만 그 몸만은 진짜니까."

잠시 눈이 커졌던 표도는 재미있다는 듯 웃었다.

"호오~ 그것도 알아차렸나? 그래, 맞다. 이 몸은 유매향의
것이 맞다. 무너진 지하 도시에서 고생해서 찾아내서 소생시
킨 것이지."

표도는 좋아하며 물었다.

"그러니까 넌 이 몸이 상할까 걱정돼서 공격을 못했다는 것
이군? 다 틀렸다고 생각했는데, 이거 가능성이 있겠는걸?"

진인겸은 고개를 끄덕였다.

"네가 어떤 방식으로 그 몸을 조종하는지는 모르겠지만, 그
부분을 제거하면 그녀를 살릴 수 있을지도 모른다고 생각했

지. 살릴 수 있는데 죽인다면, 그것 역시 그녀를 지킨다는 사부의 맹세를 어기는 것이니까.”

“호오~”

표도는 웃으며 입술을 핥았다.

“그것참, 훌륭하신 마음가짐이로군. 그럼 다시 난 마음 놓고 공격해도 되는 건가?”

아서 일행은 당황하여 진인겸을 보았다. 그는 또다시 당할 셈이란 말인가?

“진인겸…….”

그때 진인겸은 입을 열어 표도의 질문에 답했다.

“아니, 이제는 그만 당하고 널 죽이기로 했다.”

“뭐?”

표도는 놀랐다. 이 안의 자신을 제거하고 유매향을 살릴 방법을 찾았단 말인가? 아니, 그럴 리가 없다. 애초에 그런 방법 따윈 존재하지 않으니까.

“맹세를 어기겠다는 거냐?”

진인겸은 고개를 끄덕였다.

“그렇다.”

“……!”

표도와 아서 일행, 이 자리의 모두가 경악했다. 맹세를 위해 다른 세계로까지 건너오고, 드래곤과의 싸움도 불사한 그가 스스로 맹세를 어기겠다고 하다니!

진인겸은 놀란 모두의 시선을 받으며 말했.

“너의 말을 듣고 난 깨달았다. 애초의 유매향을 지켜 달라는 사부의 부탁은 이런 뜻이 아니었다. 그런데 난 그 말만을 곧이 곧대로 받아들이고 그녀와 나 자신을 불행하게 했다. 나와 사부의 맹세는 이미 깨어진 지 오래였다.”

그는 아서를 보았다. 그는 웃음 지으며 말했다.

“무엇보다 날 위해 죽으려는 자를 뻔히 보면서 자신의 고집 때문에 아무것도 안 하는 것은 사람의 도리가 아니지. 그것은 맹세 이전에 사람으로서 지켜야 할 것.”

진인겸의 검이 표도를 향했다.

“그래서 난 결정했다. 널 죽이고 남은 평생 괴로워하는 것, 그것이 유매향과 죽은 사부에 대한 나의 속죄다.”

표도의 얼굴이 일그러졌다.

“빌어먹을! 사부와의 맹세로 손댈 수 없는 것이 아니었어? 무슨 일이 있어도 맹세를 지키는 것이 아니었냐고!”

그는 소리 질렀다.

“빌어먹을!”

그는 진인겸을 향해 달려들었다. 동귀어진의 수법으로 같이 죽으려 했다. 그러나 그 순간 진인겸의 검이 뻗어가 한줄기 섬광이 되어 유매향의 이마의 인중을 꿰뚫었다.

“……!”

표도이자 유매향의 몸이 그대로 뒤로 쓰러졌다. 그녀를 내려다보며 진인겸은 중얼거렸다.

“유매향… 미안하다. 널 사랑하진 않았지만, 누구보다 널 미워했다. 나의 가슴속에 너의 존재가 가장 크게 차지하고 있었다. 그것이 위로가 되진 못하겠지만……."

그때였다. 죽은 유매향이 입이 벌어지며 목소리가 흘러나왔다.

"젠장. 진인겸, 이 한 입으로 두말하는 놈! 맹세는 절대 지킨다고 하더니!"

그때 유매향의 이마가 갈라지며 수십 개의 눈알이 뭉쳐지고 수십 개의 촉수가 달려 있는 괴물이 튀어나왔다. 그것은 그대로 진인겸을 향해 뛰어올랐다.

"진인겸!"

"표도!"

진인겸은 노해 소리치며 검을 내리찍었다. 괴물은 검에 찔려 바닥에 박혔다. 꿈틀거리던 괴물은 곧 축 늘어졌다.

"그리고 난 이 자리에서 맹세한다!"

진인겸은 죽은 괴물을 노려보며 결의에 찬 목소리로 말했다.

"표도, 널 무슨 일이 있어도 죽이고 말겠다! 나의 아내 유매향을 죽이고 능멸한 너를 반드시! 내 모든 것을 걸고!"

Chapter 5

표도의 패배?

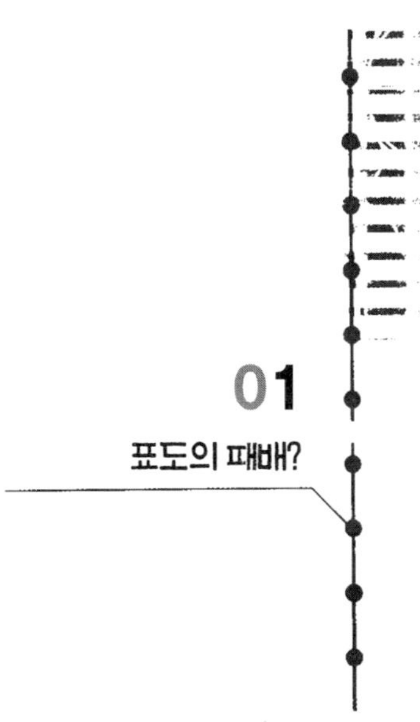

01

표도의 패배?

진인겸과 유매향이 싸우고 있을 시각, 표도와 호루스도 격렬한 전투를 벌이고 있었다. 하지만 그 승부의 추는 좀처럼 기울어지지 않고 있었다.

실력에 있어서는 표도가 위지만 호루스에게는 신성력이라는 강력한 무기가 있다. 그런데 이번에는 표도도 꼭두각시 마법에 걸린 불사신의 육체라는 무기가 생겨난 상태였다. 호루스의 신성력은 표도가 가진 불사의 마법을 무효화하는 것이 가능하긴 했지만, 표도는 그녀가 그 힘을 사용하는 것을 좀처럼 허락하지 않았다.

양쪽 모두 결정타를 날리지 못하고 상대에게 자잘한 상처만을 낼 뿐이었다. 그런데 그런 상처들은 신성력과 마법의 힘으로 순식간에 치료해 버리니 전혀 의미가 없었다.

결국 둘은 호각의 실력을 보이며 좀처럼 승부를 내지 못하고 대치하고 있는 상태였다.

"큭!"

호루스와 싸우던 표도가 돌연 공격을 멈추고 뒤로 물러났다. 그리고 이마를 손가락으로 누르며 인상을 썼다.

'당했군!'

자신과 텔레파시란 것으로 연결되어 유매향의 육체를 조종하던 기생체가 진인겸에게 당하는 순간, 그 충격이 그의 머리에도 전해진 것이다.

"왜 그러지? 무슨 일이 있나?"

호루스가 눈치 채고 물어왔다.

"알 것 없다."

표도는 퉁명스럽게 대꾸했다. 하지만 호루스는 그의 태도에서 뭔가 상황 변화가 있다는 사실을 어느 정도 짐작할 수 있었다.

그녀는 빙그레 웃어 보이며 말했다.

"뭔가 당신에게 좋지 않은 일이 있었나 보군. 그 말인즉 반대로 나에게는 좋은 일이란 뜻이겠지."

표도는 쓴웃음을 지었다.

'역시나 만만히 볼 여자가 아니군.'

호루스가 들고 있는 봉을 가볍게 돌리며 말했다.

"당신은 진인겸을 없애는 데 방해가 되는 나를 처리하고 싶었겠지만, 이런 상태면 결판이 나지 않을 것 같군. 하지만 이대로 싸움이 계속된다면 나로서도 그리 나쁜 일은 아니야. 당신과 내가 싸우고 있는 이상, 남은 것은 라고슈 하나뿐이니까. 지금 이 시간에도 진인겸은 라고슈에게 다가가고 있겠지.”

표도는 곧바로 응수했다.

“과연 생각처럼 될까? 진인겸은 죽지는 않았지만 상당한 타격을 입은 상태다. 그런 몸으로 지하 도시에서처럼 라고슈에게 이길 수 있다고 장담할 수는 없지. 자인이라는 녀석은 엘프의 무기에 당해 움직일 수 없는 상태고, 네 부하인 성기사들은 아마 지금쯤 개조된 중원회 녀석들에게 모두 당했을걸.”

그러나 호루스는 미소를 지우지 않았다. 표도의 말을 통해 밖의 상황을 어느 정도 파악할 수 있게 되었기 때문이다.

그녀는 여유있게 말했다.

“진인겸은 당신 따위와는 비교도 안 되는 진정한 강자이다. 당신의 간교한 속임수 따위는 충분히 격파할 수 있는. 나는 충분히 그가 라고슈를 이길 수 있을 것으로 믿는다.”

표도는 살짝 인상을 찌푸렸다. 하지만 말로 지고 싶지 않아 도발적인 말을 내뱉었다.

“신을 섬기는 여자답게 믿음이 충실하시군. 그런데 신이 아닌 진인겸을 믿는다니 웃기는군. 차라리 이제부터 진인겸 교로 개종하는 것이 어때?”

호루스는 그것을 보고 비웃음을 던졌다. 여유를 찾은 그녀는 본래의 말투로 돌아가 있었다.

“그러는 당신은 아무래도 믿음이 부족한가 보군요. ‘라고슈는 반드시 이길 수 있다’라고 말하지 못하고, ‘진인겸이 이길 수 있다고 장담할 수 없다’라는 것이 고작인 것으로 보이니. 동료를 믿지도 못하면서 과연 이길 수 있을까요?”

표도는 코웃음 쳤다.

“그따위 말장난으로 날 도발할 셈이냐?”

하지만 호루스는 미소를 지우지 않았다.

“말장난이 아닙니다. 당신이란 인간의 본질입니다. 누구도 믿지 못하고 의지하지 못하는 외톨이. 설사 당신이 진인겸을 죽인다손 치더라도 과연 무엇이 남을까요?”

표도는 참지 못하고 버럭 소리 질렀다.

“그러는 너야말로 남을 이용물로 보고 있잖아! 나나 진인겸을 이 세계로 오도록 조작한 장본인인 주제에! 너야말로 이야기 속 최후의 적에 걸맞는 여자다!”

“후후. 그것참, 우연이군요. 저도 라고슈가 아닌 당신을 이 이야기의 최후의 적이라고 생각하고 있었는데.”

표도도 입을 벌려 웃었다.

“하하, 그럼 이 싸움이 최후의 결판이란 말이군!”

그는 들고 있는 검을 허공에 몇 번 휘둘러 보이며 말했다.

“진정한 승자가 나란 것을 보여주지.”

그는 망토를 펄럭이며 호루스에게 달려갔다. 호루스가 손을 뻗어 신성력을 내뿜는 순간, 그는 옆으로 피함과 동시에 검으로 찔러갔다.

그런데 호루스가 손을 뻗는 동작은 속임수였다. 그녀는 표도가 피할 것을 알고 손의 방향을 돌려 표도를 다시 겨냥했다.

"……!"

신성력을 맞고 표도가 뒤로 날아갔다. 그 기회를 놓치지 않고 호루스는 달려가 봉을 휘둘렀다.

챙!

표도가 휘두른 검에 봉이 튕겨졌다. 벌떡 일어난 그는 검을 들지 않은 손을 호루스를 향해 뻗었다. 이에 호루스가 뒤로 물러나 피하자 그는 손목을 살짝 흔들었다.

파악!

파공음과 함께 표도의 소매 속에서 작은 화살이 발사되었다. 표도의 소매 안에는 작은 석궁이 장치되어 있었던 것이다.

하지만 호루스도 지금까지 싸우면서 표도의 수법에 어느 정도 익숙해진 상태였기에 봉을 돌리며 화살을 튕겨냈다.

"쳇!"

표도는 아깝다며 혀를 찼다. 그를 향해 호루스는 웃으며 말했다.

"당신의 수법은 이제 면역이 되었어요. 상대가 방심한 순간을 노려 기습, 이제는 뻔한 패턴에 불과합니다."

"……."

표도는 인상을 찌푸렸다. 아까 전부터 호루스의 말투가 공손해지고 있다. 그녀가 여유를 되찾았다는 증거였다.

'뭐지? 뭘 믿고 있는 것이지?'

그는 생각해 보았다. 좀 전의 대화에서 뭔가 호루스를 안심시키는 내용이라도 있었단 말인가?

'어쨌든 슬슬 결정짓지 않으면 안 되겠군.'

표도는 마음먹고는 웃음을 되찾고 말했다.

"좋아, 이제 놀이는 그만 끝내야겠다."

호루스가 웃으며 대꾸했다.

"저는 더 하고 싶은데요?"

"아니, 그만 하련다."

표도는 말하고는 품에서 작은 구슬 같은 것을 몇 개 꺼내 던졌다. 구슬들은 제각기 바닥에 떨어져 굴렀다. 그는 입을 벌려 약속된 말을 내뱉었다.

"무에서 유로, 유에서도 무로 윤회하는 것은 세상이 정한 법칙, 나 표도가 그 법칙에 따라 명하니 무에 생명을 부여하라."

말이 끝나자마자 구슬들이 갑자기 빛을 내기 시작했다. 동시에 바닥에 널려 있는 잡동사니와 몬스터의 시체들이 떠오르더니 구슬을 중심으로 뭉쳐지기 시작했다.

"이건!"

놀란 호루스를 향해 표도가 웃으며 말했다.

"고렘 탄생술법이라고 하던가? 자인이라는 거신병의 육체를 만드는 것과 기본적으로 같은 기술이라고 하더군."

구슬을 중심으로 뭉쳐진 것들은 인간의 형상으로 변했다. 완성된 것은 네 개의 몬스터 시체와 기계 장치로 이루어진 고렘이었다.

"자, 이제는 5대 1이로군."

표도는 소리치고는 훌쩍 뛰어 고렘의 어깨 위에 올라탔다. 그는 의기양양해하면서 호루스를 내려다보며 말했다.

"너는 하이랜드 왕성에서 라고슈의 고렘들에게 걸린 마법을 무력화시켰지. 하지만 여기 이 고렘들은 특별제로 그때처럼 그리 쉽게 없앨 수는 없을걸. 설사 그것이 가능하다 하더라도……."

그의 검 손잡이를 만지작거리며 의미심장한 표정을 지었다.

"나의 검은 피할 수 없을 것이다."

호루스가 고렘술을 없애려면 정신 집중이 필요하고, 그때는 무방비 상태가 될 수밖에 없다. 표도의 말은 대놓고 그때를 노리겠다는 것이었다.

호루스는 입술을 깨물었다. 상대의 계획을 알고 있어도 혼자서는 어쩔 수가 없다.

"당신이 이곳을 결전 장소로 택한 이유가 이것이었군!"

그녀의 말투에서 다시 여유가 사라졌다. 그것을 확인하자 표도의 미소를 짙어졌다.

"당신이라는 사람의 말대로야. 나는 상대가 방심한 틈을 노려 미리 준비해 놓은 승리의 패를 꺼내놓는다. 이것이 나의 필승의 전략. 나라는 인간은 이길 생각이 없다면 아예 싸움을 걸지 않는다는 주의다."

표도는 호루스를 손가락질하며 외쳤다.

"자, 그럼 끝을 내보도록 할까? 고렘들이여, 저 여자를 산산

조각 내라!"

명령을 받은 고렘들은 일제히 호루스를 향해 달려들어 주먹을 내뻗었다. 네 개의 방향에 각지 자리하여 도망칠 공간을 주지 않는 공격! 호루스는 어디에도 피할 자리가 없었다.

표도는 승리를 확신하고 소리쳤다.

"이제 끝이다! 엉터리 성녀!"

절체절명의 위기의 순간, 돌연 호루스가 미소를 지었다.

"고작 이 정도였군요."

"……?"

표도는 흠칫했다. 그의 눈에 호루스가 자신의 품 속으로 손을 집어넣는 것이 보였다.

'무슨 짓을……?

고렘들의 주먹이 호루스를 가격하려는 순간, 호루스의 몸에서 엄청난 빛이 터져 나왔다. 마치 태양과도 같은 거대한 빛이 이 방 안을 완전히 가득 채웠다.

"큭!"

표도는 당황했지만 승리의 기회를 이대로 놓쳐 버릴 수는 없었다. 그는 이 와중에도 호루스를 공격하려고 했다.

엄청난 빛이 시야를 가로막았지만 호루스의 위치 정도는 파악하고 있었다. 그는 한 손으로 눈앞을 가리고는 빛 속으로 뛰어들었다. 그리고 호루스가 있을 빛의 중심을 향해 검을 힘껏 찔렀다.

'죽어라!'

그러나 검끝에는 사람을 찌르는 감각이 느껴지지 않았다. 대신 거대한 힘이 해일처럼 그를 향해 밀려들어 왔다. 그것은 빛과 불꽃이었다. 순식간에 불꽃이 검을 타고 들어오며 그의 몸을 완전히 뒤덮었다.

"으아아아아악!"

표도는 비명을 지르며 뒤로 날아갔다. 바닥에 떨어진 그는 몸에 붙은 불을 끄기 위해 바닥을 뒹굴었다. 그런데 당연히 느껴져야 할 뜨거움이 느껴지지 않는 것이었다.

"어?"

정신을 차리고 보니 몸에는 조금도 불이 붙어 있지 않았다. 꺼진 것이 아니라 아예 옷이고 피부고 탄 흔적조차 없었다.

"어떻게 된 거지?"

그가 무슨 일이 벌어졌는지 파악하기도 전에 뭔가가 무너지는 소리가 들려왔다. 돌아보니 고렘들이 일제히 원래 몬스터의 시체와 기계 장치로 돌아가 붕괴되는 소리였다.

"이럴 수가!"

표도는 놀라 소리 질렀다. 그는 경악하고 있었다. 호루스의 힘이 이렇게나 강했단 말인가?

'그럴 리가 없다. 그 여자가 이 정도의 힘을 가지고 있었다면 나는 이미 살아남지 못했을 것이다.'

그때 태양처럼 빛나던 빛이 점점 작아지기 시작했다. 빛 속에 있는 호루스의 모습이 그제야 드러나 보였다.

“저건?!”

표도는 빛의 중심이 호루스 자체가 아닌 그녀의 손에 들린 뭔가라는 것을 알아차렸다. 그리고 좀 더 빛이 작아지자 그녀의 손에 들린 것의 정체를 파악할 수 있었다. 그것은 표도도 너무나 잘 알고 있는 물건이었다.

“영원히 꺼지지 않는 불꽃?”

2

호루스는 웃으며 고개를 끄덕였다.

“맞습니다. 하이랜드 왕성에서 도망칠 때 당신들이 놓고 간 것이지요.”

표도는 입술을 깨물었다.

“그 신물에 그런 힘이 있을 줄이야!”

호루스는 설명했다.

“신물이란 단순히 다크 엘프를 봉인하고 다시 봉인을 풀기 위해서만 존재하는 것이 아닙니다. 그것 자체만으로도 강력한 힘을 가진 마법 도구이기도 하지요. 그 진정한 사용법은 저만이 알고 있습니다.”

표도의 얼굴이 일그러졌다. 호루스가 진작에 신물을 사용했다면 승부는 이미 오래전에 자신의 패배로 끝났을 것이다. 그럼에도 그녀는 일부러 사용하지 않고 있었다.

“비장의 수를 준비하고 있었던 것은 나뿐만이 아니었군. 너야말로 승리의 카드를 숨기고 있었군.”

호루스는 고개를 끄덕였다.

“그렇습니다. 당신이 저를 노릴 것이라고 짐작했습니다. 당신은 라고슈의 꼭두각시 마법이 걸린 몸, 그건 즉 진인겸이 상대라도 쉽게 당하지 않는다는 말이지요. 그러나 반대로 라고슈의 마법을 없앨 수 있는 제가 천적이 되는 셈입니다.”

그녀는 일그러진 얼굴의 표도를 똑바로 바라보았다.

“그렇다면 당신은 어떻게든 저를 피하는 것이 당연한 일일 것입니다. 하지만 아무리 생각해도 그럴 것이라는 생각되지 않더군요. 왜냐하면 단순히 위험을 피하기 위한 것이 당신의 목적이었다면 굳이 라고슈의 부하가 될 리가 없었겠지요.”

그녀는 말을 이었다.

“당신은 쫓기는 와중에도 몇 번이나 진인겸을 죽일 기회를 노렸습니다. 당신은 이길 수 없는 싸움은 애초에 걸지도 않지만, 그렇다고 위험을 방치한 채 언제까지 도망만 치는 사람도 아닙니다. 어떻게든 확실한 안전을 확보하든가 그것이 불가능하다면 적극적으로 위험 요소를 제거하려고 하지요. 그것이 지금까지 당신을 지켜보고 내린 당신이라는 사람의 특징입니다.”

표도는 솔직히 긍정했다.

“과연 훌륭하신 판단이군.”

호루스는 고개 숙여 감사를 표했다.

“감사합니다. 일단 당신이란 사람의 성격에서 판단해 보니

당신이라면 우선 저를 없애 위험 요소를 제거하려 들 것이라
는 생각이 들더군요. 확실히 이길 수 있는 비장의 수를 준비해
서 말이지요. 그렇게 일단 불안 요소를 제거한 후 진인겸을 상
대하려 하겠지요.”

표도는 함정을 파놓고 기다리고 있었지만, 호루스는 한 수
위로 일부러 함정에 뛰어든 것이다. 표도로서도 당했다는 사
실을 인정할 수밖에 없었다.

“내가 함정을 팠다고 생각했는데 실제로는 당신의 함정에
내가 걸려든 것이군.”

호루스는 긍정했다.

“그렇습니다. 신물의 힘을 빌리면 제 신성력을 몇 배나 높일
수 있습니다. 라고슈의 브레스도 막아낼 수 있을 정도지요. 당
신의 수가 무엇인지는 몰랐지만, 이 신물의 힘을 사용하면 웬
만하면 막을 수 있다고 판단했습니다. 그래서 일부러 기다리
고 있었던 것이지요. 당신이 비장의 카드를 내밀기를 말이지
요.”

그녀는 미소를 던졌다.

“다행히 당신의 카드는 내 카드보다 한 수 아래였습니다.”

“큭!”

이를 간 표도는 외쳤다.

“아직 승부는 끝난 것이 아니다!”

호루스는 고개를 저었다.

“아니요. 끝났습니다.”

“뭐?”

“당신이 말했지 않습니까? 비장의 수는 필승의 전략이라고 요.”

그녀는 말하며 한 손을 위로 쳐들며 말했다.

“오라.”

순간 천장이 부서졌다. 그와 동시에 성기사들이 위에서 떨 어져 내렸다. 그런데 성기사는 셋이 아니었다. 바닥에 내려선 사람들의 수는 모두 5명이나 되었다. 그들은 호루스의 뒤에 정 렬했다.

호루스가 미소와 함께 소개했다.

“솔루토를 믿는 자들의 수호자인 열두 성기사, 그중에 다섯 입니다.”

표도는 믿을 수 없다는 표정이 되었다. 중원회 고수들과 싸 우고 있어야 할 성기사들이 나타난 것도 놀라운 일이지만, 더 욱 놀라운 것은 그들의 숫자였다. 애초에 호루스 일행 중에 성 기사는 셋이었다. 어떻게 갑자기 수가 불어났단 말인가?

그는 황당해하며 물었다.

“이게 어떻게 된 거냐?!”

호루스는 웃으며 답했다.

“간단합니다. 공간 이동을 쓸 줄 아는 사람은 이 세계에 라 고슈와 자인만이 있는 것이 아니지요.”

“……!”

“저는 처음부터 이번 싸움에 열두 성기사 전부를 투입할 생각으로 이들을 이곳으로 전송할 공간 이동을 사용할 줄 아는 마법사들을 수배해 놓았습니다. 하지만 당신에게 배웠지요. 비장의 수는 최후까지 숨겨놓아야 한다는 것을 말이지요. 그래서 여덟 명은 따로 우리를 몰래 뒤따르게 해놓았던 것입니다. 여차할 때 뽑아 들 카드로써 말이지요."

"큭!"

당황하는 표도를 놔두고 성기사 중 하나가 호루스에게 보고했다.

"개조당해 공격하던 다른 세계의 인간들은 제거하고, 자인도 무사히 구했습니다. 현재 다른 성기사 여섯과 자인은 레어의 심층부로 향하는 중입니다."

"수고했어요."

고개를 끄덕인 호루스는 다시 표도에게 시선을 보냈다.

"그럼 이번에야말로 당신과의 놀이는 그만 끝내야겠군요."

그녀의 명령을 받은 다섯 명의 성기사가 일사불란한 동작으로 검을 뽑아 들고 표도 앞에 섰다. 그들의 눈에는 단순히 명령을 받아서가 아닌 명백한 적의가 실려 있었다.

"너에게 살해당하고 죽어서도 이용당한 동료의 복수를 여기서 하겠다."

표도는 웃으며 대꾸했다.

"복수라니, 종교인이 할 소리가 아니라고."

"닥쳐라!"

성기사들은 일제히 표도를 공격하기 시작했다. 그들의 실력

 해리수 표도의 도망자

은 중원의 일류고수에 뒤지지 않았다. 거기다 톱니바퀴가 엮여가듯 쉴 새 없이 연속되는 그들의 차륜 공격에 표도는 당황했다.

'이 녀석들, 중원의 합격술과 같은 공격을 하잖아!'

표도는 정신없이 그들의 공격을 막았지만, 아무리 그의 실력이 뛰어나도 혼자서 다섯을 당해낼 수는 없었다.

"큭!"

몇 번이나 성기사들의 검이 표도의 몸에 상처를 냈다. 그때마다 라고슈가 건 꼭두각시 마법의 힘으로 상처가 치유되었지만, 그렇다고 전세가 바뀌는 것은 아니었다.

"이것들이!"

표도는 이대로는 당할 수밖에 없다는 생각에 찔러오는 성기사의 검을 피하지 않고 몸으로 받았다. 죽을 걱정은 없으니 살을 주고 뼈를 깎자는 방식이었다. 그러나 그가 자신을 찌른 성기사를 베려는 순간, 다른 성기사의 검이 그가 검을 든 팔에 박혔다.

"젠장!"

호루스가 소리쳐 명령했다.

"그를 제압하세요!"

"예!"

성기사 네 명의 검이 일제히 표도의 팔다리를 찔러 버렸다. 이렇게 되자 표도는 곤충 표본마냥 움직일 수 없는 신세가 되었다.

"빌어먹을!"

그때 표도의 눈앞에 호루스가 들어왔다. 그녀는 신성력을 가득 주입하여 눈부시게 빛나는 봉을 던지려 하고 있었다.

"자, 잠깐!"

당황한 그의 외침과 동시에 날아온 봉은 그의 가슴에 박혔다.

"컥!"

몸을 부들부들 떨던 표도의 몸은 곧 축 늘어졌다. 그리고 지평도와 마찬가지로 육체가 조각조각 분해되어 떨어졌다.

"끝났군요."

호루스는 한숨을 내쉬었다. 표도, 그는 지금까지 그녀가 상대한 그 누구보다도 힘겨운 인간이었다. 잠시 표도의 시신을 바라보던 그녀는 마음을 다잡고 성기사들을 돌아보았다.

"자, 그럼 먼저 간 사람들을 서둘러 뒤쫓기로 하지요."

표도의 처리를 끝낸 그들은 성기사가 내려올 때 사용한 밧줄을 타고 떨어진 통로로 다시 올라갔다. 자인과 다른 성기사들이 먼저 향했을 눈앞의 통로를 바라보며 호루스는 숨을 들이마시며 일행에게 말했다.

"최후의 싸움이 남아 있습니다. 모두 긴장을 늦추지 말도록 하세요."

3

라고슈는 손바닥의 작은 구슬을 바라보았다. 표도에게 걸어 놓은 마법을 상징하는 구슬이었다. 조금 전까진 붉은색이었던 구슬이 지금은 검게 변색되어 있었다.

"표도 녀석, 죽었군."

그의 표정에는 실망스러움이 역력했다. 지금까지 몇 번이나 기대 이상의 활약을 보인 표도였다. 그렇기에 이번에도 뭔가 해주지 않을까 기대했는데, 기대에 크게 못 미치고 말았다.

"역시 인간에 불과했던 건가……."

그는 곧 표도의 일을 잊고 앞으로의 일을 생각하기로 했다. 현재 진인겸과 자인의 일행이 두 개의 통로에서 각각 이곳을 향해 오고 있다. 바벨의 혼돈구가 완성되기 전까지 어떻게든 그들을 막지 않으면 안 된다.

그는 장치의 조정에 여념이 없는 두 다크 엘프에게 물었다.

"완성되려면 얼마나 남았지?"

어비스가 대답했다.

"앞으로 한 시간 정도다."

라고슈는 인상을 찡그렸다. 생각보다 너무 시간이 걸린다.

"30분 내로 어떻게든 끝을 내! 그렇지 않으면 가만두지 않겠 다!"

그리고 다시 한 번 엄포를 놓았다.

"잠시 볼일을 보고 오겠다. 만약 나를 속여 수작을 부리려 하다간 가만두지 않겠다."

두 엘프는 얼굴에 불만이 가득했지만 대놓고 반발하지 못하고 알겠다고 고개를 끄덕였다. 라고슈는 둘을 보다가 별다른 문제가 없음을 확인한 후 바벨의 혼돈구가 있는 방을 나섰다.

그는 이곳이 아닌 다른 곳에서 진인겸과 자인을 막을 생각이었다. 운 나쁘게 싸움의 여파로 바벨의 혼돈구가 손상을 입기라도 하면 곤란하기에 자리를 옮긴 것이다.

잠시 후, 그가 도착한 곳은 드래곤의 몸일 때 몸을 눕히는 장소였다. 직경 100미터에 원형의 공간으로, 드래곤으로 변신하여 싸울 만한 레어 안의 유일한 공간이라 할 수 있었다.

또한 이곳이 뚫리면 바벨의 혼돈구가 있는 최심층까지 고작 200여 미터의 일직선. 그렇기에 이곳이야말로 최후의 방어선이었다.

"역시 인간 따위에게 의지하는 것이 아니었어. 내가 손수 처리하지 않으면……."

그가 중얼거리고 있을 때, 눈앞의 통로에서 자인과 성기사들이 모습을 나타냈다. 라고슈는 생각을 멈추고 싸울 태세를 갖추었다.

"왔군."

자인은 라고슈가 앞을 막고 서 있는 것을 보자 말했다.

"물러서라, 페트루슈카. 너와 상대하고 싶지 않다. 나의 목적은 어디까지나 봉인을 수호하고 다크 엘프 3인을 감시하는 것, 이미 봉인이 풀린 이상 널 상대할 이유는 없다."

라고슈는 피식 웃고는 물었다.

“막지 않으면 공격하지 않겠다는 것인가?”

“그렇다. 이전까지는 봉인을 풀려는 너를 제거하는 것이 봉인을 지키는 방법이었지만, 현재로서는 의미가 없어졌다. 다시 엘프들을 봉인하는 것을 네가 방해하지 않고, 다시 봉인을 풀려는 행동을 하지 않는다면 너와 난 싸울 이유가 없어진다.”

“좋다. 그렇다면 한 시간만 기다려라. 그럼 순순히 비켜주지. 네가 엘프들을 어떻게 하든 상관하지 않겠다.”

라고슈의 말은 속이 뻔히 보이는 수작이었다. 자인은 더 이상 대화의 필요성을 느끼지 못했다.

“교섭은 결렬이군.”

그는 가슴의 공간을 열고 거신병의 육체를 소환했다. 거대한 고렘 형태의 모습과 하나가 된 그는 라고슈를 내려다보며 말했다.

[죽음을 재촉하는 어리석은 드래곤, 오늘이야말로 존재를 멸해주겠다.]

“흥!”

라고슈는 코웃음 쳤다.

“지하 도시에서처럼 쉽게 날 이길 수 있다고 생각하는 모양인데, 그때와 지금은 사정이 다르다는 것을 알게 해주지!”

그 역시 드래곤의 모습으로 변신했다. 이곳은 넓은 공간이었지만 드래곤과 거신병, 두 거대한 육체는 충분히 공동 안을 가득 채웠다. 둘은 거리를 거의 두지 않고 바로 앞에서 대치했다.

우우우우우!

낮은 기계음 같은 것을 내며 자인이 거대한 팔을 치켜들었다. 그때, 그가 주먹을 휘두르기 전에 라고슈가 재빨리 앞발로 그의 가슴을 내려쳤다.

쿵!

자인의 가슴에 굵은 발톱 자국이 새겨지며 그의 몸이 뒤로 물러나 벽에 부딪쳤다. 하지만 그는 상관하지 않고 주먹을 휘둘렀다. 팔꿈치 쪽에서 분사구가 화염을 뿜으며 주먹은 엄청난 속도로 라고슈를 향해 뻗어 나갔다.

이곳은 원래 라고슈가 잠을 자는 장소이지 싸움을 하는 장소가 아니다. 라고슈가 자인의 주먹을 피할 공간 따윈 있지 않았다. 라고슈는 별다른 회피 동작을 취할 수 없었고, 주먹은 그대로 라고슈의 머리를 향해 내리찍어졌다.

콰앙!

라고슈의 머리가 충격에 날아가 벽에 쑤셔 박혔다. 하지만 그 와중에도 라고슈는 꼬리를 휘둘렀다.

쿠웅!

자인의 육체가 뒤로 밀려났다. 하지만 그럼에도 공격을 멈추지 않았다. 방어는 포기한 채 계속해서 주먹을 휘둘러 댔다.

라고슈 역시 물러서지 않고 공격을 퍼부었다. 인간들에게는 엄청나게 넓지만, 라고슈와 자인의 거체에 비해서는 좁디좁은 이 공간에서는 제대로 된 회피가 대단히 힘들다. 그렇기 때문에 양쪽 모두 단순하기 짝이 없는 치고받는 격투전을 벌일 수밖에 없었다.

[우어어어어!]

"캬아아아아아!"

두 거대한 괴수들의 혈전에 레어 안은 포효와 파괴음으로 가득 찼다.

한편, 자인과 동행한 성기사들은 자신들이 온 통로 쪽에 숨어 상황을 지켜보고 있었다. 두 괴수의 싸움에 그들이 할 수 있는 일은 아무것도 없다. 괜히 끼어들었다가는 자칫하면 고래 싸움에 새우 등 터질 판이라 그들은 자인의 승리만을 바라며 마음속으로 응원하고 있을 수밖에 없었다.

그런데 성기사 중에 한 명이 싸움을 구경하다 뭔가를 발견하고 동료들을 불렀다.

"이봐."

"왜?"

그 성기사는 손가락으로 한 지점을 가리켰다. 라고슈가 서 있는 뒤편에 아래로 내려가는 통로가 보였다.

"잘하면 들어갈 수 있을 것 같은데."

그의 말에 다른 성기사들은 생각했다. 라고슈는 현재 싸우는 데 온통 정신이 팔려 있다. 그 틈을 이용해 잘만 하면 몰래 아래로 내려가는 것이 가능하다. 호루스에게 들은 바에 따르면, 다크 엘프의 세 학자는 불사신이긴 하지만 전투 능력이 전무하다고 했다.

‘우리가 다크 엘프를 잡으면 모든 것을 끝낼 수 있다!’

서로의 눈빛 교환으로 마음을 확인한 성기사들은 고개를 끄덕였다. 그들은 조심조심 싸움터에서 최대한 거리를 두고 벽에 붙어 이동을 시작했다.

“그오오오오오!”

라고슈의 꼬리 공격이 자인을 강타했다. 자인은 뒤로 물러나 벽에 부딪쳤고, 그 충격으로 부서진 벽의 돌들이 성기사들의 머리 위로 떨어져 내렸다.

‘……!’

성기사들은 놀랐지만 라고슈에게 들킬까 봐 소리도 지르지 못했다. 그들은 상당한 실력자들로, 신념과 신앙이 있었다. 떨어진 돌에 맞아 머리가 깨져도 이를 악물고 고통을 참고 견디며, 마침내 아래로 내려가는 통로 안으로 들어섰다.

‘해냈다!’

그들은 기쁨을 감추지 못했다. 이곳을 라고슈가 지키고 있는 것으로 보아 최후의 방어선일 가능성이 높다. 이제 그들을 가로막는 것은 아무것도 없는 것이다.

“가자!”

그들은 작은 소리로 외치고는 아래로 달려갔다. 얼마 후, 그들의 앞에 거대한 장치와 장치 밑에서 움직이고 있는 다크 엘프들이 나타났다.

“하는 것을 멈춰라!”

성기사들은 외치며 검을 뽑아 들었다. 작업에 바쁘던 다크 엘프들이 그 소리에 놀라 돌아보았다.

"너희들은 누군가?"

성기사 중 하나가 기세 좋게 소리쳤다.

"우리들은 솔루토를 섬기는 성기사들이다! 저주받은 과거의 유물들인 너희들을 구속하겠다!"

다크 엘프들은 서로의 얼굴을 돌아보았다.

"어쩐다?"

"이참에 그냥 때려칠까?"

"하지만 아직 라고슈는 멀쩡한 것 같으니……."

성기사 하나가 말로는 안 된다고 생각하고 다크 엘프들을 향해 걸어가려 했다.

"그만두라는 소리 안 들……."

그런데 그 순간이었다. 엄청난 통증에 그는 걸음을 멈출 수밖에 없었다. 어디선가 나타난 검 하나가 그의 가슴을 뚫고 튀어나온 것이다.

"컥!"

그는 믿을 수 없다는 눈으로 튀어나온 검을 내려다보고는 뒤를 돌아보았다. 그의 눈에 바로 뒤에 서 있는 동료 성기사가 들어왔다.

"네, 네가?"

시선을 받은 성기사는 당황하며 양손을 들어 보였다.

"난 아니야!"

그러나 그의 한 손에는 명백히 튄 피가 묻어 있었고, 가슴을 찌른 검은 그의 것이 분명했다. 가슴을 찔린 성기사는 기가 막히다는 표정을 지으며 바닥에 쓰러져 숨을 거두었다. 다른 성기사가 분노하여 그의 멱살을 잡으며 외쳐 물었다.

"무슨 짓이냐?!"

"아, 아니야. 손이 멋대로……."

"그걸 지금 말이라고!"

그 순간, 멱살을 잡은 성기사의 반대편 손이 움직이며 들고 있던 검으로 잡혀 있는 상대의 배를 찔러 버렸다.

"……!"

졸지에 가해자에서 피해자가 되어 배를 찔린 성기사는 고통에 눈을 부릅뜨며 힘없이 말했다.

"내가 아니야."

그리고 그대로 숨을 거두었다. 찌른 성기사는 놀라 검을 놓고 물러나며 주변의 동료들을 돌아보았다. 동료들은 아직 제대로 된 상황 판단을 하지 못한 채 놀란 눈으로 그를 쳐다보고만 있었다.

검을 찌른 성기사는 동료를 죽였다는 자책감에 혼란에서 벗어나지 못했다. 그저 멍청한 표정으로 자신이 찌른 동료가 했던 말을 반복했다.

"내가 아니야. 손이 멋대로……."

다행히 이번에는 그의 말에 설득력이 있었다. 성기사들은 동료의 배신이 아닌 뭔가 다른 개입에 의해서 벌어진 사건이라는 사실을 깨달았다.

“누군가가 있다!”

“보이지 않는 적인가?”

성기사들은 검을 들고 주변을 경계하며 동료를 죽인 성기사에게 소리쳤다.

“이쪽으로!”

그제야 정신을 차린 동료를 죽인 성기사는 동료들과 합류하려 했다. 그러나 그 순간 보이지 않는 손이 그의 목을 잡아 비틀었다.

우득!

목이 꺾이며 그는 절명했다. 여섯 명의 성기사 중 순식간에 셋이 죽어 절반밖에 남지 않은 것이다.

“이놈!”

성기사 하나가 분노하며 달려들어 방금 동료가 쓰러진 뒤편을 향해 검을 휘둘렀다. 그러나 보이지 않는 적이 있으리라 판단한 공간은 아무 느낌도 없이 허공만을 베었다.

“어디냐?!”

마법으로 모습을 가린 적과 싸우게 되는 경우는 드물긴 하지만 전혀 없는 일은 아니었다. 그렇기 때문에 솔루토 교의 최고 정예인 이들 열두 황금 성기사는 이에 대비한 훈련을 받아 왔다.

아무리 모습이 보이지 않는 적이라도 숨을 쉬고 움직일 수밖에 없었다. 그때 내는 소리와 인기척을 감지하면 적을 찾을 수 있다. 적을 놓친 성기사는 즉시 배운 대로 기척을 찾아내려

했다.

'찾았다!'

감지한 그는 즉시 몸을 돌려 전력을 다해 뒤쪽으로 검을 휘둘렀다. 그러나 검을 마저 휘두르기 전에 무언가에 잡혀 손이 멈춰 버렸다.

"아니?!"

벗어나려 했지만 보이지 않는 손은 갈고리처럼 떨어지지 않았다.

"이, 이놈!"

동료가 즉시 그를 도우려 달려들었다. 동료의 눈앞에 적이 있는 것으로 판단하고 검을 찌르려 한 것이다. 그러나 막 검을 찌르려 쳐드는 순간, 무언가가 그의 목을 움켜잡았다.

우득!

그것으로 끝이었다. 일격에 그는 목이 꺾여 쓰러졌다. 보이지 않는 적은 성기사가 공격하려는 순간, 잡은 손을 놓고 역습하여 죽인 것이다. 잡힌 손이 풀린 성기사가 이를 알리려 했을 때는 이미 늦어 동료가 죽은 후였다.

"이, 이럴 수가!"

이제 두 명밖에 남지 않았다. 대륙에서도 최상위의 실력을 가진 솔루토의 열두 성기사 중 네 명이 순식간에 죽어버리고 말았다. 남은 두 명은 자신도 모르게 손을 떨었다.

'가, 강하다!'

남은 둘은 뒤늦게 깨달았다. 상대의 무서움은 단순히 보이

 해리수 표도의
도망자

지 않는다는 것이 아니었다. 일격에 자신들을 죽일 실력과 잔혹함이야말로 두려워할 만한 점이었다.

남은 두 성기사는 허겁지겁 서로 등을 맞대고 검을 치켜들었다. 그리고 쉴 새 없이 눈을 돌리며 보이지 않는 적을 찾았다.

'어디냐! 어디 있는 거냐?!'

그러나 보이지 않는 적은 약간의 인기척조차 내지 않았다. 다크 엘프들도 그저 멀찍이 구경만 하고 있고, 방 안은 장치 돌아가는 규칙적인 소리만 들려올 뿐이었다. 그렇게 시간이 계속해서 흘러가고 있을 때 즈음, 낮은 신음 소리가 들려왔다.

"으으……."

두 성기사는 즉시 소리가 나는 쪽을 돌아보았다. 소리는 죽은 줄 알았던 동료 성기사에게서 나오는 것이었다.

"도와줘……."

"살았구나!"

성기사가 급히 다가가 치료해 주려고 하는데, 다른 성기사가 그를 붙잡았다.

"위험해!"

보이지 않는 적이 있으니 함부로 움직이면 안 된다는 것이었다. 두 성기사는 말없이 합의를 하고, 여전히 등을 댄 채 사방을 경계하며 조심스럽게 쓰러진 성기사에게 다가갔다. 쓰러진 성기사도 엎드린 채로 이쪽을 향해 기어왔다.

“이제 괜찮아.”

셋이 모이자 한 명은 주변을 경계하고, 다른 한 명이 쓰러진 성기사를 부축해 일으키며 치료하려 했다. 그런데 그때였다. 치료하려던 성기사의 가슴에 자신이 들고 있던 검이 박혔다.

“어?”

도대체 어떻게 자신이 죽는 줄도 모른 채 성기사는 그대로 쓰러졌다. 동시에 그가 부축했던 성기사도 위를 보며 쓰러졌다. 그런데 산 줄 알았던 성기사는 눈을 부릅뜬 채 이미 죽어 있었다.

보이지 않는 적이 죽은 시체를 움직이며 살아남은 척한 것이었다.

“악셀!”

마지막으로 남은 성기사는 경악하여 소리 질렀다. 이제 남은 것은 자신 하나뿐이다. 그는 공포에 땀을 비 오듯 흘리며 미친 듯이 사방을 돌아보았다.

“어디냐! 나와라, 이 비겁한 놈아!”

허공중에서 웃음 섞인 말소리가 들려왔다.

“흥분하면 몸에 안 좋아.”

“으아아아!”

성기사는 즉시 소리가 들려온 곳을 향해 미친 듯이 검을 휘둘렀다. 그러나 소리는 계속해서 검이 닿는 곳보다 반 발짝 떨어진 곳에서 들려왔다.

“저런! 너무 어수선한 검이군. 이래 가지고는 벌레 한 마리도 못 잡겠군.”

“이놈! 이놈!”

“지겹군. 그만 끝내자.”

말이 끝나는 순간 무언기가 성기사의 팔을 잡아 비틀었다. 성기사는 검을 놓쳤고, 검은 허공중에 떠 있었다.

검이 허공에서 붕붕 휘둘러지며 말소리가 들렸다.

“이번에는 보이는 공격이니까 피할 수 있을지도?”

그러나 성기사는 이미 완전히 전의를 상실한 상태. 그대로 몸을 돌려 통로 쪽으로 도망치려 했다.

“호루스님!”

검이 그를 뒤쫓아가더니 휘둘러졌다. 그는 그대로 목숨을 잃고 쓰러졌다.

“끝났군.”

상황을 보던 다크 엘프 학자들은 안도의 한숨을 내쉬었다. 그리고는 보이지 않는 사람에게 말했다.

“자네인가?”

“그렇소.”

허공에서 대답이 나왔다.

“그나저나 라고슈 녀석은 못 쓰겠군. 빈틈을 주어 적이 여기까지 오도록 방치하고 있다니. 역시 그놈을 버릴 수밖에 없겠어.”

다크 엘프의 히야신스가 물었다.

"라고슈는 지금 어떻게 되고 있지?"

허공에서 대답이 나왔다.

"지금 자인과 싸우고 있소. 당신의 처치가 제대로 되었다면 아마 이길 수 있겠지. 그보다 장치의 조정은 어떻게 되었소?"

라파푸가 답했다.

"이미 완성이 끝났다. 작동하기 위한 에너지만 충천하면 끝이지. 하지만 굳이 완성할 필요는 없는 것이 아니었을까? 네 계획대로라면 장치가 사용될 일은 없을 텐데."

"완벽하게 라고슈는 속이기 위해서요. 허점을 보였다가는 자칫 모든 것이 수포로 돌아갈 위험이 있으니. 그래, 에너지가 모두 충전되려면 얼마나 남았지?"

"10분 정도이다. 라고슈 놈에게는 한 시간이라고 거짓말했지."

"그래? 그럼 이제 금방이로군."

보이지 않는 그는 살짝 웃었다.

Chapter 6

라고슈의 죽음

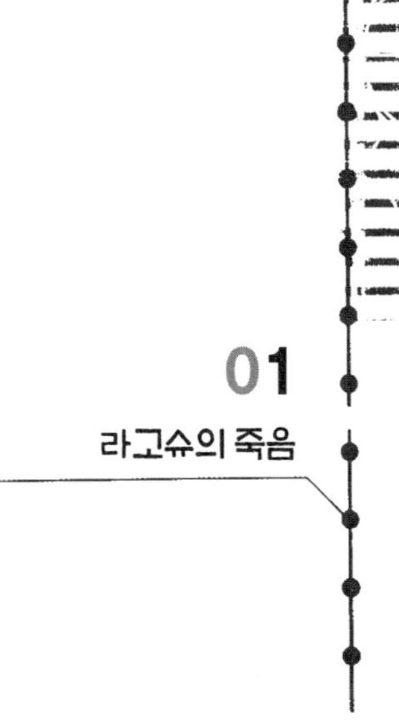

01

라고슈의 죽음

장치가 있는 방에서 성기사들이 살해당하고 있는 시간에도 라고슈와 자인의 대결은 계속되고 있었다.

콰앙!

"크오오오오!"

원시적이기 짝이 없는 격투전. 하지만 두 개의 거체가 휘두르는 발톱과 주먹의 일격 하나하나가 가지는 위력은 대형 몬스터를 산산조각 내고도 남을 정도였다. 그런 공격을 몸으로 맞아 버티며 서로는 상대를 쓰러뜨리기 위한 공격만을 열중했다.

그렇게 싸우는 도중 자인은 뭔가 이상함을 느끼고 있었다. 도무지 상대가 지치거나 타격을 받는 것 같은 느낌이 들지 않는 것이었다.

확실히 자신과 싸우기 전에 이미 진인겸에게 타격을 입었던 지하 도시에서와는 상황이 다른 것을 안다. 하지만 지금까지 그가 쏟아 부은 공격의 양과 위력은 웬만한 드래곤 몇 마리를 때려잡고도 충분할 정도인데, 아무리 라고슈가 드래곤 중에서도 상위의 고룡이라고 해도 별 반응을 보이지 않는다는 것은 이상한 일이었다.

자인이란 거신병은 대드래곤용으로 만들어진 존재이다. 드래곤의 브레스와 마법 공격을 막아내는 절대적인 장갑을 가지고, 육체적으로 드래곤을 압도하여 격투전으로 박살 내는 것이 가능하다. 그런데 특기인 육박전을 펼치는 데 전혀 유리하지 않다는 사실은 자인의 지금까지 전투 데이터로는 처음 있는 일이었다.

'이해할 수 없는 상황, 원인 분석이 필요……'

그때 라고슈의 꼬리가 자인의 다리를 내려쳤다. 상체에 비해 상대적으로 부실한 하체를 가진 자인은 그대로 중심을 잃고 쓰러졌다

쿠웅!

흙먼지가 일어나며 자인은 주저앉았다. 그 틈을 노려 라고슈가 훌쩍 뛰어 그의 몸 위에 올라탔다.

"지하 도시에서 당한 것을 돌려주지!"

라고슈는 외치며 닥치는 대로 자인을 물고 후려쳤다. 자인의 단단한 장갑판조차 견디지 못하고 균열이 가기 시작했다.

자인은 다시 주먹을 휘둘러 라고슈를 쳤다. 주먹이 라고슈의 가슴을 강타하자 라고슈는 휘청이며 뒷걸음질쳤다. 자인은 양팔로 바닥을 치며 벌떡 일어났다.

[우오오오오오오!]

괴성을 내지른 자인은 장갑을 열었다. 라고슈가 달려들어 공격하려는 순간, 일제히 무수한 화살들을 발사했다.

콰콰콰콰콰!

엄청난 기세로 발사된 화살들은 라고슈의 몸에 수없이 박혀 들어갔다. 하지만 라고슈는 공격을 멈추지 않았다. 오히려 공격에 박차를 가해 앞발로 화살을 발사하기 위해 열린 장갑판 안쪽을 내리찍었다.

콰앙!

라고슈의 발톱이 자인의 몸속에 박히자 라고슈는 힘껏 자인의 몸속의 생체 부분을 잡아 뜯었다. 살과 근육 등이 뽑혀 나오며 자인의 비명이 터져 나왔다.

[크아아아아아아아!]

고통에 찬 비명을 내지르는 것은 자인으로서는 만들어진 이후 처음 있는 일이었다. 그만큼 이번 라고슈의 공격은 그에게 심각한 타격이었다. 자인은 뒤로 물러나려 했지만 벽에 가로막혔다.

그 모습을 보며 라고슈는 입가의 미소를 지었다.

"네놈의 껍질은 모든 공격과 마법을 막아내지만, 안은 생명체와 다름이 없지. 어떠냐? 처음으로 느껴보는 고통일 텐데?"

자인은 당황했다. 자신이 타격을 입었기 때문이 아니다. 타격이라면 라고슈 역시 자신과 마찬가지로 컸다. 문제는 온몸에 고슴도치처럼 화살이 박힌 라고슈가 별다른 고통이나 괴로움을 보이지 않고 있다는 사실이었다.

그가 사용하는 화살은 인간들이 쓰는 일반 화살이 아닌, 대 드래곤용으로 만들어진 것이라 간단히 드래곤의 비늘을 뚫고 몸속에 박혀 버린다. 그런 화살을 무수히 맞은 라고슈가 아무렇지 않다는 것은 말이 되지 않는다. 실제로 지하 도시에서 사용했을 때에는 확실히 효과가 있었다.

의심은 이제 확신이 되었다. 라고슈는 뭔가 알 수 없는 방법을 사용하여 자신의 공격 타격을 무효화하고 있는 것이 분명했다.

[어떻게 된 일이지?]

자인은 현 상황을 이해하기 위해 라고슈의 몸을 살피려 했다. 하지만 라고슈는 그럴 기회를 주지 않고 재빨리 주문을 외워 수백 발의 번개를 그에게 쏟아 부었다.

콰콰콰콰콰쾅!

원래 자인의 몸에는 마법이 통하지 않는다. 그것은 장갑에 새겨진 절대마법 봉인 주문 덕분이었다. 그러나 라고슈의 공격에 장갑의 상당 부분이 손상되어 있는 상태, 그 틈을 통해 전격이 몸 안으로 파고들어 왔다.

[기, 기능이……!]

자인의 몸속의 제어계가 강렬한 전격에 손상되었다. 이는

해리수 표도의
도망자

좀 전의 라고슈의 공격보다 더 심각한 타격이었다. 손상을 입은 제어계는 복구에 시간이 걸리고, 그전까지는 전투 자체가 불가능해진다.

"끝이다, 자인!"

라고슈는 꼬리를 휘둘러 자인을 다시 넘어뜨렸다. 그리고 위에 올라타 이미 손상된 장갑을 중심으로 장갑을 하나씩 뜯어내었다. 자인이 팔을 휘둘러 라고슈를 쳐내려 했지만, 손상된 그의 제어 능력 때문에 주먹은 허공만을 때렸다.

"네놈은 이제 끝이다!"

가슴의 장갑이 뜯겨지며 안이 훤히 드러났다. 인간 형태의 자인이 주변의 신경계와 융합되어 있는 것이 보였다. 라고슈는 승리의 미소를 지으며 그것을 잡아 터뜨려 버리려고 했다. 그런데 그 순간 그의 눈앞에 무언가가 나타났다.

"······!"

섬광이 번쩍이는 듯싶더니 라고슈의 한쪽 눈이 터져 버렸다.

"큭!"

라고슈는 뒤로 물러나 공격을 한 상대를 확인했다. 자인의 몸 위에 우뚝 서서 이쪽을 바라보고 있는 자는 진인겸이었다.

"너냐?"

그는 히죽 웃었다. 예전에 패했던 상대이지만 지금은 조금도 두렵지 않았다. 파괴된 눈 부위가 점액질로 채워지는 듯싶더니 곧 원래의 눈으로 재생되었다.

진인겸을 따라온 아서 일행도 모습을 드러냈다. 이어 통로에 발소리가 들려오는 듯싶더니 호루스가 성기사들을 이끌고 나타났다.

"저건!"

호루스는 자인이 당한 것을 보고 놀랐다. 그녀는 자인에게 다가가 물었다.

"괜찮습니까?"

자인의 가슴에서 인간 형태의 자인이 튀어나와 바닥에 떨어졌다. 움직이지 못하는 그를 성기사들이 서둘러 보호했다.

라고슈는 자인은 신경 쓰지 않고 주변을 둘러보다 마지막으로 호루스에게 시선을 둔 채 말했다.

"이걸로 날 귀찮게 하는 놈들이 모두 모였군. 잘되었어. 이참에 한꺼번에 정리해 버리고 느긋하게 승리의 축배를 드는 것이 좋겠군."

진인겸은 별 반응 없이 그를 쳐다보며 물었다.

"표도는 어디 있지?"

대답한 것은 라고슈가 아닌 호루스였다.

"표도는 제 손에 죽었어요. 이제 라고슈를 처리하는 것만 남았어요."

"표도가 죽었다고?"

흠칫한 진인겸은 이상하다는 표정으로 턱을 어루만졌다.

"그럴 리가?"

그제야 라고슈가 대답했다.

"확실히 그 녀석은 죽었다. 일부러 불사의 마법까지 걸어주었는데, 하필이면 호루스에게 덤볐다가 마법이 깨져서 죽어버렸지. 무슨 생각으로 그런 짓을 했는지……."

그는 곧바로 생각을 접었다.

"뭐, 실망스럽긴 하지만 지금까지 꽤 쓸모가 있는 놈이었다."

그런데 진인겸은 그래도 납득할 수 없다는 얼굴이었다. 라고슈의 말은 들으며 곰곰이 생각하며 중얼거렸다.

"그놈이 그렇게 쉽게? 강호에서도 절대고수가 어이없이 죽는 일이 종종 있긴 하지만… 그 질긴 녀석이 당해 버리다니……."

라고슈는 인상을 찡그렸다. 자신이 눈앞에 있는 데도 진인겸이 표도만 생각하고 있자 무시당하는 것 같았기 때문이다.

"이놈, 쓸데없는 짓 그만두고 덤벼라. 지하 도시에서 당한 것을 배로 돌려주지."

진인겸이 생각을 멈추고 그를 올려다보았다. 하지만 여전히 전의를 전혀 보이지 않고 시큰둥한 표정이었다.

"나와 싸우겠다고?"

"당연한 것 아니냐!"

그런데 진인겸에게는 라고슈와 싸운다는 것이 당연한 사실이 아닌 모양이었다. 고민스런 얼굴로 머리를 긁적였다.

"이거 싸워야 하나, 말아야 하나?"

라고슈뿐만 아니라 이 자리의 모두가 깜짝 놀랐다. 그 말은 싸우지 않을 수도 있다는 말이 아닌가?

호루스가 당황한 얼굴로 외쳤다.

"무슨 소리예요? 상대는 라고슈라고요. 당신 아내와 불륜을 저지른 상대라고요. 당신은 불륜을 저지른 놈은 누구를 막론하고 죽이겠다고 맹세했잖아요!"

"물론 그야 그렇지만……."

"그러니까 빨리 싸워요! 라고슈를 죽이라고요!"

진인겸은 한 번 라고슈를 쳐다보더니 다시 호루스를 보고는 물었다.

"하지만 저 녀석, 이미 죽었는데?"

"네?"

모두가 놀라 라고슈를 쳐다보았다. 그 말에 뭔가를 깨달은 호루스를 라고슈의 몸을 살폈다. 자인의 공격에 몸에는 창을 연상시키는 화살이 수없이 박혀 있지만 피 한 방울 나오지 않고 있다.

"설마……."

호루스가 의문을 담아 말을 내뱉었다.

"드래곤 좀비?"

라고슈는 웃으며 고개를 끄덕였다.

"정답이다."

자인이 알겠다는 듯 힘겹게 말을 꺼냈다.

"그렇군. 내 공격에 타격이 없었던 이유가 바로 그것이었군. 이미 죽었기에 타격에 무감각해진 것이었어. 아마 육체에 뭔가 개조도 했겠지.”

“그래, 맞다.”

라고슈는 설명했다.

“확실히 나의 생명은 보름 전에 끝을 고했다. 안타깝게도 완전한 불사를 얻기 전에 말이다. 하지만 이젠 아무래도 상관없는 일이다. 왜냐하면 난 곧 신이 될 테니까. 생명이란 것에 굳이 연연해할 필요가 없지. 이 육체도 어차피 곧 버릴 것, 이제까지는 몬스터나 인간에게 실험해도 내 몸에는 손대지 않았지만, 이번에는 신경 쓰지 않고 마음껏 개조해 주었다.”

호루스는 기가 막혀 하며 소리쳤다.

“좀비가 되면서까지 살려고 하다니! 그러고도 당신이 최고의 생명체인 드래곤의 고룡이라고 할 수 있는가!”

“크크크, 마침 표도 녀석의 한 말이 떠오르는군. 그 녀석이 할 말로 네 말에 대답해 주지.”

라고슈는 외쳤다.

“죽으면 모든 것이 끝이 아니겠는가!”

“……!”

“내가 죽은 후에도 세상은 돌아가고 사람들은 살아가겠지만, 그것은 이미 죽은 나에게는 아무 의미도 없는 일이다. 내가 죽는 순간 그것은 나에게 있어서 세상의 끝, 종말이나 마찬가지. 세상의 도덕이나 규율 따위 죽어 다 끝날 판에 뭐 하러 따진단 말인가. 죽은 후에 세상 사람들에게 나쁜 놈이라고 욕먹든, 좋은 사람

이라고 칭송받든, 어차피 들리지도 않을 걸 신경 써서 뭐 하겠는
가.”
　라고슈는 웃으며 말을 이었다.
　“인간의 말이긴 하지만 확실히 일리가 있는 말이라고 생각한
다. 좀비가 되어 고룡의 존귀감이 땅에 떨어진다고 해도, 살아남
은 나는 곧 신의 힘을 얻어 이 세계에 군림할 것이다. 수단 따윈
나에게는 아무래도 상관없는 일이다!”
　“큭!”
　호루스는 입술을 깨물었다. 표도란 인간은 살아서도 골치더
니, 죽어서도 드래곤에게 극도의 이기적인 사상을 불어넣어
곤란하게 만들고 있었다.
　‘망할 자식!’
　그때였다. 듣고만 있던 진인겸이 피식 웃더니 말했다.
　“확실히 표도란 녀석이 할 만한 말이군. 그래, 확실히 그 말
은 일리가 있다.”
　“크크, 너도 인정하나?”
　그런데 진인겸의 말은 끝난 것이 아니었다.
　“하지만 사람이 할 말이 아니지.”
　“뭐?”
　라고슈는 의문을 표했다.
　“그건, 무슨 뜻이냐?”
　“짐승들이나 할 말이란 소리다.”
　“……!”

진인겸은 목소리를 높였다.

"표도의 말대로 생명이란 살아가는 것을 추구하게 마련이다. 힘없는 동물은 살기 위해 육식동물을 경계하며 평생을 도망친다. 포식자 역시 굶지 않기 위해 썩은 고기를 먹는 것도 있고, 약한 새끼만 골라 사냥하기도 한다. 그래, 그건 절대 부끄러운 일이 아니다. 그들은 그렇게 태어났고 살아가는 것이니까. 하지만 생각을 하고 스스로 지성이 있다 자부하면 할 소리가 아니지."

그는 가슴을 치며 외쳤다.

"그저 살기 위해서만 사는 것에 무슨 의미가 있냔 말이다!"

그는 검을 뽑아 들었다.

"머리가 있고 생각을 하는 자라면 단지 살아가는 것보다 나은 것을 추구하기 마련이다. 왜냐? 그것은 짐승과 똑같아지고 싶지 않으니까! 인간으로서 스스로의 가치를 높이고 싶으니까! 그저 주는 대로 처먹고 살아서야 가축이나 다를 바 없으니까!"

라고슈는 반박했다.

"그래, 그래서 나 역시 추구한다. 신이 되려 한다. 지성이 있는 존재니까!"

"하하, 그것이 지성이 있는 존재가 스스로의 가치를 가지고 하는 소리냐? 신의 힘이니 뭐니 해도 결국 넌 죽기 싫은 것뿐이지 않나!"

"큭!"

진인겸의 검이 라고슈를 향했다.

"무슨 수를 쓰든 살고 싶다니! 네놈이 한 소리는 네가 짐승과 다름이 없는, 도마뱀과 다를 바 없다고 하는 것과 마찬가지란 말이다!"

2

라고슈의 얼굴이 일그러졌다. 확실히 진인겸의 말대로 그의 목적은 죽음에서 벗어나고 싶다는 것뿐이었다. 죽음이 무섭고 받아들일 용기가 없었다는 것을 마음속으로 인정할 수밖에 없었다.

"이, 이놈이… 날 모욕하다니!"

분노한 라고슈는 팔을 뻗어 진인겸을 움켜잡으려 했다. 순간 진인겸은 재빨리 피하며 검을 휘둘러 라고슈의 손에 상처를 남겼다.

"소용없다!"

라고슈는 진인겸을 향해 공격을 마구 퍼부었고, 진인겸은 피하면서도 계속해서 그의 몸에 상처를 남겼다. 예전 지하 도시에서 싸울 때와 똑같은 양상이었다. 하지만 그때와는 상황이 달라졌다. 진인겸이 라고슈의 몸에 남긴 상처는 곧 아물어 버리는 것이었다.

"칫!"

진인겸은 혀를 찼다.

“넌 날 이길 수 없다!”

라고슈는 분노를 풀고 웃으며 말했다.

“확실히 네놈은 강하다. 하지만 네가 인간인 이상 육체가 낼 수 있는 힘에는 한계가 있다. 너는 고작해야 내 몸에 작은 상처를 낼 수 있을 뿐, 그 정도는 나의 육체에 개조하여 부여한 재생 능력에 크게 미치지 못한다.”

그는 가슴을 부풀리며 숨을 들이마셨다.

“나의 승리는 이미 결정되었다!”

브레스가 진인겸에게로 쏟아졌다. 진인겸은 예전과 같은 방법으로 브레스를 갈라 막아냈다. 하지만 라고슈는 여유만만했다.

“확실히 네 기술은 실로 신기라고 할 만하다. 하지만 아무리 작은 힘을 효과적으로 사용한다고 해도 내 브레스를 막기 위해서 넌 전력을 다해야 한다. 즉, 네 육체가 가진 힘을 상당히 소모할 수밖에 없다는 것이지.”

진인겸의 표정이 굳어졌다. 자신이 라고슈의 공격을 완전히 파악한 것과 마찬가지로 라고슈 역시 이쪽을 파악하고 있었다.

“네놈은 내 공격을 충분히 피할 수 있다. 하지만 언젠가 힘이 다할 것이다. 그때가 바로 너의 최후의 때이다. 어디 그때까지 쥐새끼마냥 열심히 피해봐라!”

라고슈는 외치며 공격을 퍼부었다. 상황을 지켜보던 호루스는 손톱을 깨물었다. 그녀는 진인겸을 신뢰하여 라고슈를 이길 수 있을 것이라 믿었다. 하지만 현재 진인겸의 상태는 정상이 아니라 그녀가 멀리서 봐도 지친 기색이 역력했다.

'어떻게 된 거지? 벌써 지쳤단 말이야?'

그때 진인겸과 동행했던 아서 일행이 그녀에게 다가왔다. 그녀는 즉시 그들에게 따져 물었다.

"진인겸의 상태가 왜 저러죠?"

아서가 물었다.

"뭐가 말입니까?"

"상태가 정상이 아니잖아요! 싸운 지 얼마 되지도 않았는데!"

"아, 그거 말인가."

란슬롯이 알아차리고 설명했다.

"표도에게 조종당하던 개조된 유매향과 싸웠습니다. 여기저기 많이 맞았으니 당연히 정상이 아닐 수밖에 없지 않겠습니까?"

그 말을 듣는 순간, 표도가 했던 말이 떠올랐다.

"진인겸은 죽지는 않았지만 상당히 타격을 입은 상태다. 그런 몸으로 라고슈에게 이길 수 있다고 장담할 수는 없지."

이대로는 표도의 말대로가 되어버린다. 호루스의 얼굴이 일그러지고 상소리가 튀어나왔다.

"빌어먹을!"

그런 그녀의 행동에 놀란 아서 일행과 성기사들을 무시하고 그녀는 고민에 빠졌다. 현재 자인은 성기사들이 치료술을 사용하고 있지만 영 효과가 보이지 않는다. 때문에 언제 회복될지 알 수 없는 상황으로, 전혀 기대할 수가 없다.

결국 누가 뭐래도 믿을 것은 진인겸밖에 없다. 무슨 수를 쓰던 그가 라고슈를 이겨줘야만 한다.

'어떻게든 그를 회복시켜 주지 않으면!'

그녀는 결심하고 아서 일행과 성기사들에게 지시했다.

"여러분들이 잠시 라고슈의 주의를 끌어주세요. 그사이 제가 진인겸을 회복시키겠습니다."

"말도 안 되는 소리!"

지그문트가 바로 이의를 제기했다. 그는 싸움터를 가리키며 따졌다.

"저길 보라고! 저 괴물이 날뛰는 저곳에 뛰어들었다가는 바로 다진 고기가 될 것이 뻔하다고! 진인겸이야 저 속에서도 잘도 피하고 있지만 그건 저 인간이니 할 수 있는 일이고, 평범한 우리들은 절대 불가능하단 말이야!"

"할 수 있느냐 없느냐가 중요한 것이 아닙니다. 반드시 해야만 합니다!"

"아무리 봐도 말이 안 되는 소리잖아!"

지그문트의 목소리가 너무 큰 탓에 라고슈는 호루스가 하려는 일을 곧바로 알아차릴 수 있었다.

"그렇게는 안 되지!"

라고슈는 외치며 호루스를 향해 꼬리를 내려쳤다.

쿠웅!

뒤의 성기사가 호루스를 잡아당겨 그녀는 간신히 꼬리의 공격을 피할 수 있었다. 하지만 라고슈의 꼬리는 진인겸과 그녀의 사이를 가로막아 버렸다.

"이런!"

라고슈는 분해하는 호루스를 보며 말했다.

"넌 거기서 네가 기대하던 용사가 죽는 꼴을 지켜봐라. 넌 그 다음에 처리해 주도록 하지."

그리고 다시 진인겸에게로 시선을 돌렸다.

"그럼 이제 끝장을… 어?"

말하던 라고슈는 뭔가 이상함을 느꼈다. 진인겸이 눈을 감고 서 있었는데, 그의 주변에 원소의 동조와 함께 에너지가 모이고 있었던 것이다. 그것은 마법사가 마법을 발동하려는 것과 같은 현상이었다.

'어떻게 된 거지?'

라고슈는 이해할 수 없었다. 진인겸은 검사, 즉 마법을 사용하지 못한다. 이 세계에는 마법 검사란 것이 있기도 하지만, 마법이 존재하지 않는 세계에서 온 그가 마법을 쓴다는 것은 있을 수가 없는 일이다.

어떻게 된 노릇인지 알 수 없었지만 라고슈는 불안감을 느꼈다. 무엇인지는 모르지만, 그것은 결코 적인 자신에게 이로운 일이 아닐 것이 분명했다.

"죽어라!"

진인겸이 뭔가를 하기 전에 죽이기로 마음먹은 라고슈는 팔

  해리수 표도의
도망자

을 휘둘러 일격에 내려쳤다. 그러나 진인겸은 눈을 감은 채 이쪽의 공격을 전혀 보지 않고 있었다.

콰앙!

라고슈는 회심의 미소를 지었다. 그러나 그것도 잠깐, 아슬아슬하게 내려친 그의 손바닥 옆에 서 있는 진인겸이 보였다.

“이놈!”

라고슈는 다시금 팔을 휘둘렀다. 이번에야말로 맞을 것 같았다. 하지만 진인겸은 허리를 틀더니 공격 범위에서 벗어났다. 여전히 눈을 감은 채였다.

라고슈는 진인겸이 자신의 공격을 피했다는 것보다 눈을 감고 있다는 사실에 더한 분노를 느꼈다. 완전히 무시당하는 기분이었기 때문이다.

“네놈이 언제까지 눈을 감고 있나 보겠다!”

그가 주문을 외우자 수백 발의 번개가 진인겸에게 쏟아져 내렸다.

콰콰콰콰콰쾅!

순간 진인겸이 검을 치켜 올렸다. 번개는 피뢰침의 원리로 검에 집중되어 떨어졌다. 그런데 뭔가 상황이 이상했다. 전격이 검을 타고 흘러가 진인겸의 몸을 재로 만드는 것이 아니라, 검신에만 모여 정지한 채 있는 것이다. 검신에 집중되어 감도는 엄청난 전격이 사방으로 튀어 오르며 섬광이 번쩍였다.

“이, 이게 어떻게 된 일이냐?!”

라고슈는 놀라 소리 질렀다. 그런 그를 향해 진인겸이 눈을 뜨더니 돌진했다.

"하아아아아압!"

"······!"

진인겸은 전격이 모인 검을 내려쳤다. 검신에 모인 전격이 일시에 폭발적으로 뿜어져 나오며 거대한 번개의 검으로 화해 라고슈의 몸을 갈랐다.

콰쾅!

"크아아아아아!"

이번 진인겸의 공격은 이제까지의 자잘한 상처를 내던 것과는 차원이 달랐다. 드래곤의 비늘은 힘없이 박살이 나고 라고슈의 한쪽 가슴이 완전히 갈라져 드러났다. 라고슈가 예전 보통의 드래곤의 몸이었다면 일격에 목숨을 잃었을 위력이다.

"이, 이럴 수가!"

라고슈는 경악했다. 도저히 그의 상식으로는 있을 수 없는 일이었다. 검에 마법을, 그것도 적이 공격한 마법의 힘을 받아서 위력을 늘리다니!

호루스나 다른 사람들 역시 놀라긴 마찬가지였다. 호루스가 입을 다물지 못하고 멍하니 있다가 간신히 말을 내뱉었다.

"어떻게 한 거지?"

진인겸이 덤덤히 대답했다.

"간단하다. 적의 힘으로 적을 친다는 무공의 한 수법이다."

하지만 그 말만으로는 이해할 수 없었다. 호루스도 중원의 무공을 어느 정도 배워서 그런 것이 있고, 무공을 익힐 때 기본적으로 배우는 것 중 하나라는 사실이야 알고 있었다.

하지만 진인겸의 그것은 그녀가 배운 무공의 수법과는 차원이 달랐다. 적이 쏘는 번개를 받아 검에 모아서 친다는 것은 상식적으로 이해할 수 없는 일이었다.

"아무리 그래도 어떻게 번개를?"

그녀의 의문에 진인겸은 담담히 대답했다.

"번개든 마법이든, 결국 힘의 한 종류에 불과하다. 기본적인 것은 변하지 않는다. 물론 좀 더 요령이 필요하긴 하지."

그는 말하며 검을 치켜들었다. 그러자 검의 주변으로 바람이 휘몰아치기 시작했다. 모두가 놀라 소리쳤다.

"마법?!"

진인겸의 검은 솔루토 교의 보물으로써 특별한 검이긴 하지만 바람의 마법 같은 것은 담겨 있지 않았다. 그것은 분명 진인겸의 힘으로 발동한 것이 분명했다.

라고슈 역시 놀라 물었다.

"마법을 배웠단 말인가? 이 세계에 온 지 불과 몇 달 만에? 이 세계의 인간이라도 기초적인 마법을 사용하는 데 수년이 걸리는데……."

"말했지 않나, 마법도 결국 힘의 한 종류라고."

진인겸은 대수롭지 않다는 표정으로 설명했다.

"무공은 천지의 가득한 힘인 기를 호흡하며 느껴서 사용한다. 내공을 익힌 나는 덕분에 처음 이 세계에 왔을 때부터 내가 살던 세계와는 다른 이질적인 힘이 세계 전체에 떠돌고 있

다는 것을 느꼈다. 그 힘이 무엇이고, 어디다 써야 할지는 몰랐
지만 라고슈, 네 덕분에 알게 되었지."

"내 덕분이라고?"

"그래, 네가 그 힘으로 마법이란 것을 쓰지 않았나. 그때 주
변의 힘이 너와 어떻게 반응하여 불꽃이나 폭발 같은 것으로
변화하는지 볼 수 있었다."

그는 피식 웃으며 말을 이었다.

"물론 본다고 바로 할 수 있는 것은 아니었다. 그 후로 틈나는
대로 그 힘을 느끼고 움직이는 연습을 해왔다. 그리하여 너희가
쓰는 마법과는 좀 다르지만 나름대로 활용할 수 있게 되었지."

지그문트가 놀라며 말했다.

"그 툭하면 눈감고 명상하고 있던 것이 그거였단 말이야?"

"그렇다."

웃으며 대답한 진인겸은 검이 치켜올렸다. 검에 감돌던 회
오리바람은 더욱더 커져 돌풍이 되었다.

"인간은 끝없이 추구하며 발전해 간다. 이것 역시 사는 것이
전부인 짐승과 다른 점이다. 너는 분명 태어났을 때는 나보다
강했지만, 어떻게 살아왔느냐가 그 차이를 역전시켰다고 할
수 있겠지."

라고슈는 몸을 움직여 피하고 싶었지만 생각대로 몸이 움직
이지 않았다. 진인겸에게 받은 타격이 워낙 심각하여 재생 능
력으로도 어쩌지 못하는 상태였다. 공간 이동으로 도망치려
했으나 호루스가 마법 발동을 방해했다. 그는 당황하여 어쩔

줄 몰라 하다 소리쳤다.

"자, 잠깐만!"

"후세에는 노력하는 인간으로 다시 태어나라!"

진인겸은 외치며 검을 내려쳤다. 폭풍의 검은 라고슈의 목을 부수고 파괴했다.

콰콰콰!

몸체와 떨어져 나간 라고슈의 머리는 바닥에 처박혔다. 믿을 수 없다는 듯 그의 눈은 여전히 눈을 부릅뜨고 있었다.

3

"해, 해치웠다."

호루스가 넋이 나간 목소리로 중얼거렸다. 라고슈, 불사와 신의 힘을 꿈꾸던 고룡이 마침내 목이 잘려 쓰러진 것이다. 그것도 단 한 명의 인간에게!

다른 사람들도 잠시 현실을 인지하기 힘든 듯 잠시 멍하니 진인겸을 바라보고만 있었다.

"끝났다!"

지그문트가 환호를 터뜨리는 것을 시작으로 정신을 차린 사람들은 진인겸에게로 달려갔다. 그를 둘러싸고 칭송의 말을 연발했다.

"시끄럽군."

하지만 정작 라고슈를 쓰러뜨린 장본인인 진인겸은 시큰둥한 표정이었다. 그다지 대수로운 일도 아니라는 태도다. 그런 그를 보며 호루스는 쓴웃음을 지었다.

"정말 당신이라는 사람은……."

그런데 그때, 갑자기 표정이 변한 진인겸이 고개를 돌렸다.

"아니?"

주변의 사람들도 의아해하며 그의 시선을 따랐다. 그곳에 있는 것은 떨어진 라고슈의 커다란 머리였다.

"저게 무슨 문제라도?"

란슬롯이 묻는 순간 떨어져 있던 머리가 공중에 떠오르는 것이 아닌가!

"아직 끝나지 않았다!"

머리만 남은 라고슈는 눈을 부릅뜨고 소리 질렀다.

"신의 힘을 얻어 너희들을 모조리 짓밟아주겠다!"

말이 끝나는 것과 동시에 라고슈의 머리는 아래 통로를 향해 날아갔다. 호루스가 당황하여 소리 질렀다.

"빨리 잡아요!"

모두는 다급히 라고슈를 쫓아 달렸다. 그러나 라고슈는 너무나 빨랐다. 그리고 그들보다 빨리 바벨의 혼돈구가 있는 방에 도착했다.

"당장 장치를 작동시켜라!"

머리만 남은 라고슈가 나타나자 그곳에 있던 다크 엘프 학자들은 놀라 눈이 커졌다.

“라고슈? 이게 어찌 된…….”

“잔말 말고 당장 장치를 작동시켜!”

참다못한 라고슈는 돌진하여 다크 엘프들을 날려 버리고는 자신이 직접 장치를 작동시켰다. 히야신스가 당황하여 소리쳤다.

“안 돼, 아직 완성이 안 됐단 말이다!”

라고슈는 윽박질렀다.

“그런 것을 따질 때가 아니야!”

장치가 작동되기 시작했다. 거대한 원형의 금속 테들이 빠르게 돌아가며 중심의 빛이 커져 가더니 그곳으로 상상을 초월한 거대한 힘이 모여들기 시작했다.

“돼, 됐다!”

라고슈는 환호했다. 그때 통로에서 호루스 일행이 들이닥쳤다. 그는 그들을 흘깃 보고는 웃었다.

“이제야 왔군. 하지만 늦었다!”

그는 외치며 장치의 중심, 거대한 힘의 소용돌이를 향해 날아올랐다. 호루스가 놀라 얼굴을 감싸고 소리 질렀다.

“안 돼!”

라고슈는 빛의 중심으로 들어가며 웃음을 터뜨렸다.

“하하하, 나의 승리…….”

그 순간, 머리만 남은 그를 무언가가 후려쳤다.

퍽!

“켁!”

　라고슈는 빛의 중심에 들어가지 못하고 그대로 꼴사납게 바닥에 떨어졌다. 갑작스런 사태에 놀란 사람들이 쳐다보는 가운데, 라고슈는 간신히 머리를 일으키고는 위를 보며 외쳤다.

　"누, 누구냐?!"

　"나다!"

　대답과 동시에 허공중에 한 사람이 나타났다. 그것은 죽은 줄 알았던 표도였다. 그는 한 손에는 다크 엘프가 만든 공간이동 장치를 들고 망토를 휘날리며 장치 바로 옆에 서 있었다.

　"표, 표도!"

　호루스가 놀라 소리 질렀다. 라고슈 역시 놀라긴 마찬가지였다.

　"네놈이 어떻게?! 넌 이미 죽었을 텐데?"

　표도는 웃으며 대답했다.

　"죽은 척한 것뿐이지."

　그는 의기양양해하며 설명했다.

　"호루스가 죽였다고 생각한 것은 내가 만든 가짜였다. 중원회 고수를 개조하며 얼굴까지 나와 똑같이 만든 것이었지. 재생 능력이나 목소리, 성격까지 나와 구별할 수 없도록."

　그러나 그 말만 가지고 라고슈는 이해할 수 없었다.

　"아무리 가짜를 대신 죽인다고 해도 너와 연결된 생명의 상징을 보면 정말로 죽었는지 알 수 있다. 분명 생명의 상징도……."

“그것도 다 대책을 세워놓았지. 네가 지평도일 때 말했지 않나. 당연히 그 점을 생각하지 않을 리가 없지. 못 믿겠으면 어디 지금 다시 한 번 확인해 보는 것이 어떠냐?”

라고슈는 의심스러워하면서도 표도의 생명의 상징을 꺼냈다. 그의 눈앞에 붉은색의 작은 구슬이 생겨났다. 그는 놀랄 수밖에 없었다.

“어째서? 분명 검은색으로 변했었는데!”

“그건 말이야… 이 장치 덕분이지.”

표도는 손에 들고 있는 장치를 작동시켰다. 그러자 라고슈 눈앞의 붉은 구슬이 검게 변하는 것이 아닌가?

“이, 이건!”

“하하하, 이건 순간 이동 장치일 뿐만 아니라 덤으로 주변의 빛을 조절하는 기능이 있다. 어차피 우리가 보는 색이란 것은 눈에 작용하는 현상에 불과하잖아? 노을에 물들면 흰 구름도 붉은색으로 보이는 것처럼 착각하게 한 것뿐이다.”

라고슈는 자신이 어처구니가 없을 정도로 간단한 속임수에 넘어갔다는 사실에 분노하면서도 따져 물었다.

“네가 날 잘도 속였다는 것은 인정하마! 그건 그렇고, 왜 날 방해한 것이냐!”

“그거야 네 까짓 것의 부하 따위를 언제까지 할 생각이 없기 때문이지.”

표도는 라고슈를 향해 비웃음을 날렸다.

“이 표도께서 미쳤다고 도마뱀 따위의 부하로 영원히 지낼 것 같으냐? 나는 누구의 부하도 아니다. 누구도 날 구속할 수 없다. 나야말로 진정 자유로운 무인, 너의 부하 따위를 한 것은 임시 조치에 불과하다."

"이 배신자 놈이! 죽여 버리겠다!"

분노한 라고슈는 입을 벌려 눈앞에 표도의 생명의 상징을 깨물어 버리려고 했다. 그것만 부수면 마법이 걸려 있는 표도는 죽을 수밖에 없다.

그러나 표도는 전혀 당황하지 않았다. 그저 웃으며 보고 있을 뿐이었다.

와득!

라고슈의 이빨에 생명의 상징이 박살났다. 그런데 이게 어떻게 된 일이란 말인가? 표도는 여전히 웃으며 라고슈를 내려다보고 있는 것이 아닌가?

"어, 어떻게 된 거냐?"

표도는 웃으며 품에서 붉은 구슬을 꺼냈다.

"네가 부수려는 것이 이것이었나?"

라고슈는 깜짝 놀랐다. 언제 저것이 표도의 손에 들어가 있었단 말인가?

"대체 언제!"

"가짜 내가 호루스의 손에 죽을 때, 넌 이걸 꺼내 내가 정말로 죽었는지 확인하려 했지. 그때 장치를 이용해 내 모습을 숨기고 바꿔치기 했다. 침입자를 막는다고 하면서 나가는 척했지만, 사실 난 처음부터 끝까지 이 방 안에 숨어 있었거든."

"이, 이럴 수가……."

라고슈는 기가 막혀 하다가 시선을 다크 엘프들에게 향했다.

"나를 속이고 공간 이동 장치에 그런 기능을 넣었다는 것은 너희들도 표도와 한통속이었다는 것이로구나!"

"그렇다."

히야신스가 당당히 대답했다.

"우리 역시 표도와 마찬가지로 언제까지 너의 밑에서 계속 잡혀 이용당할 생각은 없으니까. 그의 계획을 듣고 찬동하여 도왔지."

"이노오옴!"

라고슈는 입을 벌려 달려들어 히야신스를 물어뜯으려 했다. 그러나 그때 표도가 위에서 검을 던졌다.

"꺼져!"

표도의 검은 라고슈의 레어에 있던 마법검 중 하나였다. 검은 번개를 뿜으며 라고슈의 이마에 정통으로 박혔다. 이미 진인겸에게 당해 너덜너덜해진 라고슈의 상태로는 이번 공격을 견딜 수 없었다.

"꾸억!"

원래 머리만 남은 상태로 이렇게 움직일 수 있었던 것은 살고자 하는 그의 욕망과 집념 때문이었다. 그러나 모든 것을 잃은 상태에서 검까지 맞아버리자 그는 더 이상 견딜 수 없게 되었다.

"주, 죽고 싶지 않아. 난 죽고 싶지 않아!"

단말마의 비명과 함께 라고슈는 불사의 연구의 부산물로 만들어낸 자신의 검에 찔려 마침내 길고 긴 천 년의 삶을 모두 마치고 말았다.

Chapter 7
너만 죽으면 돼

01
너만 죽으면 돼

라고슈가 죽은 후, 표도는 시선을 호루스 일행에게 돌렸다.

"자, 그럼 이제 서론도 끝났겠다, 드디어 본론으로 들어가기로 할까?"

그는 장치를 두드리며 웃었다.

"지금부터 이 몸은 이 바벨의 혼돈구에 들어간다. 신의 힘을 얻어 너희들 모두를 박살 내고 말겠다."

그 말에 놀라는 것은 호루스 일행만이 아니었다. 다크 엘프들도 놀라며 따져 물었다.

"잠깐, 그건 약속이 다르잖아. 분명 바벨의 혼돈구는 사용하지 않기로……"

"그거야 당연히 거짓말이지."

표도는 웃으며 대꾸했다.

"유매향으로 진인겸을 죽이는 데 성공했다면 그 악속대로 될 수도 있었겠지. 하지만 그 계획이 실패한 이상 이제 최후의 수단을 쓸 수밖에 없다."

"네 마음대로 될 것 같으냐!"

어비스가 외치며 장치의 조종판을 조작했다. 그러나 곧 당황하여 소리 질렀다.

"뭐야, 반응을 안 하잖아?!"

"하하, 이 몸께서 이미 손을 써두었다."

표도는 웃으며 설명했다.

"왜 내가 여기 계속 숨어 있었겠나? 라고슈에게 내 생명의 상징을 훔치기 위해서이기도 하기만, 그밖에도 라고슈가 없는 사이 당신들이 쓸데없는 짓을 하지 못하도록 하는 목적이 있었지. 한 번 움직인 장치는 충전한 에너지를 모두 사용하지 않으면 멈추지 않는다. 내가 그렇게 장치를 조정해 두었지."

어비스는 믿을 수 없었다.

"말도 안 돼! 넌 이 장치에 대해 아무것도 모를 텐데? 애초에 넌 이세계인이라 글조차 읽을 수 없을 텐데?"

표도는 태연히 대답했다.

"그거야 공부했지. 글이야 이미 수개월 전에 뗐다. 단지 혹시 몰라 모르는 척했을 뿐이지. 장치에 대해서는 라고슈가 남긴 서적을 읽고, 모르는 것은 몬스터를 개조하는 장치를 만들며 틈틈이 히야신스에게 물었지."

히야신스의 입이 쩍 벌어졌다. 문자야 그렇다 쳐도 장치에 대해 불과 며칠 만에 구조를 이해했단 말인가? 그전까지는 아무것도 모르는 백지였으면서? 그렇다면 이건 천재도 보통 천재가 아니다.

표도는 놀라는 그를 보며 말했다.

"그렇게 놀랄 것 없다. 사람이 목숨을 걸면 못할 것이 없는 법이니까."

히야신스는 이를 갈며 말했다.

"그 장치는 아직 한 번도 제대로 작동시켜 본 적이 없다. 어떻게 될지는 아무도 모른다."

"괜찮아, 나는 목숨을 걸었으니. 어차피 수련으로는 진인겸이라는 괴물을 이길 가능성이 전무하고, 지금까지 시도한 방법이 모두 실패한 이상 조금이라도 가능성이 있다면 해볼 만하다. 자, 그럼 모두 지켜봐라. 나 표도, 일생일대의 모험이 성공할지 실패할지."

말을 마친 표도는 장치 안으로 뛰어들려 했다. 그때, 다급해진 호루스가 소리를 질렀다.

"자, 잠깐!"

표도가 돌아보았다.

"왜 무슨 할 말이 남았나? 시간을 끌 생각이라면 소용없을걸? 누구도 지금의 날 막지는 못한다."

호루스는 입술을 깨물었다. 그의 말대로였다. 표도의 힘이라 봐야 여기 있는 진인겸이라면 능히 이기고도 남는다. 문제는 현재 표도가 바벨의 혼돈구 바로 옆에 있다는 것이다. 표도가 그것을 믿고 이렇게 자신있어 한다는 것은 누구나 알 수 있는 사실이었다.

표도는 마음만 먹으면 바로 혼돈구의 신의 힘이 모인 곳으로 뛰어들 수 있다. 공간 이동이 가능한 자인이라면 막을 가능성이 있지만 그는 아직도 기능이 회복되지 않아 라고슈과 싸우던 장소에 그대로 남아 있었다.

결국 호루스 일행 중에 표도를 막을 사람은 아무도 없다는 뜻이었다. 아무리 빨리 공격한다고 해도 한발 늦을 수밖에 없다.

그렇다면 남은 방법은 하나뿐이다. 호루스는 말로 표도를 설득하려 했다.

'표도가 바로 뛰어들지 못하는 것은 여유가 아닌, 위험성을 알기에 망설이고 있는 것이다. 잘만 설득하면 막을 수 있을지도 모른다. 아니면 최소한 자인의 기능이 회복되어 올 때까지 시간을 벌어야 한다.'

그녀는 속으로 결심했다.

"당신, 잘못된 판단으로 모든 것을 망치지 말아요."

그녀는 억지로 웃음을 지었다.

"신의 힘을 얻는다는 것이 어떤 것인지 당신은 모르고 있어요. 인간은 절대 신을 감당할 수 없어요. 당신 자신이 파괴되어 멸망할 뿐입니다. 뿐만 아니라 이 세계까지 위험해질 수 있어요. 한 번의 잘못된 판단으로 최악의 결과를 만들 뿐이라고요."

그러나 표도는 피식 웃으며 대꾸했다.

"너의 입장에서야 그것이 최악의 결과겠지만, 나는 다르거든? 나의 최악의 결과는 여기서 나 자신이 진인겸에게 살해당하는 거야."

호루스는 재빨리 말을 받았다.

"그거야 서로 대화로써 해결할 수 있는 문제입니다. 진인겸이 앞으로 당신에게 위해를 가하지 않는다는 맹세를 하면 되는 일 아닙니까. 서로가 행복하게 해피엔딩, 이것이야말로 최고의 선택이 아니겠습니까?"

그녀는 뒤를 돌아보며 일행의 동의를 구했다.

"안 그렇습니까, 여러분?"

모두들 두말할 것도 없이 고개를 끄덕였다.

"그야 물론이지요."

"흥!"

표도는 피식 웃었다. 명백히 비웃음이 담긴 미소였다.

"그거야 매사에 계산적인 호루스, 너의 생각에서야 그렇겠지. 세상일이란 그렇게 간단히 될 수 없는 법이다."

호루스는 열성적으로 고개를 저었다.

"그렇지 않습니다. 간단히 될 수 있습니다. 괜히 복잡하게 생각하니까 복잡해지는 것뿐이에요."

"그럼 어디 한번 물어보지."

표도는 진인겸에게 시선을 돌렸다.

"진인겸, 넌 호루스의 제안을 어떻게 생각하나? 날 해치지 않겠다는 맹세를 할 수 있겠는가?"

진인겸은 담담한 표정으로 대답했다.

"거부한다."

호루스의 안색이 새파래졌다.

"당신, 이 와중에도 불륜을 저지른 남자를 죽인다는 맹세에 얽매여 있는 겁니까! 이 세계가 어떻게 될지 모르는 상황이라고요. 똥고집을 부릴 때가 아니라고, 이 답답한 인간아!"

"단지 맹세 때문이 아니다."

진인겸은 표도를 노려보며 답했다.

"저 녀석은 단지 지금까지 내가 죽여온 다른 바람피운 놈들과는 다르다. 내 아내를 죽이고 시체까지 능멸했다. 비록 미워했던 이름뿐인 부부 관계였기는 하지만, 남편으로서 내 아내의 복수도 하지 못하고 어찌 해치지 않겠다는 맹세까지 하란 말인가!"

그는 검을 뽑아 들고 외쳤다.

"지금 이 순간을 모면하기 위해 그따위 맹세를 한다면, 나는 더 이상 진인겸이란 인간이 아니다! 나란 인간의 삶이 한순간에 무너지고, 그저 살아 숨 쉬는 짐승에 불과하게 되는 것이다. 나는 이 목숨이 산산이 부서진다 하더라도 그렇게 할 수는 없다!"

순간 주변의 사람들은 압도당했다. 진인겸, 이 사람의 굳은 의지는 절대로 무너지지 않는 산과 같다. 어떠한 경우에도 흔들림조차 없다.

이것이야말로 진정한 그의 강함이었다.

"흥!"

표도는 웃었다. 그런 진인겸이 상대라도 두려워하지 않았다. 이미 짐작한 사실, 새삼 놀랄 것도 없다.

"그래. 진인겸, 네 말대로다. 나 역시 설사 네가 날 건드리지 않겠다고 맹세한다 하더라도 그만둘 생각 따윈 추호도 없었다."

호루스가 놀라 소리쳤다.

"어째서?!"

"그야 나 역시 짐승이 되고 싶지 않으니까."

"뭐?"

표도는 웃으며 말했다.

"네가 라고슈에게 하는 말을 들었다. 네 말대로 그저 살기만 해서는 짐승과 다를 바 없지. 라고슈를 이용하기 위해 어떻게든 살면 장땡이라는 식으로 이야기했지만, 나 역시 너와 같은 생각이다."

그는 진인겸을 쳐다보며 말을 이었다.

"단지 내가 살아남는 것이 목적의 전부였다면 나는 여기에 모습을 나타내지 않고 그냥 계속 죽은 척했을 것이다. 그러는 편이 위험이 적었겠지. 하지만 나는 그렇지 않았다. 왜 그랬는지 알겠나?"

진인겸은 이미 짐작하고 있었기에 간단히 대답했다.

"나와 끝장을 보기 위해서였겠지."

"그래, 맞다. 나와 너는 적이면서도 같은 편보다 더 서로를 이해하는 것 같군."

표도는 히죽 웃었다. 그러다 돌연 일그러진 표정으로 진인겸을 노려보며 말했다.

"네가 단지 아내와 바람피운 사실만으로 날 노리지 않는 것과 마찬가지다. 나 역시 그저 살기 위해 너를 노리는 것이 아니다. 네놈은 내 아버지를 죽인 원수다. 또한 날 짐승으로 떨어뜨린 장본인이다!"

그의 목소리는 격양되기 시작했다.

"정체를 숨기기 위해 너에게 술을 권하고 아양을 떨었다. 네 앞에서 짖고 꼬리를 흔들었다. 아버지가 살해당하는 순간에도 도망치기에 바빴다. 그래, 그때의 나는 오직 살고자 하는 것이 전부인 짐승에 불과했다."

그는 주먹을 쥐고 눈앞에 들어 올렸다. 그의 주먹이 분노로 떨리고 있었다.

"나는 자유로운 무인이었다. 원하는 것을 얻는 데 주저함이 없고 세상에 두려울 것이 없었다. 그런 내가 네가 나타나면서 겁에 질려 꼬리를 말고 도망치는 짐승이 되어버렸다. 나, 해리수 표도가!"

그는 분노의 외침을 터뜨리며 주먹을 휘둘렀다. 식식거리던 그는 잠시의 시간이 지난 후에야 진정하고 말을 이었다.

"죽은 척하고 숨었다면 안전은 얻겠지만 언제 네가 다시 내

앞에 나타날까 전전긍긍하며 살 수밖에 없었겠지. 그렇게 사느니 죽는 것과 뭐가 다를까? 짐승과 뭐가 다를까? 그것은 내가 원하는 삶이 아니다. 진정 내가 원하는 삶은 자유롭고 두려움없는 예전의 나 자신, 그리고 그것을 얻기 위해서는……."

그의 손가락이 진인겸을 가리켰다.

"널 죽이지 않으면 안 돼!"

"……."

잠시 후 진인겸은 피식 웃었다.

"나 역시 너와 같은 생각이다. 넌 내 아내를 죽이고 능멸하고 나를 모욕했다. 나의 존엄을 세우고 내가 나로 있기 위해서는……."

그의 검이 표도를 가리켰다.

"널 죽이지 않으면 안 된다!"

둘의 생각은 일치하고 있었다. 필생의 숙적으로 서로를 인식하고 죽이려 한다. 이제 더 이상 그들 사이의 대화는 의미가 없었다.

파파파파파팍!

파공음과 함께 화살들이 표도를 향해 날아들었다. 호루스가 성기사들에게 몰래 지시해 노리게 한 것이었다.

"흥! 이 까짓 것으로!"

표도는 화접선으로 간단히 화살들을 튕겨내고 장치 중심의 빛 속으로 뛰어들었다. 그와 동시에 빛이 폭발하듯 방 안을 가득 채웠다. 바벨의 혼돈구는 미친 듯이 회전하더니 부서져 내리기 시작했다.

"큭!"

사람들은 눈을 가리고 파편을 피하기 위해 뒤로 물러섰다.
잠시 후 빛이 사라지자 눈을 떠 앞을 확인했다. 그곳에는 은은
한 빛에 감싸인 표도가 우뚝 서 있었다.

그는 빙그레 웃었다.

"절망해라, 여기 모인 자들이여. 나는 성공했다."

2

사람들은 표도를 쳐다보았다. 은은한 빛에 감싸인 것이 전
부로 사실상 전과 그대로였다.

'뭐야, 별로 달라진 것도 없잖아?'

그러나 호루스만은 달랐다. 그녀는 믿을 수 없다는 표정으
로 손을 떨고 있었다. 그녀의 턱 선을 타고 땀이 떨어졌다.

"이, 이럴 수가!"

그녀는 느끼고 있었다. 표도의 몸에서 풍겨 나오는 거대한
힘을! 그것은 그녀가 신탁을 받아 신의 말씀을 들을 때 느껴지
던 힘과 거의 같았다.

'정말 신의 힘을 얻었단 말인가?'

표도는 양손을 펼치고 자신의 몸을 확인했다. 엄청난 힘이
느껴진다. 무엇이든 할 수 있고 불가능한 것이 없을 것 같았
다.

“이거 굉장한데?”

그가 주변의 사람들은 무시하고 자신의 몸을 찬찬히 살폈다. 그런데 그때 기능을 회복한 자인이 드디어 나타났다.

“라고슈는?”

주변을 살피던 자인은 표도에 의해 죽어 있는 라고슈를 확인했다.

“죽은 건가?”

그는 이어 다크 엘프 학자들에게로 시선을 옮겼다. 시선을 받은 그들은 흠칫 놀라며 뒤로 물러났다.

“라고슈가 사망한 이상 당신들을 지킬 자는 존재하지 않는다. 주인의 명에 따라 너희들을 다시 구속하겠다.”

자인을 손을 뻗어 다크 엘프들을 잡으려 했다. 다크 엘프들은 다급히 표도에게 도움을 요청했다. 이미 그와는 틀어진 관계이긴 했지만 현재로서는 의지할 것이 그뿐이었다.

“표도, 약속하지 않았나! 우릴 지켜준다고!”

“아, 그랬지.”

표도는 웃었다. 이제 와서 약속을 지킬 이유 따위는 없지만, 자인이라면 새로운 힘을 시험해 보기 적당한 상대였다.

그는 몸을 살피는 것을 멈추고 몸을 날려 다크 엘프들 앞에 서서 자인의 손을 막아섰다.

“비켜라.”

자인은 표도의 변화를 몰랐다. 그의 인식에 표도는 신경 쓸 만큼 위협이 되는 존재가 못 되었기에 무시하고 계속해서 다크 엘프를 잡으려 했다.

표도는 피식 웃고는 말했다.

"이쪽도 신경 좀 쓰시지."

그리고는 화접선을 펼쳐 휘둘러 자인의 목을 벴다. 자인은 피하지 않고 그냥 몸으로 받았다. 그러자 화접선이 자인의 목에 박혔다.

"소용없다."

"과연 그럴까?"

표도는 말하며 손목에 힘을 주었다. 순간 자인의 목이 떨어져 바닥을 굴렀다.

"어?"

놀란 표정의 자인. 하지만 그는 그 정도에 죽지 않았다. 머리가 없는 채로 손을 뻗어 표도를 잡으려 했다. 하지만 표도가 귀찮다는 듯 후려치자 그의 몸은 수십 미터나 날아갔다.

"이놈!"

자인은 표도란 인물에 대한 생각을 전환할 필요를 느꼈다. 전력을 다하기로 결정한 그는 새로운 머리를 재생하고 거신병의 육체를 소환했다. 거대한 거체로 표도를 내려다보며 그는 주먹을 들어 올렸다.

[조속히 배제한다.]

주먹이 표도를 향해 떨어져 내렸다. 거대한 질량과 강도를 가진 그의 주먹이 엄청난 속도로 표도의 눈앞을 가득 채웠다.

"……."

그러나 표도는 피할 생각을 하지 않았다. 죽고 싶지 않으면 당연히 피해야 하는 것이 상식이겠지만, 그의 몸 안에 가득 찬 힘이 말하고 있었다. 굳이 피할 필요가 없다고!

"어디……."

그는 한 손을 펴서 내밀었다.

콰콰콰쾅!

바닥이 갈리며 자인의 주먹이 표도는 강타했다. 그 여파만으로 방 안의 공기가 진동했다. 그러나 잠시 후 벌어진 광경에 사람들은 경악했다.

"이, 이럴 수가!"

표도는 한 손으로 거대한 자인의 주먹을 막고 있었다. 그것도 조금도 뒤로 물러서지 않은 그 자리에서!

"말도 안 돼!"

란슬롯이 소리 질렀다. 설사 표도가 자인보다 몇 배나 힘이 강하다 하더라도 체중 차가 있기 때문에 뒤로 밀려날 수밖에 없다. 그런데 반 발자국도 움직이지 않고 그 자리에 서 있을 수 있다니!

"과연 대단하다."

표도가 웃으며 말했다.

"불가능을 가능으로 만드는 힘, 과연 신의 힘이라고 할 만하다."

그는 자인의 주먹을 밀었다. 엄청난 힘에 자인의 거체가 뒤로 밀려나 넘어졌다. 그는 빙그레 웃으며 주먹을 쥐었다.

"하압!"

그는 자인을 향해 돌진했다. 자인의 가슴팍에 올라탄 그는 주먹을 내질렀다. 그의 주먹이 드래곤의 공격에도 끄떡없던 자인의 장갑을 두부 부수듯 뚫고 들어갔다.

"하하하하!"

광소를 터뜨리며 표도는 자인의 가슴 장갑을 마구 잡아 뜯었다. 마침내 장갑 속에 자인의 인간형 본체가 드러났다.

"찾았다!"

표도는 팔을 뻗어 자인의 가슴 안으로 집어넣었다. 그의 팔이 자인의 가슴의 검은 공간으로 빨려 들어가자 자인은 당황한 듯 눈을 부릅떴다. 뭔가를 찾는 듯 팔을 휘졌던 표도는 돌연 싱긋 웃었다.

"여기 있었네."

표도는 팔을 잡아 뺐다. 심장과 비슷한 형태의 꿈틀거리는 기계 장치가 그의 손에 들려 있었다. 이것이야말로 자인의 본체였다. 표도는 당황한 자인을 보고 웃으며 말을 내뱉었다.

"죽어!"

그가 손아귀에 힘을 주자 기계 장치는 산산이 부서졌다. 그와 동시에 자인의 육체로 허물어지듯 무너져 내렸다. 남은 것이라고는 썩은 시체와 잡동사니뿐이었다.

"하하하하하!"

표도는 웃음을 터뜨렸다. 드래곤조차 능가하는 전투 병기를 너무나 간단히 해치워 버렸다. 그야말로 무적의 힘이 아닌가!

 해리수 표도의
도망자

"굉장해! 이것이 신의 힘! 과연 라고슈가 탐낼 만도 하군."

그는 곧 웃음을 멈추고 진인겸을 쳐다보았다.

"그럼 몸 풀기도 끝났으니 본 싸움에 들어가 보기로 할까?"

진인겸 근처에 서 있던 사람들이 표도의 시선에 기겁을 하고 흩어져 피했다. 상대는 드래곤과 동급의 전투력을 가진 거신병을 간단히 없애 버린 자이다. 자칫 공격에 휘말렸다가는 흔적도 없이 사라질 판이다.

그러나 진인겸은 평소와 다름없는 담담한 표정이었다. 표도의 놀라운 힘에도 그다지 두려움이 느껴지지 않는 듯 가볍게 검을 휘둘러 보고는 말했다.

"확실히 강대한 힘을 손에 넣었군. 전력을 다하기에 부족함이 없는 상대다."

표도는 웃으며 물었다.

"방금 내 힘을 보고도 아무렇지 않은가 보지? 과연 천하제일고수로군. 아니, 어쩌면 속으로 겁이나 어쩔 줄 모르면서 숨기고 있는 건가?"

"쓸데없는 소리."

진인겸은 검을 횡으로 휘둘렀다. 그리고는 표도를 똑바로 쳐다보며 말했다.

"더 이상의 잡소리 따윈 우리에게 필요없는 것 아니었나."

표도의 얼굴에서 웃음이 사라졌다. 그는 손가락으로 볼을 문질렀다. 손가락 끝에 피가 묻어 나왔다.

“이게!”

그의 표정이 굳어졌다. 방금 진인겸이 검을 휘둘렀을 때 검 풍이 이곳까지 날아와 얼굴에 상처를 남긴 것이다.

“좋아, 확실히 네놈을 죽여주겠다!”

얼굴의 상처는 순식간에 사라져 없어졌다. 표도는 손바닥을 펼쳐 진인겸을 가리켰다. 예전의 보이지 않는 거대한 힘이 진 인겸을 향해 뻗어갔다.

콰쾅!

진인겸은 공격을 감지하고 재빨리 옆으로 몸을 날려 피했 다. 그와 동시에 엄청난 폭발음과 함께 그의 뒤에 있던 벽에 직경 십 미터가 넘는 커다란 손바닥 자국이 깊게 새겨졌다.

“저건!”

그 모습을 보며 호루스는 놀랐다. 예전 표도와 싸울 때 자신 이 했던 것과 똑같은 수법이었다. 다른 것은 자신의 것과는 이 위력이 비교도 할 수 없을 정도로 강하다는 것과 힘의 낭비가 없이 집중되어 있다는 것이다.

‘내가 하던 것을 보고 흉내 내는 것뿐만 아니라 한 단계 수 준 높은 기술로 만들었다?!’

호루스는 인정하지 않을 수 없었다. 표도 역시 진정한 강자 중 하나라 할 수 있는 인물이었다. 단지 진인겸이라는 거대한 산을 옆에 두고 있어 작아 보였을 뿐이다.

“먹어랏!”

표도는 이어서 계속해서 양 손바닥으로 힘을 쏘았다. 진인겸은 이리저리 뛰어다니며 그런 공격을 피해냈다.

"쳇!"

그는 인상을 찌푸렸다. 역시 예상했던 대로 진인겸은 자인 따위보다 몇 배나 까다로운 상대였다. 한 방만 맞추면 끝낼 수 있건만, 그 한 방을 안 맞고 요리조리 잘도 피해 다니는 것이다.

하지만 상관없다. 아직 자신의 힘 중 십분의 일 정도밖에 쓰지 않고 있으니까. 아니, 오히려 너무 쉽게 죽으면 싱겁지 않겠는가!

"진인겸, 네가 언제까지 피할 수 있는지 보겠다!"

그는 방식을 바꾸었다. 위력을 줄이는 대신 공격 속도를 올린 것이다. 줄인 위력이라고 해도 인간의 몸 따위를 박살 내기엔 충분할 정도이다. 아무리 진인겸이라고 해도 맞으면 큰 타격을 입고 움직임이 정지할 것이고, 그때 결정타를 날리면 된다.

"하! 하! 하!"

연속하여 기합성을 날리며 힘을 쏘아댔다. 이렇게 되자 진인겸으로서도 모두 피하는 것은 무리였다. 그는 피하면서 검을 치켜들었다.

"강검!"

강력한 힘이 검에 감돌았다.

"하압!"

정면에서 날아드는 힘을 검으로 후려쳤다. 그 힘은 방향을 바꾸어 바닥을 때렸다. 검으로 비껴 쳐 공격의 방향을 바꾼 것이다.

"역시나 진인겸!"

표도는 히죽 웃었다. 공격이 통하진 않았지만 이런 식이면 단지 피하는 것보다는 진인겸의 힘을 소모시킬 수 있다.

"이것도 받아봐라!"

그는 외치며 더욱 공격 속도를 올렸다. 진인겸은 피할 수 있는 것은 피하고, 피하지 못하는 것은 검으로 튕겨내며 버텼다. 양쪽의 공방은 갈수록 치열해졌다.

덕분에 위험해지는 것은 엉뚱하게 방 안에 있는 사람들이었다. 사방에서 폭발이 터지고 사람들은 도망치기 바빴다. 마침내 방이 견디지 못하고 무너지기 시작했다.

"도망쳐요!"

호루스가 소리쳤다. 이런 상황에서는 적과 아군의 구별이 무의미해진다. 호루스 일행과 다크 엘프들은 한데 뒤섞여 통로로 대피했다.

하지만 표도와 진인겸은 무시하고 계속해서 싸웠다. 통로로 도망치던 호루스가 뒤를 돌아보았으나 무너지는 바위와 솟아오르는 흙먼지로 이미 둘의 모습은 보이지 않았다.

3

호루스 일행은 무너진 방에서 탈출했다. 하지만 그것으로 끝이 아니었다. 계속해서 통로까지 무너지기 시작했다.

라고슈와 싸우던 곳에까지 이르자 붕괴는 끝이 났다. 간신히 위기를 벗어나 호루스는 안도의 한숨을 내쉬었다.

"큰일 날 뻔했네!"

그런데 바로 옆에서 동의를 표하는 목소리가 있었다.

"그러게 말이야."

호루스가 돌아보니 그곳에는 다크 엘프인 라파푸가 있었다. 허겁지겁 도망치다 보니 다크 엘프의 세 학자도 함께 섞여 나온 것이다. 호루스는 약간의 어처구니가 없음을 느끼며 말을 꺼냈다.

"…이봐, 당신."

라파푸는 그녀를 보고는 태연하게 반문했다.

"왜 그런가?"

"왜 그러냐니? 그걸 몰라서 물어?!"

호루스는 라파푸의 멱살을 잡아 들며 따졌다.

"표도에게 신의 힘을 주다니 어떻게 책임질 거야! 당장 어떻게든 하지 못하면 너희들 세 놈 모두 죽지도 살지도 못할 신세로 만들어줄 줄 알아!"

서슬 퍼런 그녀의 기세에 라파푸는 어쩔 줄 몰랐다.

"지, 진정하게. 우리도 원해서 된 일이 아니라고."

"원했든 원하지 않았든 당신들이 저지른 일이니 책임을 져!"

히야신스가 그녀를 말렸다.

"진정하시오. 아마 괜찮을 거니까."

"괜찮다니! 지금이 괜찮을 상황이야? 너희들 때문에 세계의 위기라고!"

"괜찮다니까. 그 신의 힘이란 것은 얼마 가지 못할 테니까."

호루스는 흠칫했다. 흥분이 가라앉고 말투도 원래대로 돌아왔다.

"그것이 무슨 뜻이죠?"

"당신도 말하지 않았소? 인간이 신의 힘을 감당할 수 있을 리가 없다고."

그거야 표도를 설득한다고 한 말이지 호루스가 무슨 근거를 가지고 한 말은 아니었다. 호루스는 진지한 얼굴로 히야신스에게 물었다.

"좀 더 자세히 말해보세요."

"간단히 말해 인간의 몸이 신의 엄청난 힘의 에너지를 감당할 수 있을 리가 없어. 드래곤인 라고슈라면 모를까, 인간인 표도는 그릇이 너무 작지. 표도가 얻은 신의 힘이란 것은 신의 힘의 극히 일부에 불과해."

그러나 호루스는 걱정스런 표정이 되었다.

"일부라고 해도 신의 힘을 얻은 것은 사실이잖아요. 거신병을 간단히 해치울 정도의 엄청난 힘. 그것만으로도 충분히 위험합니다."

"그건 그렇긴 하지만……."

히야신스는 말끝을 흐렸다. 뭔가 숨기고 있는 것 같아 호루스는 따져 물었다.

“뭔가요? 할 말이 있으면 하시죠.”

“확실한 것이 아니라 말하기가 좀…….”

“일단 말해봐요.”

그때였다. 폭음과 함께 천장이 진동했다. 모두 일제히 위를 올려다보았다.

“위인가?”

호루스는 중얼거렸다. 소리는 이곳에서 한참 위에서부터 들려오고 있었다. 아무래도 진인겸과 표도는 장소를 옮겨 위에서 계속 싸우고 있는 것 같았다.

‘어찌 되었든 둘의 싸움의 결말을 직접 확인하지 않으면 안 된다.’

호루스는 마음속으로 결정을 내리고 일행과 다크 엘프 학자들과 함께 라고슈의 레어를 나섰다.

산꼭대기에서 화산 폭발처럼 돌과 먼지가 뿜어져 나왔다. 그리고 그 속에서 두 개의 인영이 튀어나와 서로 부딪치는 듯 싶더니 떨어졌다.

두 인영은 표도와 진인겸이었다. 표도는 양 손바닥을 빠르게 교차해 내밀었다. 그때마다 강력한 충격파가 진인겸을 향해 소나기처럼 쏟아졌다.

진인겸은 빠르게 움직이며 충격파를 피해냈다. 그러면서 검을 휘둘러 반격까지 가했다. 표도는 옆으로 피하며 혀를 찼다.

“쳇!”

표도의 얼굴에는 아까 전의 자신만만함이 사라진 상태였다. 그럴 만도 한 것이 싸움이 시작된 지 한참이 됐는 데도 진인겸을 죽이지 못하고 있었기 때문이다.

일단 객관적인 전세는 자신 쪽이 유리했다. 진인겸은 상당히 지친 듯 보였고, 몸 여기저기에 상처도 제법 심했다. 반면 자신은 상처 하나 없고 여전히 힘이 넘쳤다.

하지만 진인겸은 그럼에도 끈질기게 버티고 있었다. 피할 수 없는 공격은 아슬아슬하게 비껴 맞아 치명상은 피해가며, 간간이 반격까지 하고 있다.

"젠장, 정말 끈질기게 잘도 도망쳐 다니는군!"

표도가 짜증이 나 소리치자 진인겸이 웃으며 대꾸했다.

"내가 너에게 하던 말이군."

"훙!"

화가 치밀어 올랐지만 표도는 마음을 진정했다. 홍분하면 안 된다. 이쪽의 힘이 압도적이라고 자만해서도 안 된다. 라고 슈가 그렇게 하다가 꼴사납게 패하지 않았는가.

'최고의 공격으로 이번에야말로 끝장을 낸다!'

표도는 정신을 집중했다. 이제까지는 강한 힘에 휘둘려 마구잡이로 공격한 면이 크다. 하지만 이제는 어느 정도 힘의 사용법에도 익숙해지기 시작했다.

"진인겸, 어디 이 공격도 피할 수 있으면 피해봐라."

그의 주위로 빛의 구체가 계속해서 생겨나기 시작했다. 빛의 구체는 갈수록 늘어나 이제 그 수는 백 개를 넘어갔다.

진인겸은 고개를 끄덕였다.

"과연, 좋은 생각이다."

아무리 그라도 저 많은 빛의 구체가 한꺼번에 공격하면 피할 수가 없다. 그는 표도가 승부를 낼 생각이라는 사실을 알아차렸다.

"그렇다면 나도 피하지 않겠다."

그도 검을 세우고 정신을 집중했다. 이 세계에 넘쳐흐르는 힘을 받아들여 검에 모았다. 빛이 그의 손에서 뻗어 나가 검신을 타고 솟아올라 수십 미터에 달하는 거대한 검의 형상으로 변화했다.

표도는 그걸 보며 쓴웃음을 지었다. 자신처럼 편법을 쓰지 않고도 진인겸은 이 세계에서 와서 얼마 되지 않아 스스로의 노력으로 새로운 힘을 끌어냈다.

'너란 놈은 정말 대단하다고 인정하지 않을 수 없다.'

표도는 순수하게 진인겸의 재능과 노력에 감탄했지만, 그것과는 별개로 무슨 일이 있어도 그를 죽이지 않으면 안 된다.

표도는 눈에 살기를 머금고 손을 들어 진인겸을 가리켰다.

"죽어라!"

말이 떨어짐과 동시에 그의 주변의 빛의 구체들이 일제히 진인겸을 향해 쏟아졌다. 아무리 절대고수라고 해도 소나기를 피할 수는 없는 법, 표도의 공격은 힘의 소나기라고 할 수 있었다.

"아무리 이건 너라도 피할 수 없다!"

진인겸이 맞받아 외쳤다.

"그렇다면 막을 뿐이지!"

"뭐?"

표도는 흠칫 놀랐다. 그 순간 진인겸은 자신이 만들어낸 거대한 빛의 검을 표도를 향해 휘두르는 대신 대지를 향해 횡으로 휘둘렀다.

콰쾅!

대지가 빛의 검의 위력 앞에 갈라졌다. 그와 동시에 엄청난 돌과 흙이 솟구쳐 올랐다. 그것은 쏟아지는 빛의 구체를 막는 대지의 장벽이 되었다.

"이런!"

그제야 표도는 진인겸의 계획을 알아차렸다. 그러나 이미 때는 늦어 거대한 대지의 장벽은 그의 시야를 완전히 차단하여 진인겸의 위치를 놓치게 만들고 말았다.

'어디냐?!'

표도는 진인겸의 습격을 경계하여 즉시 위치를 바꾸고 주변을 살폈다.

'없다?'

분명 이때를 이용해 진인겸이 공격하리라 생각했다. 그런데 공격은 어디에도 없었다. 대지의 장벽이 사라진 후에도 마찬가지였다. 당황한 표도는 소리쳤다.

"어디 숨은 거냐, 진인겸!"

대답은 어디에도 없었다. 주변은 조용하기만 했다. 그렇게 시간이 계속 흘러갔다.

"…설마!"

표도는 현재 상황을 이해할 수 없었다. 설마 진인겸이 이길 수 없을 것 같아 도망이라도 쳤단 말인가?

그는 고민했다. 진인겸이 도망친다는 것은 도저히 상상할 수도 없는 일이었다. 하지만 현재 상황은 그렇게 생각할 수밖에 없었다.

'아니다. 분명 어딘가에서 숨어 공격할 기회를 노리고 있을 것이다. 이건 심리전이 분명하다.'

그는 진인겸이 공격해 오길 기다렸다. 계속되는 긴장감에 그의 얼굴에 땀이 맺혔다. 아무것도 하지 않고 기다리고만 있 는다는 것은 그의 성격상 참기 힘들었다.

'어디냐? 어디 숨어 있는 거냐?'

그때 아래쪽에서 인기척이 들려왔다. 필사적으로 변화를 그 는 즉시 그쪽으로 몸을 날렸다.

"여기냐?!'

그러나 그의 눈에 들어온 것은 호루스 일행과 다크 엘프들 이었다. 그들은 레어를 나와 싸움의 결과를 보기 위해 이쪽으 로 온 것이다.

"쳇!'

표도는 혀를 찼다. 호루스가 그에게 물었다.

"진인겸은 어디 있죠? 설마 그가 당신에게 패한 것은……."

"그건 내가 묻고 싶은 말이다."

대꾸한 표도는 고개를 돌렸다.

"꺼져, 너희들을 상대할 이유는 없다."

"뭐라고요?"

호루스는 기가 막혀 하며 말했다.

"당신, 그걸 말이라고! 당신과 우리의 관계를 잊었나요? 당신은 우리의 적이니 진인겸이 없어도 우리가 당신을 쓰러뜨리겠어요."

표도는 피식거리며 말했다.

"이건 나와 진인겸, 우리 둘만의 문제다. 너희들은 어디까지나 제삼자로, 우리의 문제완 관계없다."

호루스는 무기를 꺼내 들며 반박했다.

"진인겸을 죽이면 그 힘으로 이 세계를 위기로 빠뜨릴 것이잖아요! 나는 신을 섬기는 몸으로서 그전에 당신을 쓰러뜨리겠어요."

"앙? 그게 무슨 헛소리냐?"

표도는 어이없어 하며 대꾸했다.

"세계의 위기? 그딴 게 무슨 상관이냐. 물론 지금 내 힘이 폭주라도 했다면 그런 일이 생길 수도 있었겠지만, 지금 나는 내 힘을 내 의지로 조절하고 있다. 세계의 위기가 올 이유는 이제 없다."

"그게 아니라, 당신이 그 힘으로 세계의 위기를……."

호루스는 말하다가 멈칫했다. 표도는 지금도 진인겸을 찾아 주변을 두리번거리고 있다. 이쪽에는 이제 더 이상 관심이 없는 모양이다.

"설마… 당신, 정말로 진인겸만 죽이면 만족한다는 건가요? 다른 것은 다 필요 없다는 것? 신의 힘을 포기할 수도 있다는 것?"

표도는 귀찮다는 듯 답했다.

"그래."

그는 이를 악물며 말을 이었다.

"난 그놈만 죽이면 돼."

"……!"

호루스는 황당함과 놀라움을 동시에 느꼈다. 생각해 보니 표도는 이 세계에 온 후, 워울프를 치료하는 것 외에 다른 행동의 목적은 모두 진인겸을 없애는 것이었다. 라고슈의 부하가 된 것도, 지하 도시에서 디브스로 변장한 것도, 신의 힘을 얻은 것도 그랬다.

결국 표도의 목적은 처음부터 끝까지 줄곧 똑같았다는 것이다. 진인겸을 죽이고 자유롭게 사는 것, 오직 그것만을 위해 지금까지 별의별 비겁한 짓을 하고 도망쳐 왔던 것이다.

진인겸 역시 마찬가지였다. 그는 그녀가 아무리 세계의 위기니 드래곤이니 해도 늘 똑같은 태도로 말해왔다. 자신의 목적은 마누라와 바람피운 놈들을 잡는 것이라고…….

그녀는 순간 헛웃음이 나왔다. 고대 종족의 봉인, 드래곤, 신의 힘, 세계의 운명이 좌우할 사건의 중심에 표도와 진인겸이 있었다. 하지만 두 사람의 목적은 너무나 평범하고 단순하다.

표도는 자신을 죽이려 드는 진인겸을 없애고 마음 편히 사는 것, 진인겸은 마누라와 바람피운 표도를 없애 버리는 것이다. 도중 이들의 목적에 치여 표도의 아버지가 진인겸에게 죽고, 진인겸의 부인 유매향이 표도의 손에 죽으면서 더욱 원한이 쌓여 돌이킬 수 없는 사이가 되고 말았지만, 둘의 대결은 처음부터 끝까지 개인적인 다툼에 불과했다.

그녀는 긴 한숨을 내쉬었다. 둘의 원한을 이용해 라고슈를 없애고 세계의 혼란을 막으려 했지만, 결국 생각해 보면 둘의 개인적인 싸움에 자신이나 라고슈, 세계의 운명까지 말려든 것은 아닐까?

'도대체 누가 이용당한 건지 모르겠군.'

그때였다. 호루스의 뒤에 서 있던 성기사 하나가 검을 뽑아 들더니 표도에게 소리 지르며 덤벼들었다.

"네놈은 관계없다고 해도 우린 아니다! 네놈에게 죽은 동료들의 원수를 갚아주마!"

표도는 별게 다 귀찮게 한다고 생각하고 손을 저었다. 그의 손짓만으로도 성기사 하나쯤은 없애기에 충분했다.

그런데 놀라운 일이 일어났다. 성기사가 표도의 공격을 간단히 피하더니 그의 가슴을 찌르는 것이 아닌가?

"……!"

표도는 눈을 부릅떴다. 그는 믿을 수 없다는 표정으로 성기사를 보았다. 성기사는 다름 아닌 진인겸이었다.

진인겸은 뒤로 물러서며 말했다.

"아무리 강한 자라도 방심한 순간을 노리면 이길 수 있지. 바로 너에게 배운 것이다."

"어, 어떻게?"

표도는 믿을 수 없었다. 진인겸의 속임수가 놀라워서가 아니었다. 다른 사람으로 변장하고 다른 쪽을 경계할 때 기습하는 것은 그가 지하 도시에서 진인겸에게 써먹은 수법 그대로였다.

문제는 천하제일고수씩이나 되는 진인겸이 자신의 비겁한 수법을 그대로 사용했다는 사실이었다. 표도는 상처를 막으며 진인겸을 노려보았다.

"당신, 천하제일고수씩이나 되면서……."

"상관없다. 나 역시 마찬가지다. 천하제일고수의 명성이나 자존심 따윈 둘째 문제다."

진인겸은 웃었다.

"다 필요없다. 너만 죽일 수 있으면 된다."

Chapter 8

다 부질없는 짓?

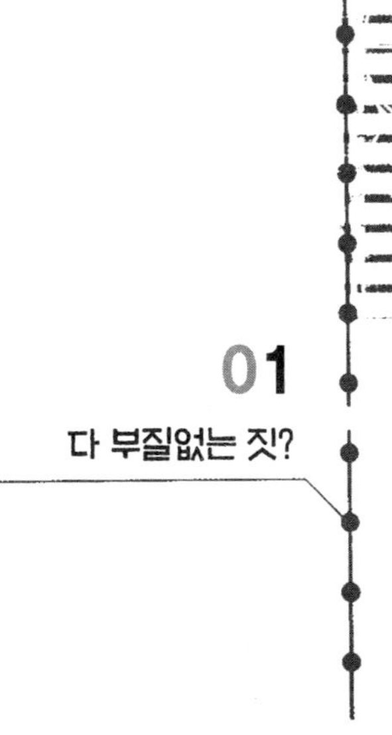

01

다 부질없는 짓?

주변의 모든 이들이 진인겸의 말에 어이가 없어 할 말을 잃었다. 둘의 싸움에는 세계의 운명도, 사악한 마왕도, 위대한 용사도 없다. 원한이 집착과 미움이 되어 어디까지나 상대를 죽이는 것이 전부인 치졸함만이 남아 있을 뿐이었다.

"크크크."

표도는 돌연 웃음을 터뜨렸다. 검이 박힌 가슴의 상처에서 계속 피가 나왔지만 즐거운 듯한 웃음이었다.

"과연 그렇게 나온단 말이지? 뭐, 좋다. 그 편이 나로서도 편하고 좋다. 하지만 넌 뭔가 착각하는 것 같군."

그는 가슴의 검을 뽑아내며 외쳤다.

"이 정도로는 날 죽일 수 없어!"

가슴에서 엄청난 양의 피가 뿜어져 나왔다. 그러나 표도는 아무렇지도 않은 표정이었고, 상처는 순식간에 아물기 시작했다. 그는 광소를 터뜨렸다.

"난 불사의 몸! 네놈의 검으로는 난 절대 죽지 않아!"

"그래? 그럼 이건 어떨까?"

진인겸은 손을 내밀었다. 그의 손에 들린 것을 본 표도는 깜짝 놀랐다.

"이건!"

손 위의 물건은 붉은 구슬. 바로 라고슈가 표도에게 건 꼭두각시 마법의 생명의 상징이었다. 표도는 당황하여 자신의 품을 뒤졌다.

"어느새?"

진인겸은 표도를 찌름과 동시에 생명의 상징을 품속에서 훔쳐 낸 것이다. 그는 실실 웃으며 표도에게 말했다.

"라고슈와 말하는 것을 들었다. 넌 이게 부서지면 죽는다며?"

"아, 안 돼!"

표도는 놀라 진인겸에게 달려들어 구슬을 빼앗으려 했다. 그러나 그보다 진인겸의 손이 더 빨랐다

"죽어라!"

그의 손에서 구슬이 산산이 부서졌다. 그 모습을 보며 표도는 절규했다.

"안 돼!"

진인겸은 환희에 찬 표정이 되었다. 표도가 고통스러워하며 죽은 모습이야말로 그가 원하는 것이었다.

"아하하하하!"

"아아아아아악!"

"하하하하!"

"아아아… 어?"

절규하던 표도는 뭔가 이상함을 깨달았다. 구슬이 부서졌는데 죽기는커녕 아무렇지도 않은 것이 아닌가?

"괜찮네?"

이번에는 진인겸이 당황해 버렸다.

"아니, 어째서 안 죽는 거지?"

표도는 잠시 생각하다가 깨달았다. 알겠다는 듯 고개를 끄덕인 그는 자신만만한 얼굴이 되어 설명했다.

"그래, 맞아. 그렇지. 라고슈는 나에게 마법을 걸 때 설명했다. 자신이 죽으면 마법은 해제되어 버린다고. 이미 라고슈가 죽은 이상 생명의 상징 따윈 아무 의미가 없다는 것이지. 하하하, 괜히 놀랐군."

그는 주먹을 쥐며 진인겸을 향해 웃어 보였다.

"결국 나의 승리인 것이다."

진인겸은 굳은 표정으로 대꾸했다.

"과연 그럴까?"

"하하하! 허세 부려도 소용없다. 넌 아까 내 공격을 막느라 힘을 거의 다 썼지? 네가 이런 비겁한 짓까지 한 것은 힘을 다

소모한 상태에서 정면으로는 승산이 없다는 것을 스스로 잘 알았기 때문이지."

표도의 말에 진인겸은 낮은 신음 소리를 냈다. 모두 그의 말대로였다.

"하하하, 결국 최후의 승자는 바로 나다!"

표도는 외치며 진인겸을 향해 손바닥을 펼쳤다.

"죽어라, 진인겸!"

그의 손바닥에 강력한 힘이 모였다. 그리고 진인겸을 향해 발사되는 듯싶더니…….

"어?"

…힘없이 꺼져 버리는 것이었다.

"아니, 이게 왜 이래?"

표도는 당황하여 소리쳤다. 그뿐 아니었다. 몸 안의 충만하던 힘이 어디로 갔는지 모두 사라져 버렸다.

"어떻게 된 거지? 힘이! 나의 힘이?!"

모두들 영문을 몰라 쳐다만 보고 있었다. 갑자기 왜 표도의 힘이 사라진 것일까?

"과연 혹시나 했던 것이 역시 이렇게 되는군."

히야신스가 말을 꺼냈다. 모두의 시선이 그에게 돌아갔다. 호루스가 그에게 물었다.

"어떻게 된 거죠?"

"모든 것은 꼭두각시 마법 때문이야. 신의 힘은 표도에게가 아닌 표도가 가진 생명의 상징에 깃들어 있었던 거야."

“에?!”

히야신스는 계속해서 설명했다.

“꼭두각시 마법은 리치를 만드는 마법과 흡사해. 육체와 생명을 분리한 후, 생명의 상징에 생명을 담아서 육체를 단순히 조종받아 움직이게 하는 꼭두각시화하는 것이야. 그래서 육체가 치명상을 입어도 죽지 않는 것이지.”

호루스는 다시 물었다.

“그것이 무슨 상관이죠? 라고슈는 죽어 꼭두각시 마법은 효과가 사라졌잖습니까? 실제로 생명의 상징을 부숴도 표도는 죽지 않았고요.”

“그건 그렇지. 그런데 문제는 표도가 바벨의 혼돈구에 뛰어들었을 때까지 라고슈가 죽지 않았다는 거야. 그때까지는 마법의 효과가 그대로 지속되어 있었겠지.”

표도가 반박했다.

“그럴 리가! 확실히 라고슈는 그전에 죽였어. 거기다 나는 그가 죽은 후에도 바로 장치에 뛰어들지 않고 꽤 시간을 보냈다고!”

“하지만 그건 머리였잖는가.”

“뭐?”

“진인겸이 머리와 몸통을 분리해 버렸지. 아마 머리는 박살이 났어도 몸통 부분은 그보다 오래 생명 활동을 하며 마법을 유지시키고 있었을 거야. 좀비 상태였으니 더 끈질겼겠지.”

몸통 쪽이 살아 있었다니! 표도는 기가 막혔다.

"그, 그런 말도 안 되는!"

"어찌 되었든 라고슈는 그때까지 죽진 않았어. 그리고 넌 장치에 뛰어들었지. 그런데 좀 전에 말했다시피 육체와 생명을 분리해. 즉 어떻게 보면 생명의 상징이 알맹이, 육체는 껍데기에 불과하게 된 것이지."

호루스는 히야신스가 말하고자 하는 바를 알아차렸다.

"그러니까 장치는 표도의 몸은 단순 껍데기로 보고, 알맹이인 생명이 깃든 상징물에 신의 힘을 깃들게 했다는 것이군요!"

"그래, 그 후 라고슈는 죽어 생명은 표도에게 돌아갔다. 하지만 신의 힘은 여전히 생명의 상징인 구슬에 남아 있었다. 그래도 둘은 연결이 끊어지지 않고 구슬에 담긴 힘이 표도의 육체로 흘러 들어갔다. 표도는 직접 신의 힘을 받은 것이 아니라 간접적으로 공급받고 있었던 것이다. 그리고……."

진인겸이 피식 웃으며 말했다.

"내가 구슬을 부수자 신의 힘은 사라져 버렸다?"

"그렇지."

"고맙군. 잘 알았소."

진인겸의 시선이 표도를 향했다.

"설명은 복잡했지만 결론은 간단하군. 표도는 결국 내 손에 죽는다는 것!"

"망할!"

표도는 식은땀을 흘렸다. 라고슈의 신뢰를 사고, 만일에 대비해 받은 꼭두각시 마법이 이런 식으로 최후의 순간 이런 식

으로 발목을 잡을 줄이야! 꾀를 잘 쓰는 놈은 자기 꾀에 망한다
고 하더니, 자신이 꼭 그런 꼴이었다.

진인겸은 뒤를 돌아보며 말했다.

"검 좀 빌려주게."

군말없이 성기사 하나가 검을 던져 주었다. 검을 받아 든 진
인겸을 숨을 고르더니 표도를 향해 쳐들었다.

"이번에야말로 죽어!"

표도는 전의를 잃고 뒤로 물러났다. 하지만 진인겸의 검은
집요하게 그를 노렸다. 필사적인 회피에 몇 번은 피할 수 있었
지만 그것이 한계였다. 결국 검끝이 표도의 목을 갈랐다.

"컥!"

검에 잘려 목이 절반이나 잘렸다. 확실한 치명상에 표도는
피가 흐르는 목을 붙잡고 주저앉았다. 그런데…….

"어?"

목의 상처가 순식간에 아물어 버리는 것이 아닌가? 그뿐만
아니라 진인겸도 깜짝 놀라 즉시 다크 엘프들에게 물었다.

"어떻게 된 거요?"

어비스가 대답했다.

"아무래도 불사신을 만드는 기능은 제대로 육체에 작용한
것 같군."

"뭐요?"

"바벨의 혼돈구는 신의 힘을 얻은 것 외에도 불사가 되기 위
한 장치지. 그건 제대로 된 모양이야."

진인겸은 화가 나 욕설을 내뱉었다.

"젠장!"

어비스의 말은 표도도 들었다. 절망에 휩싸였던 그의 얼굴에 생기가 돌았다.

"하하하, 상황 역전이다!"

자신은 불사의 몸이니 이제 죽을 걱정이 없다. 반면 진인겸은 지친 기색이 뚜렷하다. 평소라면 일격에 끝낼 것을 몇 번이나 공격하여 자신을 벤 것을 보면 알 수 있다.

표도는 즉시 벌떡 일어났다. 승산이 있다고 판단하자 전의가 치솟았다. 진인겸을 해치울 수 있는 절호의 기회!

"으아아아아!"

그는 주먹을 날렸다. 주먹은 진인겸의 얼굴에 적중하여 진인겸은 검을 떨어뜨리고 뒷걸음질쳤다. 그것 역시 평소라면 있을 수 없는 일이었다.

"이긴다!"

표도는 소리 지르며 맹수처럼 진인겸에게 달려들었다. 그도 명색이 절정의 고수, 이 세계에 와서 온갖 고생을 하며 실력도 많이 늘었다. 거기다 불사신의 몸이니 죽을 걱정도 없겠다, 방어는 무시하고 공격을 퍼부으니 지친 몸의 진인겸으로서는 당해내기 힘들었다.

"하하하하!"

이번에야말로 진인겸을 죽인다! 표도는 마음속으로 외치며 미친 듯이 공격했다. 그러나 진인겸도 당하고 있지만은 않았

 해리수 표도의
도망자

다. 빈틈을 노려 표도의 면상에 주먹을 적중시켰다.

"큭!"

표도는 코피를 흘리며 물러났지만 즉시 다시 반격했다. 이번 기회를 놓치면 더 이상의 기회는 없다. 아무리 불사신이 되었다고 하더라도 압도적인 실력 차가 당장 어떻게 되는 것은 아니다. 진인겸이 온전한 상태면 절대 이길 수 없는 것을 아는 그도 최후의 기회를 살리고자 필사적이었다.

하지만 진인겸도 만만치 않았다. 그는 과거 무공이 미숙할 때 유매향에게 두들겨 맞아 쓰러진 일이 있다. 그 굴욕을 그는 지금도 똑똑히 기억하고 있었고, 수련이 힘들어 그만두고 싶어질 때마다 그를 노력하게 하는 원동력이었다.

그로서는 죽으면 죽었지 남에게 두들겨 맞아 쓰러지는 일은 용납할 수 없었다.

둘의 싸움은 한참을 계속되었다. 그럼에도 둘의 투지는 사그라들지 않았다. 반대로 오히려 상대를 향해 증오심은 갈수록 커져 갔다. 곧 둘은 주먹만이 아닌 말로도 싸우기 시작했다.

"이 자라 새끼!"

"간사한 쥐새끼!"

"여편네 하나 간수 못하는 병신!"

"후레자식!"

"니 여편네는 정말 더러웠다. 그날 밤의 일을 생각하면 지금도 구역질이 날 것 같다!"

"개새끼! 내 앞에서 살겠다고 꼬리 흔드는 꼴이 참 볼 만하더라!"

구경하던 호루스 일행은 이 치졸한 싸움을 언제까지 보고 있어야 하나 의문이 들기 시작했다. 라파푸가 하품을 하며 말했다.

"언제까지 봐야 하나? 우린 그냥 가도 괜찮지 않나? 누가 이겨도 상관없을 것 같은데."

싸움은 해가 질 때가 되어서야 끝이 났다. 결과는 표도의 패배였다. 그의 불사신의 육체도 진인겸의 끈기를 이기지 못했다.

표도는 끝내 견디지 못하고 땅바닥에 쓰러졌다. 진인겸은 가쁜 숨을 내쉬다가 바닥에 떨어진 검을 주워 표도의 심장에 박았다.

푹!

표도의 웃음소리가 터져 나왔다.

"하하하하! 소용없다."

그가 쓰러질 수 있었던 것도 이것 때문이었다. 죽이지는 못해도 이쪽 역시 죽지 않는다. 그는 키득거리며 말했다.

"확실히 나는 이기지 못했다. 널 죽이는 데 실패했다. 하지만 그렇다고 진인겸 네가 이긴 것도 아니다. 넌 영원히 날 죽이지 못할 테니까!"

이를 갈던 진인겸이 외쳤다.

"반드시 죽이고 말겠다!"

그는 표도를 마구 난도질해댔다. 신체를 분리도 하고, 불을 지르기도 했다. 그러나 무슨 수를 써도 표도는 살 한 조각, 피한 방울에서도 재생해 버리는 것이었다.

"하하하하. 소용없다, 진인겸. 난 불사신이라고. 헛수고는 이제 그만 하시지!"

아무리 불사신이라도 고통은 그대로이다. 마구 난도질을 당하고 몸이 타는 데도 아무렇지 않을 수는 없다.

하지만 그럼에도 표도는 웃었다. 지금은 괴롭긴 하지만 죽지는 않는다. 아무리 질긴 진인겸이라도 결국 포기할 수밖에 없다.

'아니, 만약 끝까지 포기하지 않는다고 해도 상관없다. 저놈도 인간인 이상 백 년도 못 살고 죽을 것이 아닌가?

계속 고통을 당하는 데도 웃고 있는 표도를 보고 진인겸은 그의 생각을 눈치 챘다. 이를 갈던 진인겸은 다크 엘프들을 돌아보며 물었다.

"이봐, 너희들. 나 역시 불사신으로 만들 수 있지?"

"예?"

"할 수 있나 없나만 대답해!"

히야신스가 대답했다.

"불사신만 만드는 것이라면 굳이 바벨의 혼돈구가 아니라도 상관없지. 만드는 것이야 우리에게 적용한 대로 하면 조금 시간이 걸리긴 해도 문제없지만……."

"그럼 날 불사신으로 만들어라."

표도를 노려보며 진인겸은 다크 엘프들에게 말했다.

"이 녀석이 영원히 죽지 않는다면, 나 역시 영원히 죽지 않

고 이놈을 죽여주겠다. 어디 누가 이기나 끝까지 한번 해보
자.”

동시에 표도의 안색이 창백하게 변하여 웃음이 사라졌다.

2

과거 드래곤이 살았다는 산속의 거대한 동굴, 주변 마을 사
람들의 말에 따르면 그곳에는 언제나 이상한 숫자 세는 소리
와 뭔가를 내려치는 소리가 들려온다고 한다.

“천만 이천삼백둘, 천만 이천삼백셋, 천만 이천…….”

거기다 가끔 한탄 어린 목소리가 더해진다.

“이 인간아, 이제 제발 그만 좀 해라~”

소리의 정체는 진인겸과 표도였다. 진인겸은 쉬지 않고 표
도의 몸을 검으로 내려치고 있고, 될 대로 되라는 식으로 몸을
맡기고 있는 표도가 가끔 참지 못하고 한마디씩 하는 것이다.

그런 날이 계속된 지 오래였지만, 오늘따라 표도는 짜증이
나는지 목소리가 커졌다.

“야, 지겹지도 않냐? 벌써 몇 년째 이 짓거리를 하는데 질리
지도 않느냔 말이다!”

진인겸은 인상을 쓰며 대꾸했다.

“그만 떠들어. 숫자 세는 걸 또 까먹었잖아. 하는 수 없군.
또 처음부터 다시 세는 수밖에, 하나, 둘…….”

이들이 이 짓을 시작한 지 어언 백 년이라는 세월이 흘렀다.

호루스와 아서 일행, 그 외 그들과 관련 있던 사람들은 다 늙어 죽은 지 오래였건만, 진인겸은 검을 내려치는 것을 멈추지 않았다.

"넷, 다섯……."

"으아아아아아!"

표도는 머리를 쥐어잡고 절규했다. 설마설마 했지만 죽지 않는 불사신을 죽이겠다고 자신도 불사신이 되어 백 년이 넘게 난도질을 하는 인간이 있을 줄이야!

"으아아아, 돌아버리겠네! 뭐, 이렇게 질긴 인간이 다 있어! 너, 인간 맞냐? 혹시 거머리 아냐?"

그때였다. 웬일로 오래간만에 칼질을 멈추고 진인겸이 대꾸했다.

"나라고 지겹지 않은 것은 아니다."

"그럼 왜 계속하는 거야?!"

"달리 할 일도 없잖아."

"……."

"그럼 다시 시작한다. 하나, 둘, 셋……."

표도는 스스로 머리를 내려치는 진인겸의 칼에 박아대며 발광했다. 그러나 깨지는 머리는 순식간에 복원되고는 했다.

"차라리 죽여줘! 아니, 제발 죽여줘!"

"나도 그러고 싶다. 그런데 안 죽는 걸 어쩌겠냐."

"으아아아아아, 미쳐 버리겠다! 아니, 미치고 싶다!"

이렇게 오늘 하루도 무의미하게 보낸 진인겸은 표도를 도망치지 못하게 쇠스랑에 고정시키고 휴식에 들어가려 했다. 그런데 그때 수십 년 만에 이 동굴로 손님이 찾아왔다.

"어이, 아직도 그러고 사냐?"

방문한 손님은 다크 엘프인 히야신스였다. 그 역시 불사신이라 백 년 전과 다를 바가 없었다. 그를 포함한 3인의 다크 엘프는 자신을 쫓는 자인도 이제 없겠다, 호루스의 소개로 솔루토의 신전에서 연구를 하며 살고 있었다.

그의 방문에 표도는 반색하여 물었다.

"연구가 성공한 거요? 우리가 죽을 방법을 찾았소?"

죽는 것이야말로 그에게 있어 유일한 안식이며 바람이었다. 그러나 그의 바람과는 달리 히야신스는 고개를 저었다.

"아니."

"젠장!"

한탄하는 표도와 말은 안 하지만 실망하는 기색이 역력한 진인겸을 보며 히야신스는 이곳에 온 용건을 꺼냈다.

"아무래도 불사신을 무효로 하는 연구를 완성하려면 앞으로 최소한 수백 년은 더 걸릴 것 같아. 그래서 임시방편이랄까? 솔루토 신전에서 이걸 빌려왔네."

그가 내민 것은 세 개의 신물이었다.

"이걸로 봉인되어 있으면 연구가 완성될 때까지 푹 잠들 수 있지. 왜, 죽는 것을 영원한 잠이라고도 하잖아. 죽는 것과 별 차이 없다는 뜻이네."

히야신스는 진인겸과 표도를 둘러보며 의견을 물었다.

 해리수 표도의
도망자

"어떤가? 그렇게 계속 무의미한 짓을 하는 것보다는 낫지 않겠나?"

진인겸과 표도는 서로의 얼굴을 바라보았다. 원한이니 서로를 죽인다니 하는 것은 백 년이란 세월이 지나자 아무래도 상관없게 된 지 오래였다. 둘이 바라는 것은 그저 이 지겨운 둘의 관계를 청산하고 편해지고 싶을 뿐이었다.

"……."

"……."

서로 눈빛이 통하자 자연 뜻이 통했다. 백 년이나 함께 살다 보니 둘은 눈빛만 봐도 통하는 사이가 되고 말았다.

"좋아."

"그렇게 하지."

둘은 스스로의 의지로 봉인되어 수정에 갇혔다. 그리고 다시 길고 긴 세월이 흘러갔다.

3

해피해피점의 점원 라할 라코스키는 카운터의 앉아 긴 하품을 토해냈다. 찾아오는 손님이 거의 없어 한가하기 짝이 없다. 거기다 점주인 레리즈까지 중요한 일이 있다며 일주일이나 가게를 맡기고 사라진 상태라 특별히 뭐라 할 사람이 없었다.

덕분에 그는 오랜만에 찾아온 무료한 평화를 즐기고 있었다.

"너무 심심해도 좀 그렇군."

그는 생각하며 뭘 하며 시간이 때울까 고민했다. 그런데 그때 밖에서 마차 바퀴 소리와 함께 레리즈의 목소리가 들려왔다.

"라할! 빨리 나와봐!"

라할의 얼굴이 굳어졌다. 드디어 평화의 시간과 이별을 고할 때가 온 것이다. 그는 레리즈가 골치 아픈 문제를 만들어 오지 않았기를 기도하며 가게 밖으로 나왔다.

"무슨 일이에요?"

"마차의 물건을 가게 안으로 옮겨. 상처 나지 않게 조심해서."

라할은 어디서 팔 상품을 가져왔다 보다 생각하며 마차의 짐칸에 올라갔다. 그런데 실린 물건을 덮고 있는 휘장을 치운 그는 굳어지고 말았다.

"…이게 뭡니까?"

레리즈는 별걸 다 묻는다는 투로 대답했다.

"뭐긴 뭐야. 척 보면 몰라? 수정 아니야?"

물건이 수정이라는 것은 라할도 눈이 있으니 보고 있다. 수정이 모두 두 개가 있다는 것도 말이다. 문제는 그것이 아니었다.

수정은 엄청나게 컸다. 높이가 2미터에 달할 정도였다. 그정도도 충분히 놀랄 만했지만, 라할이 놀란 진정한 이유는 그수정 안에 들어 있는 존재였다.

“수정 말고 그 안의 것 말이에요!”

“사람이잖아. 너, 사람 처음 봐?”

그렇다. 수정 안에 있는 것은 사람이었다. 두 개의 수정에는 각기 한 명씩 사람이 들어 있었던 것이다.

“뭐 해? 빨리 옮기지 않고.”

레리즈의 재촉보다 라할은 지나가는 사람이 볼까 봐 일단 사람이 든 수정 두 개를 가게 안으로 옮겼다. 그리고 수정을 구석에 내려놓자마자 레리즈에게 따져 물었다.

“도대체 저 수정은 어디서 난 겁니까?”

“내가 아는 사람을 통해 구한 거지. 드래곤의 레어 유적에서 발굴했다나 봐.”

“저걸 어쩌려고요?”

“어쩌긴? 당연히 팔아야지.”

라할의 입이 벌어졌다.

“파, 팔자고요? 사람이 들어 있는 수정을?”

“그래, 나무의 수액이 오랜 세월 동안 굳어져 생긴 호박이란 보석 중에 가끔 벌레가 들어 있는 경우가 있는데, 그런 것은 다른 호박보다 몇 배나 비싸게 팔리지.”

레리즈는 수정을 두드리며 환하게 웃었다.

“그런데 이걸 봐. 이렇게 큰 수정에 사람이 통째로 들어 있다고. 벌레 따위가 들어 있는 호박과는 비교도 안 되지. 분명 엄청난 고가에 팔릴 것이 분명해!”

“……”

라할은 한숨을 내쉬었다. 아무리 돈에 환장한 레리즈이지만
설마 사람까지 팔려고 들 줄이야!

"점장님, 뭔가 잘못 생각하고 있는 것 같은데요. 이건 사람
이라고요. 당신의 말대로 벌레하고는 이야기가 다릅니다. 인
신매매나 다름없다고요."

레리즈는 뒷머리를 쓸어 넘기며 반박했다.

"말도 안 되는 소리. 살아 있는 사람을 팔아야 인신매매지,
저건 죽은 사람이잖아."

"죽은 사람이라도 시체 거래가 될 것 아닙니까? 불법이라는
것은 마찬가지입니다."

"괜찮아. 누가 뭐라고 하면 마네킹이라고 하면 되지 뭐. 안
에 들어 있는 것이 사람인지 아닌지 알 게 뭐야. 물론 살 사람
에게는 분명 사람이라고 할 테지만."

"……."

라할은 언제나처럼 레리즈의 결정을 바꿀 수 없었다. 결국
두 개의 수정은 상품으로써 해피해피점에 진열되는 신세가 되
었다.

"잘 닦아둬. 반짝반짝 빛나야 가치가 있어 보이는 법이니
까."

"예예."

레리즈의 지시에 대답하며 라할은 걸레로 수정을 닦았다.
그런데 그때 수정 안의 사람과 눈이 마주쳤다.

"어?"

"왜 그래?"

"수정 안의 사람이 절 노려본 것 같아서요."

"하하, 그럴 리가 없잖아. 기분 탓이야."

"뭐, 그렇겠죠?"

라할은 말하고는 닦는 것을 끝내자 레리즈는 수정에 가격표를 붙였다. 그리고 가게의 한쪽에 나란히 세워놓았다.

"하암~ 먼 길을 여행하느라 피곤하군. 나는 한숨 잘 테니까 가게 잘 보고 있어."

레리즈는 하품을 하고 이층의 방으로 올라갔다. 혼자가 된 라할은 다시 카운터에 앉았다. 그런데 자꾸 진열해 놓은 수정 안의 두 사람이 신경 쓰였다.

계속 곁눈질하며 보던 그는 뭔가 이상한 점을 발견했다.

'왼쪽에 있는 사람이 오른쪽 사람을 노려보고, 오른쪽 사람은 그 시선을 피하는 것 같은데?'

시험 삼아 왼쪽과 오른쪽을 바꿔보았다. 그러자 여전히 왼쪽에 있던 오른쪽 사람이 노려보고, 반대편은 시선을 피하는 느낌이다.

계속 이리저리 바꿔보던 라할은 곧 신경을 끄기로 했다.

"뭐, 아무려면 어떠랴!"

그 후에도 두 개의 수정 안의 두 사람, 진인겹과 표도는 오랫동안 가게 안에서 진열되었다. 그러나 레리즈의 기대와는 달리 좀처럼 사겠다는 사람은 나타나지 않았다. 그러다 보니 메겨진 가격표의 숫자는 갈수록 떨어져 갔고, 기분 나쁘다는 라할의 의견에 힘입어 마침내 창고에 처박히고 말았다.

하루는 라할이 식사 자리에서 우연히 생각나 말을 꺼냈다.

"그 두 사람 말인데요."

레리즈가 반문했다.

"두 사람?"

"수정 안의 두 사람 말이에요."

"그게 뭐?"

"둘은 어떤 인생을 살았을까요? 어쩌다 수정 안에 들어가게 되었을까요? 궁금하지 않으세요?"

"알 게 뭐야."

레리즈는 인상을 구겼다.

"그것들의 인생이 어찌 되었든, 팔리지 않는다는 시점에서 나에게는 쓰레기일 뿐이야."

아아, 인생무상이로다~

『해리수 표도의 도망자』終

Side story
열투 마법 상점가

가게에 웬 안내서 하나가 날아왔다. 발신지를 보니 상가번영회에서 보내온 것이라 즉시 레리즈에게 가서 보여주었다.

"이런 것이 왔는데요?"

"어디?"

봉투를 뜯어 안의 내용을 읽어본 레리즈가 돌연 나에게 물었다.

"온천 좋아해?"

좋다, 싫다를 떠나 가본 적이 없었다. 일찍 부모를 잃고 죽어라 마법만 공부했으니. 하지만 일일이 사연을 설명하고 싶진 않아 대충 대답했다.

"싫어하진 않는데요. 그런데 그게 어때서요?"

"다음 주에 온천에 간대."

레리즈는 말하며 나에게 안내서를 주었다. 받아서 읽어보니 다음 주에 친목 차원으로 상가 사람들끼리 2박 3일 온천 여행을 간다는 내용이었다.

온천 여행이라니 기대가 된다. 내가 좋아하는 눈치이자 레리즈가 물었다.

"가고 싶어?"

"가기 싫다면 거짓말이죠."

"그럼 너 혼자 갔다 와."

나는 놀랐다. 왜 가지 않겠다는 거지? 혹시 여기에는 엄청난 음모가 있는 건가? 여기 상가에서 하는 일인 데다가, 레리즈가 가지 않는다고 하니 의심이 고개를 쳐들었다.

"왜 가지 않는다는 겁니까?"

"가면 3일이나 가게를 문 닫고 있어야 하잖아."

레리즈다운 대답이라고 할 수 있지만 한 가지 문제가 남아 있었다.

"그럼 나는요?"

나는 가도 좋다는 것이 이상하다. 일 때문에 못 가는 거라면 '나는 일하는데 너만 놀겠다는 거야? 너도 절대 못 가!' 라고 해야 정상이지 않는가.

"너는 가도 돼. 가기 전에 해야 할 일 처리해 놓고, 갔다 와서 밀린 일 처리하면 되니까. 물론 비우는 3일간의 봉급은 제하겠지만."

확실히 그렇게 하면 레리즈는 내 3일치 봉급만큼 이익을 보는 것이겠지. 하지만 나는 일은 똑같이 하는 데다가 3일치 봉급까지 깎인다. 아니, 게다가 여행비도 문제군. 재정적으로 곤란해지긴 하는데 모처럼의 여행 기회를 버리긴 아까우니…….

"여행비는 어떻게 되는 거죠?"

"아, 그건 우리 가게가 번영회에 내는 회비로 처리하게 되어 있어. 그러니까 너는 사실상 공짜라 이거지."

그런 소리를 들으니 더욱더 포기하기 어려워지는군. 그런데 레리즈는 시큰둥한 표정으로 내 기대에 초를 쳤다.

"너무 많이 기대하진 마. 상가번영회에서 매달 회비 걷어가는 것을 혼자 다 먹는다는 소리 듣지 않기 위해서 간신히 구색을 채우는 여행이니까. 즉, 싸구려라는 것이지. 그래도 갈 거야?"

지금까지 제대로 된 여행이라고는 어렸을 때 마법학원에 입학하러 가던 것과 마법학원에서 여기 상점가로 연수하러 오던 것, 달랑 이 2번이 전부인 나다. 아무리 싸구려라고 해도 온천 여행을, 그것도 공짜로 할 수 있다는 것이 어디냐.

"갑니다, 가야죠."

그 후 일주일 동안 나는 휴일도 없이 바쁘게 지내야 했다. 여행 전의 필요한 일처리를 끝내놔야 했기 때문이다. 하지만 처음으로 하는 온천 여행을 기대하며 불평 하나 없이 열심히 일했다.

그리고 마침내 여행날이 다가왔다!

아침 일찍 일어나 가게 앞 청소를 끝내고 짐을 챙긴 나는 집합 장소인 상점가의 중심의 분수광장으로 달려갔다. 그런데 막상 도착해 보니…….

"얼레?"

의외로 사람이 적다. 우리 상점가의 규모나 체육 대회 때의 일을 생각해 보면 수천 명은 모여 있어야 할 텐데, 광장에 모여 있는 사람은 오십 명이 채 되지 않았다.

'너무 빨리 왔나?'

하긴 예정 시간에 아직 한 시간이나 남아 있으니. 나는 벤치에 앉아 기다렸다. 시간이 흐르자 조금씩 모이는 사람 수가 늘어났다. 하지만 여전히 백 명 정도에 불과했다.

'이상한데? 장소를 착각했나?'

그때 나를 부르는 소리가 들렸다.

"라할."

돌아보니 우지 씨가 있었다. 나는 반가워하며 물었다.

"우지 씨도 여행인가요?"

"뭐, 그렇지. 아이들에게 서비스를 할 겸."

그러고 보니 우지 씨의 양쪽에는 4, 5살쯤 되어 보이는 어린 아이 두 명이 있었다.

"우지 씨 아이예요?"

"그래."

우지 씨는 아이들을 소개했다.

"헨젤과 그레텔이라고 하네. 밑으로 하나가 더 있는데 여행을 하기에는 너무 어려서 놓고 왔지."

이런 아이들을 마린다가 낳았다니 믿기 힘들군. 어찌 되었든 나는 아이들에게 인사했다.

"안녕, 난 라할이라고 해."

아이들도 귀엽게 인사했다.

"안녕!"

일단 우지 씨까지 아이들과 함께 온 것을 보니 장소나 시간을 착각한 것은 아닌 모양이다. 그런데 왜 이렇게 사람이 적은 거지?

"사람이 생각보다 적네요?"

"그렇지? 다들 3일이나 가게를 쉴 수 없다고 안 가려고 해서 말이야. 내 아내 역시 가게를 열고 남아 있지."

다들 레리즈와 같은 생각인 모양이군. 역시 이 상점가 사람들은 너무 돈독이 올랐다. 하긴 뭐 어때? 남들 일할 동안 나는 온천에서 푹 쉬기나 하자.

"아빠! 아빠!"

그때 우지 씨 아이들의 소리가 들렸다. 뭔가 하고 보니 아이들이 광장 한쪽에 있는 사탕 가게를 보고 조르는 것이었다.

"아빠, 사탕 먹고 싶어."

"밥 먹은 지 얼마 되지 않았잖아. 그리고 그런 거 너무 먹으면 이 썩어요!"

"히잉!"

아이들은 울 것 같은 얼굴이다. 보고 있자니 안돼 보이기도 하고, 시끄럽기도 해서 나는 우지 씨에게 슬쩍 물었다.

"제가 사줘도 될까요?"

"그럼 고맙지만……."

우지 씨는 미안해하며 물었다.

"괜찮겠나?"

"괜찮습니다."

여행 때 쓰려고 준비해 온 돈이 있으니까. 나는 아이들을 데려가 사탕을 사주었다. 아이들은 좋아하며 나에게 안겼다.

"형아, 고마워!"

"오빠, 정말 좋아!"

그런 소리를 들으니 나쁘지는 않는 기분이다.

얼마 후, 광장으로 대형 마차 여러 대가 들어왔다. 이어 여행사 직원이라는 사람이 나타나 소리쳤다.

"온천 여행에 참가하실 분, 줄을 서서 모여주시기 바랍니다!"

나는 우지 씨 가족과 함께 줄을 섰다. 상가번영회 사람은 이름을 확인하고는 사람들을 바로 대형 마차에 태웠다. 첫 번째 마차에 사람들이 모두 채워지자마자 그 마차는 곧바로 출발했다. 이어 다음 마차도 같은 식인 것이, 뭔가 엄청 서두르는 느낌이다.

나와 우지 씨 가족은 세 번째 마차에 탔는데, 이 마차도 곧바로 출발했다. 그런데 마차가 도시를 벗어나고부터 엄청나게 덜컹거리기 시작했다. 요즘 마차는 충격을 흡수하기 위한 장

  해리수 표도의
도망자

치가 있는 게 보통인데, 이 마차는 그런 것도 없는 구식인 모양이다. 아직도 갈 길이 멀었는데, 목적지에 도착할 때까지 엄청 험난할 것 같은 기분이 들었다.

그런 생각이 들자마자 바로 문제가 생겨났다. 우지 씨의 두 아이가 징징거리기 시작한 것이다.

"아빠, 엉덩이 아파!"

"좀 참아."

"못 참겠어!"

주변 승객들은 조용히 좀 하라는 시선이 역력했다. 그 시선 안에는 나까지 포함되어 있었다. 뭔가 해결책을 찾아야 할 것 같다.

"아이들을 우리 무릎 위에 앉히는 것이 어떨까요? 그편이 딱딱한 좌석보단 나을 것 같은데."

"그것 좋은 생각이군."

그렇게 해서 나와 우지 씨는 각각 아이 하나씩을 맡아 무릎 위에 앉혔다. 처음에는 아이들이 무거워봤자 얼마나 무겁겠나 생각했는데, 시간이 갈수록 장난이 아니었다. 덜컹거리는 마차와 위에서 누르는 아이의 무게가 합쳐지니 그 괴로움이 배가되었다.

"괜찮나?"

우지 씨가 물었다. 그러나 이 상황에서 힘들어서 못해먹겠다고 할 수는 없었기에 억지로 웃어 보이며 대답했다.

"괜찮습니다."

젠장! 허리도 아프고… 다리도 아프고… 거기다 좀 쉰다고 휴게소에 도착해서 좀 쉴까 했더니 아이들이 이것저것 사달라고 떼를 쓰기 시작했다. 그런데 어떻게 된 것이 아버지인 우지 씨에게 조르는 것이 아니라 나한테 그러는 것이었다.

'이 녀석들?!'

아이들의 눈빛을 보는 순간 깨달았다. 상점가에 와서 봉 취급을 받던 나날들의 경험이 말해주고 있었다. 이 녀석들이 날 봉으로 보고 있다는 사실을!

아무래도 사탕을 사준 것이 실수였다. 영악한 아이들은 내가 만만한 인간이라고 판단한 것이 틀림없다. 역시나 세라 상점가의 아이들이라 이건가? 지들 어미는 내가 상점가에 오자마자 바가지를 씌우더니, 자식까지 날 뜯어먹겠다는 것이냐!

그러나 사실을 안다고 해서 해결될 문제가 아니었다. 어른들이 말로 속이는 사기꾼이라면, 아이들은 강제로 뺏어가는 강도나 다름이 없다. 애교 작전에 안 넘어가자 울며불며 난리를 치기 시작했다.

'우지 씨!'

나는 우지 씨에게 구원의 눈길을 보냈다. 아니, 구원이 아니라 원래 당신 아이들이니까 당신 책임이잖아!

그러나 우지 씨는 슬그머니 내 눈길을 피하더니 화장실에 간다고 도망쳐 버렸다. 결국 주변의 시선과 아이들의 시끄러움을 견디다 못해 사주었다.

"헤헤, 고마워요."

원하는 것을 얻자마자 언제 그랬냐는 듯 천진하게 웃는 아이들의 얼굴. 그러나 전과는 달리 전혀 귀엽게 보이지 않았다.

'가증스런 놈들!'

우지 씨는 마차가 출발하기 직전에서야 돌아왔다. 그는 아이들이 내가 사준 것을 먹고 있는 것을 보자 헤헤 웃더니 말했다.

"이거 미안해서 어쩌나?"

누가 부모자식 아니랄까 봐!

'가증스런 인간!'

그러나 여행은 이제 겨우 시작일 뿐이었다.

2시간이나 걸린 여정 끝에 마침내 목적지인 온천지에 도착했다. 아아, 드디어 피로를 풀고 푹 쉴 수 있겠구나 했더니 이게 웬걸? 도착한 것은 온천이 아니라 물건을 파는 점포였다.

"안녕하십니까, 여러분. 이곳은 우리가 즐기게 될 온천지에서 난 특산품 판매점입니다. 산지에서 만들어진 물건이 곧바로 이곳으로 배송되기 때문에 가격도 싸고 믿을 만한 물건만을 판매합니다."

언제 나타났는지 종업원이 떠들기 시작했다. 나는 어처구니가 없었다.

'뭐야, 이거?'

나도 상점가에서 몇 날을 지내다 보니 많은 것을 알게 되었다. 이건 분명 여행사가 점포에 일정한 돈을 받고 여행객을 들러 물건을 사게 한다는 것이 아닌가!

종업원은 계속해서 상품에 대해 떠들어댔다. 지겹고 피곤해서 빨리 가고 싶어서 마차를 몰던 기사에게 가서 물었다.

"언제 다시 출발합니까?"

그러자 기사가 하는 소리가…….

"2시간 후입니다."

"……."

주변을 둘러보니 덜렁 점포 하나 있고, 주변에는 이렇다 할 것이 아무것도 없었다. 즉 여행객이 2시간 동안 할 것이라고는 물건을 사는 것 외에 없다는 것이다. 사실상 강매와 다를 것이 없다.

따져야겠다고 생각하고 다시 점포 안으로 들어갔다. 그런데 안에서는 심상치 않은 일이 벌어지고 있었다.

"헤에, 이게 그렇게 좋단 말이지? 하나 사도록 하지."

한 여행객이 건강식품이라는 것을 사더니 곧바로 포장을 뜯고 안의 것을 먹었다. 그런데 돌연 안색이 변하더니 소리치는 것이었다.

"엑, 뭐야? 안에 파리가 들어 있잖아!"

그 사람은 안의 내용물 속의 파리를 꺼내 모두에게 보였다. 다들 화를 내며 어떻게 이딴 것을 파느냐고 항의했다.

"여러분, 진정해 주십시오!"

종업원이 수습에 나서는데 또 한 사람이 소리쳤다.

"아니, 이걸 봐! 이곳이 산지라고 하더니 여기 옆 나라 생산 지명이 쓰여 있어! 싸구려를 국산으로 속인 거야!"

한바탕 난리가 벌어졌다. 상황이 악화되자 종업원이 급히 나가더니 잠시 후, 여행사 직원이 달려왔다.

"여러분, 즉시 다음 일정으로 가겠습니다. 모두 마차에 탑승해 주십시오."

원래 일정인 여기서 2시간 죽치는 것이 20분으로 줄어버렸다. 어찌 되었든 잘되었다고 생각하고 마차에 탔는데, 가는 도중 주변 사람들이 히죽히죽 웃는 것이었다. 이어 파리가 들어갔다고 소리친 사람에게 다들 엄지손가락을 치켜세우며 칭찬했다.

"잘하셨습니다."

대충 상황이 짐작되기 시작했다. 아까 점포에서 벌어진 일은 다 계획된 것이었다. 하긴 여기 탄 인간들은 모두들 세라 상점가에서 장사를 하는 인간들, 여행사의 횡포 따위에 쉽게 넘어갈 자들이 아니지.

나 역시 피식 웃음이 나왔다. 왠지 상점가 사람들의 결속을 보는 것 같은 느낌이랄까? 하지만 여행사 역시 만만한 것이 아니었다.

얼마 후, 우린 숙소에 도착했다. 그런데 여행 전에 들은 것과는 완전히 천지 차이였다. 고급 호텔이라고 하더니, 완전히 싸구려 여관인 데다 한방에 무려 10명씩이나 들어가게 되어 있는 것이 아닌가!

항의를 하니 하는 여행사 직원이 한다는 소리라는 것
이…….

"뭔가 착오가 있는 것 같군요."
그에 우지 씨가 물었다.
"뭐가 착오라는 거요?"
"여기 간판을 보십시오."
고개를 들어 보니 싸구려 여관의 간판에 쓰인 이름이…….

고급호텔.

…이었다.
어이없어 하는 우리를 보며 여행사 직원이 말했다.
"굳이 현재 숙소가 마음에 들지 않는다면 바꿔 드릴 수도 있
습니다. 단, 그에 해당하는 추가 요금을 내서야 합니다."
내야 한다는 추가 요금은 터무니없이 비쌌다. 한 사람 추가
요금만으로도 충분히 괜찮은 호텔에 묵을 수 있는 액수라고
따지자 여행사 직원은 이렇게 대답했다.
"현재 숙소에 위약금을 내야 하니 어쩔 수 없습니다."
우리는 이를 갈며 숙소로 돌아갔다. 원래 예정보다 1시간
반이나 일찍 숙소로 왔기에 특별히 할 일도 없었다. 온천에 가
려고 해도 이곳 여관의 온천이라는 곳이 겨우 10명 들어가면
꼭 찰 정도라 순서대로 들어가려면 몇 시간은 기다려야 한다
고 했다.

화가 치밀어 올랐다. 뭔가 강한 항의가 있어야 하지 않느냐
고 같이 여행 온 일행에게 말하자 그들은 씩 웃고는 말했다.

"걱정 마. 좀 기다려 보라고."

그리고 한 시간쯤 지난 후, 여관의 일층에서 연기가 치숫아
오르기 시작했다.

"불이야!"

난 깜짝 놀라 다른 사람들과 함께 밖으로 나왔다. 밖에서 찬
바람을 맞으며 발을 동동 구르고 있는데, 여관 직원들이 나와
연기가 나긴 하는데 어디서 화재가 났는지 알 수 없다고 했다.

"뭐야, 그게?"

어찌 되었든 불난 곳에서 잘 수는 없는 노릇이다. 새로운 숙
소를 찾아야 할 텐데, 여행사 직원은 올 줄 모른다. 그때 한 사
람이 소리쳤다.

"언제 올지 모르는 여행사 직원을 마냥 기다릴 순 없습니다!
일단 주변의 다른 호텔에 자리를 잡기로 합시다!"

"옳소!"

그 사람을 따라 모두들 근처의 호텔로 갔다. 전의 여관과는
비교도 안 되는 시설이었다. 한방에 두 명씩 묵고, 온천도 얼마
든지 들어갈 수 있었다.

'이제야 제대로 된 여행 같네.'

그렇게 생각하며 온천에 들어가려 하는데, 여행사 직원이
그제야 헐레벌떡 달려왔다.

"아니, 이런 식이면 곤란합니다!"

우리 일행은 따졌다.

"곤란한 것은 당신이지! 아무리 기다려도 오지 않았지 않소!"

"어쨌든 다른 호텔로 옮기셨으니 추가 요금을 내셔야겠습니다."

"못 내! 애초에 원인은 당신들이 불이나 나는 여관을 숙소로 잡았기 때문인데 왜 우리가 돈을 내야 해!"

그때 옆에서 우지 씨가 중얼거리는 소리가 들렸다.

"맞아, 원인은 여행사지. 그런 여관에 묵게 하니까 가짜로 불을 지를 수밖에 없는 거잖아."

"……."

혹시나 했는데 역시나였군. 좀 너무한 감이 있지만 쌤통이라는 생각에 지켜보고 있는데, 여행사 측과 우리 일행 사이의 싸움은 갈수록 언성이 높아졌다. 호텔 로비에서 고함 소리가 오가자 구경꾼이 모이고 다른 투숙객들의 항의가 이어졌다.

이거 나 혼자만 온천에 들어갈 분위기가 아니었다. 결국 싸움은 우리 일행의 배 째라는 식의 행동에 여행사 직원이 어쩌지 못하는 것으로 끝이 났지만, 나 역시 편히 온천을 즐기지 못하고 말았다.

'에휴~ 내일은 괜찮으려나?'

이런 생각을 하며 피곤했던 하루 일과를 마치고 잠을 청했다.

다음날 아침이 되자마자 나는 드디어 온천에 들어가고 말리라는 생각을 하며 일어나 아침을 먹고 준비를 했다. 그런데 막 온천에 가려고 하는데 우지 씨가 와서는 부탁을 하는 것이었다.

"미안, 급한 일이 있어서 그러는데 잠시 아이들 좀 맡아주면 안 될까?"

윽! 솔직히 거절하고 싶다. 그러나 우지 씨가 안 해주면 죽기라도 할 것처럼 애원을 하니 도저히 거절할 수가 없었다.

"알았어요."

에휴~ 온천에는 아이들과 같이 들어가야겠군. 그러나 그렇게 생각한 것도 잠시, 문제가 발생했다. 이놈의 아이들이 죽어라 목욕을 싫어하는 것이었다!

결국 끌려가다시피 해서 온천 대신 근처에 있는 놀이 시설에 가기로 했다. 이곳은 관광지답게 놀이 시설이 있었다. 그런데 역시 관광지답게 요금이 더럽게 비쌌다!

"저거 타고 싶어!"

"탈래! 탈래!"

엄청난 가격에 놀라 입이 벌어진 나에게 아이들이 태워 달라고 졸라댔다. 남의 애만 아니면 확 패버리고 싶다!

결국 주변의 시선과 아이들의 조르기에 견디지 못하고 이것저것 태워주고 사주고 하다 보니 가지고 온 돈이 바닥이 나버렸다. 월급으로는 부족해서 학생 때 아르바이트해서 모은 돈을 큰맘 먹고 꺼냈는데, 나 자신을 위해서는 한 푼도 못 쓰고 아이들에게 다 뜯겨 버린 것이다!

거기다 아이들 뒤치다꺼리를 하려니 놀이 시설에 와도 즐겁

 해리수 표도의
도망자

기는커녕 쌓이는 것을 스트레스뿐이다. 으아~ 돌아가고 싶어!

더 놀겠다는 아이들을 간신히 설득해서—정확히는 아무리 말로 해서 안 되자 솔직히 빈 지갑을 보여주니 김샜다는 표정으로 허락했다—호텔로 돌아왔다. 그런데 문제는 호텔에서도 발생하고 있었다. 여행사 직원이 우리 일행을 불러놓고 숙소를 옮길 것을 요구하고 있었다.

"화재 문제가 해결되었습니다. 그러니 다시 원래 고급호텔로 돌아가겠습니다."

당연히 우리 쪽에서는 그딴 싸구려 여관으로 돌아가고 싶지 않았다. 가라, 못 간다로 어제 있었던 싸움의 이차전이 벌어졌다. 이번에도 우리 쪽의 배 짼다고의 승리로 끝날 줄 알았는데, 우리가 묵은 호텔 측에서 나가 달라고 요구했다.

명목상은 다른 손님들에게 폐가 된다는 것이었는데, 그보다는 여행사 측과 뭔가 오간 것이 있는 것으로 보였다. 호텔의 요구에 우리는 어쩔 수 없이 나왔는데, 그렇다고 싸구려 여관으로 돌아가진 않았다.

우리가 향한 곳은 여행사 회사 건물이었다. 그날 밤은 회사 건물을 점거하고 시위를 벌이며 밤을 새웠다. 여행사라고 가만있지 않아서 몸싸움에 욕에… 하아~ 더 이상 말하고 싶지 않다.

어찌 되었든 그러다 보니 여행 일정은 끝이 나버렸다. 온천 여행이라고 와서는 온천에 발 한 번 담가보지 못한 여행이었

다. 녹초가 되어 반쯤 넋이 나가 돌아온 나를 보고 레리즈가
피식 웃더니 말했다.

"어디 전쟁터라도 갔다 온 얼굴이네."

나는 대답 대신 터덜터덜 2층으로 돌아가 침대에 몸을 눕혔
다. 나의 머릿속에는 오직 쉬고 싶다는 생각뿐이었다.

그러나 여행은 이것으로 끝난 것이 아니었다. 얼마 후, 여행
사 측에서 청구서가 날아왔다. 멋대로 묵은 호텔의 숙식비와
회사 점거에 대한 손해배상 청구였다.

물론 그 고생을 하고 또 돈을 지불하고 싶은 생각은 추호도
없었다. 같이 여행에 참가했던 다른 사람들도 마찬가지라 우
리는 모여 피해자 모임을 결성하여 여행사를 고소했다. 법정
공방은 그 후 오랫동안 계속되었다.

그리고 나는 레리즈에게 물어보았다.

"알고 있었어요?"

"뭘?"

"내가 이 지경이 될 줄 알고 있었냐고요."

"뭐, 전혀 짐작하지 못한 것은 아니지. 애초에 내가 말했잖
아. 그렇게 기대하지 말라고."

하긴 레리즈는 분명히 충고하긴 했다. 그런데 한 가지 의문
이 드는 것이 있다. 나야 처음이라 뭘 모르고 참가했다고 해도
다른 상가 사람들은 왜 참가한 것일까?

내 의문을 듣자 레리즈도 긍정하며 말했다.

“그러게 말이야. 분명 다들 알고 있었을 텐데, 상가에서 여
행 보내준다고 하면 꼭 어느 정도 사람들이 모이는 것이 신기
하단 말이야. 공짜 여행이 그렇게 좋은 건지, 아니면 여행이란
것이 사람을 들뜨게 만드는 건지……..”

복수는 스스로를 망친다

머리가 지끈거리고 아프다. 손으로 이마를 누르려 했지만 손이 움직이지 않는다. 대체 나에게 무슨 일이 생긴 거지?

정신을 차리고 눈을 뜨자 처음 보는 장소였다. 그리고 나는 의자에 사지가 묶여 있었다.

"정신 차렸나?"

말소리에 고개를 돌리니 한 남자가 날 바라보고 있었다. 그 남자는 아까 길거리에서 나에게 길을 묻던 사람이다.

어떻게 된 일인지 파악이 되었다. 레리즈의 심부름을 다녀오는 길에 이 사람은 나에게 해피해피점이 어디냐고 물었다. 어차피 가게로 돌아가는 길이니 따라오라고 해서 함께 가다가 돌연 머리를 얻어맞았다.

즉, 나는 납치를 당한 것이다. 나는 남자를 노려보며 물었다.

"왜 날 납치한 거요? 돈이라면 없습니다."

남자는 웃으며 대답했다.

"난 납치한 것이 아니야. 그저 너와 단둘이 이야기할 기회를 만든 것뿐이지. 레리즈의 눈을 피해서 말이지."

나는 흠칫 놀랐다.

"레리즈와 아는 사이입니까?"

"알지, 잘 알다마다. 난 네가 오기 전의 해피해피점 점원이었으니까."

그렇다면 내 선배? 말로만 들었던 전 점원을 이런 식으로 만날 줄이야. 그 사람은 자신을 소개했다.

"내 이름은 히야신스. 만나서 반갑네, 라할 군."

내 이름까지 알고 있다. 대체 이 사람은 무슨 목적일까?

"목적이 뭡니까?"

"널 동료로 삼고 싶다."

"예? 함께 모험이라도 하자는 겁니까?"

"아니, 복수다. 나와 함께 레리즈에게 복수하자."

"……!"

나는 크게 놀랐다. 복수라니? 히야신스의 눈은 그 말이 결코 헛소리가 아님을 보여주고 있었다. 그는 살기를 노골적으로 보이며 말했다.

"나도 그 마녀 밑에서 일했으니 잘 알고 있다. 넌 박봉에 노동력을 착취당하고 있지? 거기다 온갖 불법적인 일에까지 관여해야 하고 말이야. 죽여 버리고 싶을 정도로 밉지?"

확실히 미운 적이야 부지기수였다.

"하지만 그렇다고 살인까지 저지르는 건 좀……."

"아직 뭘 모르는군. 넌 계약 기간인 3년만 참으면 된다고 생각하는 중이지?"

정곡이다.

"그 여자가 그렇게 만만한 여자인 줄 아나? 그 마녀는 돈이 되는 건수는 절대 포기하지 않아. 긁어낼 수 있는 한계까지 긁어내야 만족하지."

그는 돌연 물었다.

"넌 내가 왜 점원 일을 그만두었는지 궁금하지 않나?"

"워낙 노동 조건이 열악해서가 아닙니까?"

"하하, 그건 내가 그만두고 싶은 이유였지. 하지만 마녀는 날 놓아주지 않았어. 내가 점원을 그만둔 것은 내가 원해서가 아니라 레리즈가 날 팔아치웠기 때문이다!"

"……!"

나는 경악했다.

"파, 팔았다고요?"

"그래, 남자를 밝히는 귀부인에게 말이야. 계약 기간도 끝나가겠다, 부담없이 날 상자에 집어넣더니 소포로 보내 버리더군. 귀부인의 저택에서 지난 일 년 동안 성노예로 지내다가 최근 간신히 탈출했다."

히야신스는 이를 바득바득 갈며 말했다. 그의 표정과 레리즈의 평소 하는 짓을 보아 그의 말은 상당히 신빙성이 있다는 현실에 눈앞이 캄캄해졌다.

"너도 이대로 있다가는 착취당하다 결국 팔릴 것이다. 당하기 전에 이쪽에서 먼저 해치울 수밖에 없다. 하지만 나나 너나 혼자서는 그 마녀를 당할 수 없어. 그러니까 힘을 합칠 수밖에 없지."

나는 망설였다. 당하기 전에 해치워야 한다니. 평소 나하고는 관계없는 세상에서나 통할 말에 혼란스러웠다.

히야신스는 내가 해치운다는 말에 거부감을 느끼는 것을 눈치 챘는지 말을 바꾸었다.

"꼭 그 여자를 죽일 필요는 없어. 뭐, 죽인다고 죽을 여자도 아니지만 말이지. 또한 자네가 할 일은 아주 간단하네. 원숭이도 할 수 있는 일이지."

"원숭이도 할 수 있는 일?"

"그래, 내가 원하는 것은 그저 네가 이걸 가게 안에 설치해 주길 바랄 뿐이야."

그는 말하며 조그만 상자 하나를 보였다.

"그게 뭡니까?"

"폭탄이지. 자넨 이걸 가게 안에 슬쩍 넣고 나오면 된다네."

"포, 폭탄?!"

히야신스는 사악한 웃음을 지었다.

"가게가 박살 나면 자네의 노예 계약도 무효가 되지. 자넨 자유를 얻고, 난 복수를 하고, 사악한 마녀는 천벌을 받는 것이지."

그는 내 밧줄을 풀고는 폭탄을 내 손에 쥐어주었다.

"자, 마녀는 천벌을 받고, 자네는 자유를 얻는 것이네. 마녀는 천벌을 받고, 자네는 자유를 얻는 것이네. 마녀는 천벌을 받고, 자네는 자유를 얻는 것이네……."

계속 반복되는 그의 말이 나의 머릿속으로 파고들었다. 나는 나도 모르게 그의 말을 따라 하기 시작했다.

"마녀는 천벌을 받고, 나는 자유를……."

그때였다. 폭발음과 함께 한 사람이 나타났다.

"이게 어디서 땡땡이야!"

나는 퍼뜩 놀라 정신을 차리고 돌아보았다. 그곳에는 레리즈가 화가 난 표정으로 서 있었다. 히야신스는 기겁을 했다.

"레, 레리즈!"

"어?"

레리즈는 히야신스를 보더니 반가워했다.

"어머, 히야신스 아냐? 이거 오랜만이네. 그동안 잘 지냈어?"

히야신스는 분노하며 이를 갈았다.

"잘 지냈냐니? 그게 지금 네 입으로 할 말이냐? 날 어떻게 했는지 벌써 잊었단 말이냐!"

"어떻게 했는데?"

"날 팔아치웠잖아!"

레리즈는 피식 웃고는 반박했다.

“팔다니, 난 네가 하도 월급이 짜다고 툴툴대기에 월급 많이 주는 직장을 소개시켜 줬을 뿐이야.”

참 내가 듣기에도 어처구니가 없는 핑계다. 히야신스도 분통을 터뜨렸다.

“지금 그걸 말이라고!”

“그러는 넌 어떤데? 멋대로 이 전 세계 국가 지배자들의 정신을 조종하여 세계 전쟁을 일으키려 했잖아.”

허걱! 그게 정말이야? 나는 놀라 히야신스를 쳐다보았다. 그런데 히야신스가 내놓는 핑계도 레리즈 못지않았다.

“난 그저 내가 개발한 신병기의 성능을 시험하고, 연구비를 많이 받아내고 싶었을 뿐이야! 네가 대주는 돈은 너무 짰단 말이다! 과학 발전을 위해 몇만 명 정도 죽으면 좀 어때서! 그 덕분에 수억의 미래가 더 편해질 수 있단 말이다. 대를 위한 작은 희생은 불가결하다는 사실도 모르는 어리석은 여자 같으니!”

어처구니가 없다. 지금 그걸 말이라고! 이 히야신스란 인간은 레리즈 못지않은, 아니, 그 이상으로 제정신이 아니었다.

레리즈는 코웃음 치더니 한 손에 푸른 불꽃을 만들어냈다.

“헛소리 작작하시지. 오랜만에 찾아와서 일자리를 찾고 있다기에 네 기술을 봐서 점원 겸 상품 개발 일을 맡겼더니 멋대로 사고를 치고는 나에게 복수까지 하겠다니, 더 이상 용서하지 않겠다.”

히야신스도 지지 않았다. 옆에 있던 소형 대포 같은 것을 레리즈에게 겨누었다.

"나야말로 용서할 수 없다. 그래도 친구라고 찾아갔더니 하루 18시간 노동을 착취하고, 연구비도 제대로 안 주더니, 급기야 날 팔기까지 하다니. 하긴 넌 내가 봉인될 때도 구하기는커녕 치사하게 혼자만 도망쳤지!"

대충 상황이 짐작되기 시작했다. 정리해 보자면 이러했다.

1. 레리즈와 히야신스는 친구였다.
2. 히야신스는 일자리를 찾아 레리즈에게 찾아갔다.
3. 레리즈는 일을 시켜준다며 히야신스를 착취했다.
4. 히야신스는 부족한 연구비와 힘든 노동에 불만을 가지고 세계 전쟁을 일으키려 했다?(이 부분이 뭔가 제정신에서 어긋난 것 같다.)
5. 그걸 눈치 챈 레리즈는 히야신스를 노예로 팔아버렸다.(이 여자도 제정신이라고 볼 수는 없다.)
6. 봉인이니 하는 것은 무슨 소린지 아직 모르겠다.

결론. 둘 다 제정신이 아니다.

어찌 되었든 친구에서 원수지간이 된 둘은 싸우기 시작했다. 히야신스는 소형 대포의 레버를 잡으며 외쳤다.

"반경 10킬로미터를 완전히 소멸시키는 반물질포다. 아무리 너의 대마력으로도 이건 막을 수 없다!"

자, 잠깐, 반경 10킬로? 그럼 나까지 죽는 거잖아! 그런데 레리즈 쪽도 만만치가 않다.

"후후, 이 마법은 초고중력으로 블랙홀을 만들어 모든 존재를 집어삼킨다. 최대 출력이면 별조차도 멸망시킬 수 있지."

히야신스는 웃었다.

"그것 재미있군. 반물질과 고중력, 어느 쪽이 위인지 한번 시험해 볼까?"

레리즈도 웃었다.

"바라는 바다."

바라긴 뭘 바라! 다 죽이고 끝내자는 거야, 뭐야! 막장 전개냐? 히야신스가 반물질포의 레버를 당기려는 순간, 나는 보다 못해 옆의 의자를 집어 들어 그에게 내려쳤다.

"그만둬!"

퍽!

"꽥!"

히야신스는 비명을 지르며 기절해 버렸다. 의외로 싱거운 결말이었다.

"오오! 잘했어."

레리즈는 박수를 쳤다. 그리고는 날 묶었던 밧줄을 집어 히야신스를 꽁꽁 묶었다.

"이 위험 인물은 빨리 처리하는 것이 좋겠다."

나도 동감이다. 당신 역시 만만치 않은 위험 인물이긴 하지만.

"어떻게 할 거예요?"

"나에게 맡겨."

레리즈는 히야신스를 마차에 싣더니 근처 호수로 갔다. 그리고 바위에 묶더니 그대로 호수로 던져 버렸다.

"그럼 안녕."

나는 깜짝 놀랐다. 아무리 그래도 산 채로 수장이라니!

"너무한 것 아닙니까? 살인이라니!"

"괜찮아, 히야신스 녀석은 약골이긴 하지만 불사신이니까."

불사신인데 약골? 뭔가 이상한 괴리가 있긴 하지만 정말인가 해서 마법으로 호수 밑을 보니 정말로 죽지 않고 살아 있다. 정말로 불사신? 그러고 보니 레리즈는 수천 년 전의 성마 전쟁 때 레드몬드와 싸웠다고 했지.

그럼 그녀도 불사신? 아니, 너무 깊게 생각하지 말자 골치만 아파진다.

"가자. 너무 오래 가게를 비워두었어."

레리즈의 재촉에 나는 그녀와 함께 가게로 돌아갔다.

그 후 나는 가끔 사람들을 통해 소문을 듣는다. 조용한 한밤중에 호수에 배를 타고 나오면 어디선가 살려 달라는 귀신의 소리가 들린다는 것이다.

그 소문을 들을 때마다 나는 생각한다.

'그 인간, 아직도 살아 있네.'

레리즈가 카운터에 턱을 괴며 중얼거렸다.

"하아~ 요즘 통 손님이 안 오네."

상품 진열한 것을 정리하며 내가 대꾸해 주었다.

"요즘 불황이라고 하니 어쩔 수 없지요."

"뭔가 확 손님을 끌 아이디어 없을까?"

글쎄요. 그게 말한다고 바로 확 떠오를 것 같지는 않습니다
만…… 그런데 갑자기 레리즈가 손가락을 팅기며 말했다.

"그래! 적립식 점수 같은 걸 만들면 어떨까?"

"적립식 점수?"

"그래, 일정 금액 이상을 사용하면 엉덩이를 만지게 해준다
든가, 가슴을 보여준다든가……."

가게를 윤락업소로 만들 생각입니까? 아니, 그보다 아무리 돈이 좋다고 해도 돈에 자기 자신을 팔 생각입니까? 도덕적으로 도저히 묵과할 수가 없어 물었다.

"여자로서 수치심 같은 거 안 생깁니까?"

"좀 기분이 나쁘겠지만, 그거야 한순간이고 돈은 영원한 거잖아."

나는 레리즈의 심각한 물질만능주의를 그냥 넘어가서는 안 된다는 생각이 들었다.

"이런 이야기가 있습니다. 배에 부자와 지식인이 타고 있었습니다. 그런데 배가 전복되었지요. 부자는 탈출할 때 자신이 가진 그 많은 재산을 모두 놓고 갈 수밖에 없었지만, 지식인은 머릿속의 지식을 그대로 가지고 탈출할 수 있었지요."

돈보단 지식을 축척하라는 뜻으로 학원에서 들은 이야기 중 하나였다. 그런데 레리즈는 내 이야기에 손가락을 흔들었다.

"쯧쯧, 넌 그 뒷이야기를 모르는구나."

"뒷이야기요?"

"부자와 지식인은 각기 다른 무인도에 표류했어. 그리고 얼마 후 부자는 구출되었지만, 지식인은 그렇지 못했지. 왜 그런지 알아?"

"왜요?"

"부자는 배뿐만 아니라 여러 방면으로 재산을 가지고 있었지. 진정한 부자는 위험 부담을 줄이기 위해 재산을 한 곳이 아닌 여러 곳으로 분산 축적하는 법이거든. 그리고 그런 부자를 구하면 엄청난 대가를 얻을 수 있을 테니 수많은 사람들이 눈에 불을 켜고 찾은 거지."

레리즈는 손가락을 흔들며 말을 이었다.

"하지만 지식인은 찾는 사람이 없었지. 돈이 되지 않는 지식 따윈 아무짝에도 쓸모없거든. 경찰도 부자와는 달리 며칠 찾다가 포기해 버렸지."

나는 항의했다.

"너무 억지 같은데요."

"그렇지 않아. 한 번 생각해 봐라. 엄청난 재산가와 별거 없는 네가 동시에 실종되었다고 치자. 솔직히 까놓고 말해 사람들이 누굴 우선적으로 찾을 것 같으냐?"

"……."

"결국 엄청난 재산가와 너, 둘 다 못 찾고 죽었다고 치자. 사람들이 어느 쪽에 더 관심을 가질까? 누구의 장례식이 더 화려할까? 어느 쪽 무덤에 더 많은 참배객이 몰릴까? 어느 쪽 이름을 더 오래……."

나는 도저히 참지 못해 머리를 쥐어뜯었다. 더 이상 내 영혼을 더럽히지 마!

"그만! 그만!"

레리즈는 피식 웃었다. 나는 다시 본래의 일로 돌아갔고, 그녀도 카운터에서 하품을 하며 시간을 보냈다. 그렇게 별 의미 없는 시간이 지나갔다.

그러던 중 레리즈가 심심했는지 입을 열었다.

"옛날 옛날에 신데렐라가 살았습니다."

갑자기 웬 동화? 그대로 일하며 나는 들리는 대로 들었다.

"…신데렐라는 마녀의 마법으로 무도회에 참석했습니다. 왕자와 춤추던 그녀는 12시가 되자 도망치다 그만 유리 구두를 떨어뜨렸습니다. 왕자는 온 나라의 뒤져 유리 구두와 발이 맞는 여성을 찾게 했습니다."

그냥 평범한 신데렐라 이야기잖아? 라고 생각한 순간, 이야기는 엉뚱한 쪽으로 흘러갔다.

"마침내 유리 구두와 맞는 여성이 나타났습니다. 그런데 그 여성은 신데렐라가 아닌 마녀였습니다. 그녀는 자신과 발 사이즈가 똑같은 여성인 신데렐라를 이용해 왕자를 손에 넣을 계획을 세웠던 것입니다. 결국 이용만 당한 신데렐라는 평생 식모살이만 하다 죽었답니다."

"……."

신데렐라가 반전 범죄극이 되어버렸다.

"이 이야기의 교훈은 결국 적극적으로 계획을 세워 실행하는 사람만이 성공하고, 그저 기회가 저절로 오기만을 기다리는 사람은 평생 이용만 당한다는 것이지."

얼씨구? 교훈까지 있다.

"옛날 옛날에 백설 공주가 살았습니다."

또 하네? 어지간히 심심한가 보다.

"…계모의 독 사과를 먹은 백설 공주는 왕자의 키스로 독 사과를 토해내고 눈을 떴습니다."

이건 좀 정상이군.

"백설 공주는 즉시 왕자의 따귀를 때렸습니다. '이게 무슨 짓이에요?!' 그녀는 자고 있는 자신에게 성추행을 했다고 왕자를 고소했습니다. 그리고 합의금 조로 위자료를 두둑이 뜯어내서 행복하게 살았습니다."

…아니군.

"이 이야기의 교훈은 왕자처럼 건수 잡힐 짓을 했다간 자칫하면 봉변에 돈까지 왕창 뜯긴다는 것입니다. 그러니까 라할, 너도 조심해라."

듣다 보니 의외로 세상 살아가는 데 도움이 되는 교훈 같기도 하다.

"에… 다음 얘기는……."

또 하려고? 귀를 막을 수도 없고 짜증이 나려고 하는데, 그녀는 머리카락을 손가락으로 휘휘 감다가 인상을 쓰더니 말했다.

"이제 생각이 안 나네? 이번에는 라할, 네가 해봐라."

왜 갑자기 화살이 나에게 날아오는 거냐!

"저요?"

"그래, 너."

"별로 생각나는 이야기가 없는데요."

"됐으니까 아무거나 해. 어차피 킬링 타임용이니까. 네 이야기도, 이 소설도……."

좀 위험한 발언이 나오긴 했지만 뭐, 어쨌든 좋다. 이렇게 된 이상 나도 하고 싶은 말을 이야기로 돌려 해주지.

"옛날 옛날에 스크루지라는 돈만 밝히는 지독한 구두쇠가 있었습니다. 그는 어느 겨울날, 세 유령의 방문을 받았습니다. 세 유령은 과거, 현재, 미래를 보며주며……."

페이지 관계상 자세한 이야기는 생략한다.

"스크루지는 돈만 알던 과거의 자신을 후회했습니다. 새 사람이 된 그는 모은 재산을 가난한 사람들에게 나눠 주고 좋은 일을 하며 많은 사람들에게 사랑받았다고 합니다. 이 이야기의 교훈은……."

"됐어."

"예?"

"됐으니까 내가 스크루지 이야기의 진실을 알려주지."

진실이라니? 의아해하는 나에게 레리즈는 말을 쏟아냈다.

"스크루지 영감은 뇌신경질환 환자였어."

"예?"

그게 웬 뚱딴지 같은 소리다냐?

"이 LBD(Lewy Body Dementia)라 불리는 이 병은 알츠하이머, 파킨슨병과 유사한 뇌신경질환으로 최근에서야 비로소 의학 사전에 올랐을 정도로 매우 복잡한 병이지. 스크루지 이야기에서 묘사된 그의 행동들은 LBD 초기 증상을 겪는 환자와 똑같고, 특히 유령을 만나는 대목은 더욱 그렇다고 할 수 있다."

레리즈의 입에서 전문 용어가 튀어나왔다. 지금까지 이곳에

해리수 표도의
도망자

서 지내면서 이런 모습은 처음이었다.

"이 질병 초기 단계에서 환자들은 종종 옛날 친구나 가족의 생생한 환영에 시달리지. 그런 체험은 환자의 사고방식을 극적으로 바꿔놓을 수 있다는 사례가 많아. 즉 스크루지는 한마디로……."

설명을 마친 레리즈는 손가락을 머리 옆에서 빙빙 돌렸다.

"돌았다, 이거야."

"……."

"아직 이해가 안 가나? 좀 더 자세히 설명해 줄까?"

"아니, 됐습니다. 무슨 뜻인지 알겠습니다."

답은 나왔다. 레리즈의 사고방식으로 기껏 모은 재산을 남에게 나눠 주는 것은 미친 짓이란 이야기다.

레리즈는 발을 까닥거리다 물었다.

"다른 이야기는 없어?"

나는 생각하다 이야기를 하나 정했다.

"어느 도시에 행복한 왕자라는 동상이 있었습니다. 어느 날 제비 한 마리가……."

그때 레리즈가 끼어들었다.

"아, 그 절도범?"

갑자기 웬 절도범?

"절도범이라뇨? 제비가 행복한 왕자의 부탁대로 동상의 금과 보석을 가난한 사람들에게 나눠 준다는……."

"제비가 시의 재산인 왕자 동상의 값진 부분을 싸그리 뜯어

갔잖아. 그게 절도범이 아니면 뭐야? 최근 늘어난 맨홀 뚜껑이
나 다리 난간 같은 것을 뜯어가는 범죄의 시초라고 할 수 있는
것이지.”

“…….”

“그건 됐고. 다른 이야기해 봐.”

아무래도 레리즈는 성격상 남에게 베푸는 이야기에는 거부
감을 느끼는 모양이다. 그래서 좀 방향을 바꾸어보기로 했다.

“옛날 성냥팔이 소녀가 살았습니다.”

나는 레리즈의 눈치를 살피며 이야기를 계속했다.

“소녀가 성냥을 켜자 큰 난로가 되고, 이어서 맛있는 음식이
차려진 식탁, 그리고 죽은 할머니가…….”

그 순간, 잠자코 듣고 있던 레리즈가 말을 내뱉었다.

“그년도 미쳤군.”

“…….”

“스크루지처럼 헛것을 보는 것이 뇌 쪽에 무슨 문제
가…….”

중얼거리던 그녀는 나를 쳐다보았다.

“뭐 해? 계속해 봐.”

“…아니, 그만 할랍니다.”

더 이상 아름다운 동화가 그녀의 입에서 더럽혀지는 꼴을
도저히 보고 있을 수가 없었다. 하지만 그녀는 계속해서 날 귀
찮게 했다.

“이번에는 끝까지 들어줄 테니까 해봐.”

"됐다니까요."

"응? 괜찮으니까."

"전 안 괜찮습니다."

레리즈의 인상이 구겨졌다.

"야! 그냥 할래? 아님 맞고……."

그때 문이 열리며 손님이 들어왔다. 순간 그녀는 언제 그랬나는 듯 활짝 웃으며 인사했다.

"어서 오세요, 손님~♡"

그녀는 돈 안 되는 이야기 따윈 깨끗이 잊어버리고 최대한 매상을 올리기 위해 손님에게 아양을 떨었다. 덕분에 나는 귀찮음에서 해방될 수 있었다.

"휴우~"

오늘도 평범하다면 평범한 해피해피점의 하루였다.

무한 상상·공상 세계, 청어람 신무협&판타지

설봉 新무협 판타지 소설!
절대로 놓칠 수 없는 2006년 최고의 걸작!!

마야(魔爺) / 설봉 지음

강렬하다……!
절대적 무협 지존!
『마야』
(魔爺)

**소사(小事)로 시작되어 천하대란(天下大亂)으로 이어지는
끝없는 피의 역사…**

북검문(北劍門)과 남도문(南刀門)의 탄생이었다.

두 세력은 장강을 경계 삼아 전쟁을 방불케 하는 싸움을 벌이고 있다.
삼십 년…… 삼십 년 동안이나…….

그리고 절대 죽을 것 같지 않던 그가 죽었다.

"나를 죽인 건…… 큰 실수야.
나보다 훨씬 무서운… 곧… 곧 너희를…….”

초등학생이 반드시 읽어야 할 좋은 책 49권

각 학년별로 초등학생이 반드시 읽어야할 좋은 책을 선정하여 통합논술의 기본이 되는 '올바른 독서법'을 일깨워 줍니다.

교과서와 함께하는 초등학교 통합논술

초등1학년 | 값 12,000원 / 초등2학년 | 값 9,500원 / 초등3학년 | 값 11,000원 / 초등4학년 | 값 9,500원 / 초등5학년 | 값 9,500원 / 초등6학년 | 값 11,000원

♣ 혼자 할 수 있어요.

엄마가 책 읽는 방법을 가르쳐 주어도 좋아요.
독서지도하는 선생님이 가르쳐 주어도 좋답니다.
"초등 교과서와 함께하는 **통합논술 시리즈**"는
아이 스스로 독서할 수 있도록 꾸며진 책이에요.
엄마와 선생님은 요령만 가르쳐 주시면 된답니다.

♣ 교과서의 중요한 내용이 총정리되어 있어요.

각 학년별로 중요한 교과 내용이 함께 수록되어 있어요.
초등학생은 교과서 내용을 충실하게 공부해야 합니다.
아울러 그와 병행한 독서가 대단히 중요하지요.
"초등 교과서와 함께하는 **통합논술 시리즈**"는
두 가지 방법 모두 알려준답니다.

♣ 이 책은 훌륭하신 선생님들이 함께 쓰신 책이랍니다.

동화작가 선생님들이 쓰셨어요. 소설가 선생님도 쓰셨답니다.
국어 논술독서지도 선생님들도 함께 쓰셨지요.
"초등 교과서와 함께하는 **통합논술 시리즈**"는
엄마의 마음으로 모든 선생님들이 함께 꾸민 책이랍니다.

입소문을 통해 아는 분은 다 알고 계십니다!
올 한해 공인중개사 최고의 화제작!

1~2권 합본 | 이용훈 지음
3~4권 합본 | 이용훈 지음
5~6권 합본 | 이용훈 지음
용어해설 | 이용훈 지음

수험생 기본 필독서
만화 공인중개사

제목 : 만화공인중개사 쓰신 분에게 감사드립니다.

학원을 두 달 다녔어요. 근데 과연 그 숫자 외우기 그런 게 몇 문제나 나올까 생각을 했어요.
아니라는 생각이 드네요. 학원강의를 뒤로하고 서점을 갔어요. 내 머리에가장이해될수있는
책이 없나 하구요. 거기서 만화를 발견했어요. 무조건 세 번 봤어요. 3개월 걸렸어요. 문제집을 보라고
했는데 그건 시행을 못했어요. 근데 합격을 했네요.
어떻게 감사의 말을 해야 될지……
도서관에서 만화책 들고 다니니까 사람들이 비웃더라구요. 만화책으로 공인중개사를 공부한다고
미친 사람처럼 보더라구요. 근데 그거 다 감수하고 했던 내가 자랑스럽습니다.
어떻게 감사의 말을 해야 할지… 정말 감사합니다.
부디 행복하세요. 제 나이 41살에 좋은 스승을 만난 것 같습니다.
엎드려 감사드립니다.

－본사 홈페이지에 독자분이 올린 메일 中 에서 발췌－